意中の騎士に失恋してヤケ酒呷ってただけなのに、
なぜかお仕置きされました

登場人物紹介
アレクセイ・ウィストン
名門貴族の嫡男。
実力主義の王立騎士団・
第四騎士団所属。
愛が重く、
シオンに対して
超過保護。
シオン・ルブラン
老若男女を虜にする美しさを持ち、
巷では、男であるにもかかわらず
三人の妹とまとめて
『花のルブラン四姉妹』と
呼ばれている。
アレクセイに
長年片想いしている。

サス
シオンとアレクセイの
同僚兼友人。
フェリクス・
ルブラン
シオンの兄。
父と同じく弟のことを
かなり案じている。
ヴィクトー・
ルブラン
シオンの父親。
厳しい一面もあるが、
家族思い。
エレノア
シオンとアレクセイの
上官の娘。
アレクセイと
見合いが決まる。

第一章　意中の騎士に失恋してヤケ酒呷ってただけなのに、なぜかお仕置きされた件について

「危機感が足りていないお前には、多少の痛い目が必要と見た。解らせるには仕置きが必要だな」

薄暗い部屋で、赤髪の男が寝台に仰向けに転がったオレの身体を跨ぎ、厳しい眼差しを注いでいる。

「仕置き？」

なんだか不服申し立てたい単語を突きつけられた気がしたが、うまく理解できなかった。

あーヤバい、頭がぐるんぐるんしてる。思考がちっともまとまらない。

「お前が？　オレに？」

酔ってるなぁという自覚はあった。

というか前後不覚になりたくて、オレ――シオン・ルブランは、史上稀《まれ》に見る量の酒を呷ったのだ。そのせいで、どうも幻覚を見ているらしい。

だってここにアイツがいる訳がない。

「おもしろいこと言うなぁ」

ははっと笑い飛ばしながらも、胸の内には苦い思いが広がっていた。

だって、忘れたかったからなのに。だからこういうとこに来たのに。

それでもアイツのことを考えちゃってるなんて笑えてくる。

酒の力を借りたって忘れられなくて、未練がましくて、こんな妄想までして。

ギシリ、ベッドが重みに耐えかねるように音を鳴らした。オレの妄想力は、なかなかに細やかなところまでこだわって再現してみせる。

「おもしろいかどうかは、その身で経験してから考えろ」

感情を押し殺した硬い声は、その裏に怒りがあることを教える。長い付き合いだから、分かるのだ。

せっかく幻覚を見るなら、甘く優しく接してくれてもいいのに世知辛い。

「うんうん、なるほどね。たしかにね、何事も経験がだいじ、だいじ」

なんだか投げやりな気分になってしまって、適当な返事をする。

それが相手の気に障《さわ》ったらしい。大きなため息が落ちてきたと思ったら、筋張った手が服の裾から侵入して、オレの肌に直に触れた。

「あえ？　なに……？」

下腹をグッと押される。暴力というには弱い力で、どうしてそんなことをされているのかよく分からない。

「……はぁ、何も理解してないな、これは」

失礼な。それにしても、この幻覚は本当によく喋る。

◇◇◇

明かりを受けて燦然と輝きを零すシャンデリア、甘い花の香り、しっかりと身体を受け止めてくれる極上の座り心地のソファ。

「だからぁ、もうホントにダメで。望みなしで」

本来、客が待つ間にだけ使う高級感溢れる一階の広間で、なぜかぐるりと女性陣に囲まれながら、オレは愚痴ってみせる。

この状況、なんかちょっと思ってた感じと違うなと思いつつも、手にしていたグラスの中身をぐいっと呷った。

琥珀色の液体が喉から胃の腑へ滑り落ち、直後カッと熱を持つ。その感覚を飼い慣らそうと、鳩尾《みぞおち》の辺りに意識を集中してみるのだが、如何せんすでにかなりの量を飲んでいるせいで、すぐに頭がぽわぽわしてしまう。

でもまぁいい。この調子でもっと頭の中を軽く軽くしてしまえれば、狙い通りだ。

「そんな顔しないで」

「そうよぉ、綺麗な顔が台無しよ」

くだを巻くオレの右から左から甘くて柔らかい声をかけてくる女性陣は、皆煌びやかなドレスに身を包んでいた。

ここは、花街のとある娼館。

利用するのは初めてで詳しいことは分からないため、同僚の噂話から漏れ聞いた評判の良いところを選んで訪れてみた。

空いている者から指名をと言われ、特にこだわりがなかったので初めに名前を聞いた子をと思ったら、通りかかったお姉さんに私にしないかと声をかけられ、そうしたらまた通りかかった別の子がそれより私にしましょと言い出し、その話し声を聞きつけて奥からわんさか出てきた女の子たちが、ずるい、それなら私のほうがいいに決まってると言い出したのだ。

さすがに全員はご指名できない。懐的にも倫理的にも身体の限界的にも。

牽制し合う彼女たちの迫力にこちらから口を挟む余地はなく、どうしたものかと困っていたら、とりあえず希望者全員とお喋りしてみて、一番気に入った娘が今宵の相手になるということで、話がまとまっていた。――客であるオレの意見は、全力で横に放置して。

いや、まぁいいんだけど。こだわりないし、こういうとこに来ておいてなんだが、正直セックスが主たる目的でもなかった。

ただ、オレはちょっとヤケを起こしたかっただけなので。べろんべろんに酔っぱらって、誰かにこの埒の明かない話を聞いてほしかっただけなので。

「……綺麗な顔は役に立たなかったんだな。というか、それを使うような真似をしたことはなかった。効くとも思わなかったし」

女性の前で自分の顔の造形について言うのもどうかなと思ったが、今日くらいは許されるだろう。彼女たちも仕事だから、ある程度は我慢して聞いてくれる。

「あら、そうかしら。むさ苦しい騎士団の中でその美しい顔《かんばせ》、きっとすごく目を惹くでしょう？」

そう、騎士団。

オレの職務は巷では花形とも言われる、王立騎士団の騎士なのだ。

国の守りの要である王立騎士団は全十二の団から成り、団ごとに特色がある。華やかさが目立つ――悪く言うとお飾り的な意味で――第一騎士団、第二騎士団ではなく、最前線へ送られることが多い実力主義の第四騎士団に、オレは所属している。

「そうよ、騎士さんのお顔、女から見ても嫉妬を通り越して美しすぎて、ため息が出ちゃうもの」

「そうそう、逆に心配になっちゃう。あんなむさ苦しいところにいて、良からぬことをしてくるヤツはいないの？」

「あぁ～、たしかにそれは心配～」

「そうなんだよなぁ」

ぐびっとまたグラスを呷って空《から》にする。

向かいの席にいた子がそろそろやめておけば？　と目で訴えてきたが、オレが首を横に振ると、ため息をつきながらお代わりを注いでくれた。

「この顔でいいことってないよ。舐められるし、嫌味言われるし。色目使って入団したとか、騎士団辞めて俺の嫁になれとかさぁ」

「やだ～、気のない相手に言われる、俺の嫁になれ発言とか最悪～」

「ホントだよ、最悪だよアレ」

だから、舐めてかかってきたヤツには端から決闘を申し込んでやった。

条件はいろいろあるが、騎士団には決闘制度があるのだ。隊規に違反せず合法的に相手を潰せ、かつ勝者は決闘前に提示した条件を相手に呑ませることができる。そして立会人が必ず付くので、勝ち負けの判定や、言った言わないの揉め事にもならない。オレはこれを利用できるだけ利用した。

大抵のヤツがオレを舐めて申し込んでくるのも、好都合だった。顔も顔だし、体格もそれほど恵まれてはいないが、舐めてかかるとどうなるか分からないヤツには腕力で教えてやり、そして金輪《こんりん》際《ざい》付き纏いや不埒な真似をしないことを片っ端から誓わせたのだ。

もちろん、トラブルは騎士団内部だけで起こる訳ではないが。

「ほかにも、騎士団の同僚がオレに一方的に惚れ込んで、婚約者だった令嬢が乗り込んできたこともある。あとは泥棒猫扱いされたり、身に覚えのない噂流されたり、実家に圧力かけられたり……」

「災難ねぇ、あなたが悪いというよりは、勝手に惚れ込んだ男に問題があるんじゃない」

「逆恨みって怖いわよねぇ」

嫌なことがたくさんあった。でも騎士は就きたくて就いた職業だったし、やりがいのある仕事だった。

それに。

「……でも、アイツにはこの顔のこと、どうこう言われたことがなかった。それがうれしくて、それだけじゃないんだけど、それで……」

「好きになっちゃったのね」

「でもフラれて失恋しちゃったと」

「ミカ！　アンタ、言い方ってもんが」

ぐさり、事実が胸に突き刺さる。

「……違う」

「ごめんなさいね、この子、言葉選びが悪いって言うか」

「フラれてなんか、ない」

「そうそう、フラれたとかそういうのじゃないわよね」

ぐびり、またグラスの中身を呷ったら、本格的に頭の中身が揺れる気配がした。

「告白すらしてないのに、フラれるなんて」

そう、オレはヤケを起こして娼館に来た。

好きなヤツがいたけど、失恋が確定したから。

「オレがなんにもしなかっただけ」

見ていただけ。憧れていただけ。仲間として信頼されていたけれど、それ以上はないと知っていて、だから。

「下手に告白しても、フラれたあとがキツイだけだし、今ある関係を壊すのも怖くて。そうしたら……」

相手に見合いの話が来てしまったのだ。そして追い打ちをかけるように今日、街中で見合い相手とふたり並んで歩いているところを目撃してしまって、オレの心は本格的に粉砕された。

お見合い、来週末って言ってたじゃん。なんでもう会ってるんだよ、なんでそんな仲良さそうなの。

——なんて、そんなこと言える立場でもなんでもないんだけど。

「それだけ大切な恋だったのね」

「……やさしい」

客だからか、オレのこの顔目当てか、なんでもいいけど優しくされたらうれしい。逃避だって分かってるけど、もう今オレは人に優しくされたくてされたくてたまらないのだ。

「あら、うれしいこと言ってくれる。それじゃ今夜は私とイイコトする？　ヤなことは全部忘れさせてあげる」

「ちょっと！　抜け駆けしないで！」

「そうよそうよ、丸め込もうったってそうはいかないわ」

「ね、私のほうが天国見せてあげられると思うわぁ」

「やだ、はしたないわね」

あぁ、それにしても、彼女たちはこんなところでオレ相手に時間を空費していていいのだろうか。

入店時、集まってきた女の子たちで指名争いが起きかけたところに、下がりなさいとお怒りの様子でオーナが出てきたのだが、彼女たちが今夜の分の給金はいらない、出るだろう損益はこっちで折半《せっぱん》するからと言い出して今のこの状況である。

店の雰囲気からしても儲かっていそうではあるけれど、だからこそこんなことして大丈夫なの、と思わなくもない。

ちなみにこの国では娼館は厳しい審査を経て開業を許可される、免許制だ。借金の形に売られてきた従業員とオーナー間で力の差が著しく開いている、というような構図はあまり見られず、その身分や権利は保障されている。もちろん、もぐりの店がない訳ではないのだが。

どうもこの店は、従業員の彼女たちの力のほうが強いらしい。

「お兄さん、私にしましょうよ」

「あたしのほうが好みに合うんじゃない？」

「そうだなぁ」

頭がぐらぐらする。難しいことは考えたくない。それにいい加減、誰か決めなきゃ。

一同を見回そうとして、それより先にオレの頭の中がぐるんと強い力で回った。

傾いた身体を隣のお姉さんが受け止めてくれる。顔面が柔らかなのに弾力がある不思議な感覚に包まれた。

「あ～！　アンナ、ずるい！」

「それは卑怯よ！」

「んえ？」

もぞもぞと顔を起こすと、豊かな黒髪美人の微笑みが。

どうやら破廉恥《はれんち》なことに、オレはお姉さんの胸元にダイブしてしまったらしい。これはマズいか？　と一瞬思ったが、酔いが回っていて動く気になれない。それにお姉さんもオレの頭を抱えてよしよししてくれているので、まぁ合法の範疇《はんちゅう》だろう。

うん、もう状況も泥沼化してきてるし、こちらのおねーさんに決めてしまおうか、さっき大切な恋だったのねって言ってくれた優しいおねーさんだし。

「おねーさん」

「なぁに？」

「オレ、今夜は――」

「シオン！　シオン・ルブランがここに来てるだろう！」

おねーさんと一晩過ごすことにするよ。

そのひと言は、野太い声に掻き消されてしまった。

誰だよ、やめろよ、こんなところで大声を出すなんて品がない。それに酔った頭に響くだろ。

「あるぇ？」

おねーさんの胸でぽやぽやしていたオレは、その声に聞き覚えがあるような気がして、首を傾げた。

娼館の扉を蹴破る勢いで突破してきたのは、ひとりの男。

なんと、見覚えがある。

「アレク、お前、なんでここに？」

なんでもクソもない。ここ《娼館》に来るということは、そういうことが目的なのだろう、そうだろう。

だけど、けしからん。そう思う。

だって、コイツは。

「お兄さん、お知り合い？」

「やだぁ、こっちも男前！」

「お兄さんとはまた違ったタイプ」

無粋な登場をした男の名は、アレクセイ・ウィストンという。

「そうそう、コイツはどーりょー」

同じ第四騎士団所属の同僚で、オレの親友でもある。

刈り込まれた燃えるような赤髪、エメラルドの瞳、鍛え上げられた筋肉で覆われた恵まれた体格。

同期の中でも出世株の男だ。

「おっとこまえだろ？」

女の子たちが色めき立つ気持ちは分かる。だけど。

「でもざんねん、コイツはこのたび結婚が決まってしまったのです」

オレが言うと、えー、ざんねーん、それでもいいわよう、それもそうねぇとご意見はさまざまだった。

オレもあれくらい、気負いなく言えるような間柄だったらよかったのに。彼女たちと同じ、女だったらよかったのに。冗談めかして残念のひと言や、それでもいいからなんて言えたなら。

「シオン」

オレのご紹介に与《あずか》った男前は、なぜか眉間に深いシワを刻んでおられた。

「お前、こんなところで何を」

「野暮なこときくなよ」

わざわざ確認するようなことじゃない。

「お前はこういうところに出入りするようなヤツじゃないだろ！」

オレの返答が気に食わなかったのか、アレクの声は益々渋みを帯びた。だが、オレもオレでイライラしてくる。なんでよりにもよってコイツに口出しされなきゃいけないんだ。

「そういう決めつけは、よくない。なに、せっきょーか？」

そもそも結婚が決まったクセに、こんなところに来てるお前のほうこそ説教される必要がある。

「ほかの模範となるべき騎士が、こんな人目につくところで酒と女に溺れている姿を晒すとは。風紀が乱れるだろうが」

「しょーがないだろ、いちばん気に入った娘とひと晩一緒にすごすことにしてって、お店のみんなが言いだしたんだから」

オレが望んでこうなったんじゃない。

それに、そもそも。

「ニグラスもアロンもアベルだって、騎士団のほかの男はりよーしてる」

「それは……」

「……なっとくいかない」

オレにだけあれこれ言うなんて不公平だ、差別だ、それに過干渉！

「あっ、お兄さん」

オレは酒瓶の残りを全部グラスにぶちまけて、イライラを呑み込むために一気に呷った。

限界なんてとうに超えている。今さら、一杯二杯で何も変わらない。

「ふじゃけんな」

ダン！　とグラスの底がテーブルを叩いた。

「おまえはオレにせっきょー垂れる資格があるのか。ないだろ。じょーかんの娘と見合いもといほぼ結婚が決まってるクセに、今日だってふたりで茶ぁしばいてたクセに、自分は女といちゃこらよろしくしておいて、にゃにが風紀がみだれるだよ、いーかげんにしろ！」

酒の飲みすぎか視界がぼやける。いや、涙でも滲んでいるのだろうか。

涙？　なんで？　泣き上戸になった覚えはないのに。

この時点で数名のお姉さんが状況を察して〝あぁーなるほどー〟という顔をしていたことに、当然オレは気づいていなかった。

「お前に、オレのじんせーに口出しする資格とか、ない。模範やらふーきの乱れが気になるなら、つぎの登城のときに、すきに処分すればいいだろ。どうせ、もうすぐ」

お前は昇格して、オレより上の立場になるだろうし。

これ以上する話はないと、オレはアレクから視線を外した。

「——なるほど、よく分かった。……この店のオーナーは」

「はい、こちらにっ」

「上は空いているか」

「えぇ、御覧の通りの状況ですから」

アレクはこれ以上絡んでくるつもりはないらしい。部屋の確認をするということは、どの子かをご指名して一晩過ごすのだろう。

未来の奥さんが気の毒だな、と思う。こっちはいい具合に幻滅できて、ちょうどよかったけど。

「一番いい部屋に案内してくれ」

「ふぁっ!?」

だが次の瞬間、なぜかオレの身体はぐわりと持ち上げられていた。

「うえっ、なにする——」

突然の展開に目を丸くするお姉さんたちには脇目も振らず、アレクはオレを担ぎ、先導するオーナーに続いてフロア中央の階段をずんずんと上がる。

「お前には危機感ってものがないのか、こんなところで無防備にべろんべろんに酔っぱらって」

「あ、あの、こちらのお部屋になります」

「朝まで借りる」

アレクはそう短く言い置いて、フロアの一番奥の部屋の扉を乱暴に開けたかと思ったら、雑に寝台の上にオレを放り出した。その衝撃で胃の中の酒が激しく混ぜられてしまうが、さすが一番いい部屋なだけはあり、寝台は柔らかく身体を受け止めてくれた。

「日頃から面倒なヤツらにあれだけ絡まれているのに、よくもまぁ」

「そーいうのは、ぜんぶ、返り討ちにしてやってる」

さっきから、何がどうなっているのか本当に分からない。分からないけど、説教はまだ続いている。納得いかない。

「素面《しらふ》ならな、お前は大抵のヤツには負けないよ。だが、この有様」

「ふあっ」

不意に手首を掴まれ、頭の上に縫いつけられる。

「簡単に押し倒されて、押さえつけられているが？」

「おま、にゃにを」

自由な反対の手でアレクの肩を押し返そうとするが、泥酔したオレの腕力では屈強な身体はビクともしなかった。

すごい、このぱんぱんな三角筋。なんたる魅惑の触り心地。

「ロクな抵抗ができてないじゃないか。こんなことで、襲われたらどうするんだ」

「よ、よけーなお世話だ、なんなんだ、オレの面倒は、オレがみるし、ヘマをしようが、それはオレのじこせきにん……」

押し返すフリをすることでその触り心地を堪能しつつ言い返していると、不意に腹におかしな気配がした。

「へっ⁉」

「そう、自己責任だな」

「な、なんでそんなとこ」

アレクの筋張った手が服の裾から侵入している。オレの下腹を包み込んでしまうほどの大きなその手は、やわやわと肌を撫で回していた。

「好きに処分すればいいと言ったのはお前だ」

「は……？」

「危機感が非常に足りていないお前には、多少の痛い目が必要と見た」

「はぁあ？」

こちらを見下ろすアレクの表情は険しい。眉間のシワは形状記憶されて、もう一生元に戻らないのではと心配になるくらい。

その非常にご機嫌よろしくない表情のまま、ため息と共に言われた。

「解らせるには、仕置きが必要だな」

「ぁ、は？　ひぇっ」

次の瞬間、見事な手早さでなぜか下着ごとズボンをずり下げられていた。そして、空気に晒されたオレのナニを、アレクは扱き始める。

身体というのは実に素直で、酔いに酔っている割にソコはすぐに反応して、どんどん硬度を増していった。くちゅくちゅと音が鳴るのは、オレが先走りの汁を垂らしているからか。

「どうした、そんな無抵抗で本当にいいのか」

「ん、やめ、こんなのおかし」

「おかしい？　こんなにガチガチにしておいて？」

オレの反応はおかしくない。すこぶる正常だ。好きなヤツに扱かれているのである。反応しないほうが無理。

おかしいのは、お前のほうだ、アレク。

「ひっ、まて、まって……！」

どうしてお前がオレのブツを扱いたり、そっちの穴を指で解したりする？　見合い相手はどうした、店の女の子でなくていいのか。相手を間違えすぎでは？　オレは不貞の相手に、泥棒猫になる気はないぞ。

言いたいことはいっぱいあるのに、ろくに言葉にならない。だって与えられる刺激があまりに大きくて、受け止めるだけで精一杯なのだ。

「ひゃうっ⁉」

先端にねろりと今までとは違う感覚を与えられて、オレは寝台の上で小さく跳ねた。驚いてわずかにシーツから背を浮かせると、とんでもない光景が飛び込んでくる。

「お、お前、オレのしゃぶれんの」

アレクが、オレのモノを咥えている。それを見た瞬間、オレの頭の中にひとつの答えが弾き出された。

あぁ、なるほど理解した。これは夢だ。

だって超都合のいい、ご褒美みたいな展開だ。何もかもがおかしい。

実際のアレクはオレに欲情とか、絶対しないしな。

腹立つくらい爽やかで、オレに対して一度だってよこしまな空気を出したことのない男だ。この顔にもちっともなびかず、ただただ友人として一番の信頼をオレに寄せてくる。それがアレクセイ。

そういうとこが、好きになった理由の一部なんだけど。

オレは泥酔して、寝落ちして、それでこんな夢を見てる。そういうふうに考えれば、この状況にもすごく納得がいった。これだけ酒が入っててオレよく勃つなぁとも思っていたが、夢ならいくらでも自由が利くだろう。

「ん、んぁっ、ヤバイ、それ、あ」

それにしても自分の願望丸出しでウケるなぁ……っていうか、オレ、こんなことまで望んでたのか、とおかしくなってくる。

深層心理ってやつ？　でもこれ、ちょっと気持ち悦すぎでは。オレの妄想力たくましすぎでは。

「アレク、アレク、あ、ホントダメ、出る、出ちゃうからっ」

「ん、飲んでやる」

「いらな、あぁっ！」

背筋に抑えがたい甘い痺れが走る。頭の中が真っ白になる。夢の中でオレはアレクの口淫を受けて、あっさりと頂点に達してしまっていた。

「あっ！　んぐぅ！　も、もうむり、むりぃ！」

執拗に前立腺を刺激されて、オレはまた高みに放り上げられる。もう何度目か分からない。

「なんだ、またイったのか？」

「あぐ、はっ、はう、らめって、言ってるだろ、んぁっ」

散々に解され蕩かされたナカには、アレクの剛直が収まっていた。

これがまた信じられないくらい大きい。同じ男としてもちょっと怖くなるくらいのサイズ感。挿れただけでもう腹がぱんぱんで息が苦しくなってるっていうのに、アレクはそれを手加減なしでしつこくしつこく抜き差しする。

「あぁ、今、出さずにイったな？」

たしかに、イったのに出した感覚はなかった。それもそのはず。

「も、でない……」

相手がまだ一度しか果てていないのに対し、オレは何度も射精させられていた。

「そうか？　というより、出さずにイく方法を身体が覚えたんじゃないか？」

「……ちがう」

「違うかどうか、復習して試してみたらどうだ。訓練と同じだ。繰り返し繰り返し、身体に覚え込ませていく、それが上達の近道だし、な!」

「あぁあっ! あれく、あ、奥、ぐりぐりするな、あっ、そこは……」

夢の中のアレクは鬼畜だ。容赦がない。身体を造り替える勢いで、オレの知らなかった感覚を、とんでもない快楽を植えつけていく。

めちゃくちゃにしてほしいと心の奥底で思ってたけど、それにしてもえげつない。終わりが見えない。自分の願望のあまりの欲深さに我ながら慄《おのの》く。

「んんぅ～!」

「シオンはっ」

「ひうっ」

「呑み込みが早いな、普段の訓練と同じだ。ほら、出さずに連続イキとは」

ぐちゅぐちゅと卑猥な音が、薄暗い部屋に鳴り響いていた。

腹の底が熱くてたまらない。イキすぎていて、もう頭がどうにかなりそうだった。

「もう女と変わらない身体だな」

そんなことはない。

言われて、即座にそう思った。

女と一緒ではない。全然違う。

この国では同性婚は許されているし、だからそう珍しいものでもないけど。

でも、オレはコイツの本来の嗜好《しこう》に合う相手ではないだろうし、アレクは貴族で長男だから跡取りが必要だし、上官の娘でないオレと結婚しても出世できないし、どこにも旨味がない。

「ここで」

「んんう!」

奥を小突かれる。

「これほどの快楽を覚えてしまえば、もう女など抱けないな?」

そして意地悪く言われる。

「娼館《こんなところ》には必然、用はなくなるな?」

「ひっ、っぁあ!」

女なんか、いらない。夢とはいえお前にこんなことまでされて、これを覚えているうちは男でも女でも、ほかの誰かとどうこうなんてなれない。

「オ、オレが」

「シオン?」

でも悔しい。

「オレがどこで、誰と、なにしてても」

オレだけが苦しい。

「オレのじゆーだろ、もうほっといてくれ」

「お前らしくないな。何があった?」

自暴自棄な気持ちで吐き捨てたら、急に声が柔らかくなった。本当に心配してるときの声。

頬に温かな感触を覚える。大きな手が、オレの頬を包むように撫でているのだ。ずるい。卑怯だ。誰のせいでこんなにずたずたになってると思ってる。

オレが勝手に好きになって、勝手に失恋しただけだけど。

でも、だったらせめてそっとしておいてほしいのに。

「オレのことはどーでもいいだろ。でも、アレク、よけーなお世話だろうが、こんなことはやめろ。相手がオレでも、プロでも、だれでもダメだ。未来のおくさんが、かわいそーだろうが。見そこなったぞ」

「シオン……？」

なんて言えばいい。どうすれば納得して、放っておいてくれる。

オレはもう苦しいから、全部投げ出したいのに。

「──失恋、したんだ」

「……は？」

その言葉は、するりと唇の隙間から漏れ出ていた。

「ヤケのひとつも起こしたくなるってもんだろ。ゆるせよ」

「お前が、失恋？」

そうだ、言ってしまえばいい。

「そうだよ、だから夢でくらい……もっと優しくしてくれてもいいだろ、きもちいーのはうれしいけど、でも」

苦しい。虚しい。だってお前は、結局別の誰かのものになってしまうのだから。

「シオン、今なんて言った？　もう一回言ってみろ」

ぶつぶつとつぶやいていたら、やり直しを要求された。

やめろ、オレにこれ以上悲しい現実を認識させるなと思いながらも、ヤケクソな気持ちで叫ぶ。

「夢でくらい、好きなヤツにやさしくされたいって言ってんの！　わけ分からんまま抱かれて、せっきょーかまされて、お門違いなしんぱい向けられて。当の本人に、何があったか言えだなんて、そんなこと、いくらなんでもざんこくだろーが！」

叫んで、瞬時に後悔した。

あまりにもダサい。情けない。王立騎士団の騎士に許される発言じゃない。もうオレの中にいいところが一個も残ってないみたいな状態。

「もうやだ、この夢終わりでいい……」

遂には涙まで滲んできて、それを誤魔化《ごまか》すためにオレは枕に顔を埋めた。

「いや待て、勝手に終わらせるな」

なぜだか慌てた声でアレクは食い下がってくるが、こっちはもうすべて終わらせたいのだ。

「うるさい。夢主のオレにそーぞーの産物が意見するな。オレはもう目をさます」

「いや待て」

「待たん……！」

掴まれた肩を振る。というか、解放してほしいのは肩だけじゃない。よくよく思い出したらまだ突っ込まれた状態だ。

そこら辺、夢なんだから臨機応変に対応してほしい。

悲しいのに快感を拾ってしまう状況。心と身体が取り返しがつかないほどにバラバラになってしまっている。

「お前、俺のことが好きなのか。俺が上官の娘と見合いすると知って、それでそんな自暴自棄になってるのか」

だが、弱ってボロボロのときに見る夢というのは、やっぱりそれに見合った不幸せなものだった。

絶望してヤケを起こしてたオレの頭は、ハッピーに物事を捉える余裕がないのだろう。

「何ニヤついてる。夢の中のお前は、デリカシーがなくてさいてーだ。ひゃくねんの恋も冷めるいきおい」

「冷めるな冷めるな、あっためといてくれ」

振り仰いだ顔は大層ムカつく表情をしていた。だらしなく緩んでいて、非常に腹の立つ感じ。

段々と、オレは本当にこの男が好きだったのか、何か勘違いをしていただけではという気もしてくる始末。

「教えてくれ、シオン。お前、俺が好きなのか」

デリカシーの意味を代わりに辞書で引いて、赤線で強調して、その鼻っ面にぶち当ててやろうか。

プツリ、自分の中で我慢していた諸々が切れる音がした。

「あぁそーだよ！　好きだよ！　好きですよ！　それがどーかしましたかね！」

言って、何が変わる。

上官の意向に逆らって、お見合いやめてくれるのか。オレを受け入れてくれるのか。同じように好きになってくれるのか。

――あり得ない。ヤケっぱちになって叫んだって、オレの現実は何も変わらない。

「うえっ!?」

ぐん、と腹を埋めるものが急激に質量を増して、思わず呻き声が漏れた。

「え、あ、なにおっきくしてんの、あれっ?」

下腹が、息が苦しい。どこにも隙間がない。みっちりと相手の形に拓《ひら》かれる感覚にすべてを支配される。

「や、なにこえ、もうこれ以上はっ、あぁ!」

そもそも、もう十分ですというほどご立派なブツを捻じ込まれていたのに、そこからさらに上があるなんて聞いてない。いくらなんでもやりすぎだ。自重してほしい。

夢だろうと現実だろうと、こんなものを知ってしまったらきっとほかの誰でも、何でも満足できなくなってしまう。

「シオン、俺たち、両想いということか」

「はぁあ?　んぅ!」

内側を圧迫される感覚に必死に耐えているこちらを慮《おもんぱか》る様子など見せず、アレクは熱い吐息で訳の分からないことを言い出した。

「んっ！　ってちょ、まって、あぁっ……！」

両想い？

なんだいきなり。めちゃくちゃ飛躍したな。そんな訳ないだろ。そもそも会話になっていない。

けれどそこを追及する余裕はなかった。

「ぁ、あぁ！　アレク、らめらって、んくぅ！」

ガツガツとさらに容赦なく抜き差しを繰り返され、喉からは断続的に喘ぎ声しか出てこない。

快楽の渦に突き落とされ、オレは抵抗する術を失った。されるがままに、身体をすべて貪られる。

もうめちゃくちゃだ。

でもまぁこの整合性のなさ、展開の雑さ、さすが夢って感じだけど。


「……？」

全身がギシギシと痛んで悲鳴を上げている。とんでもなく痛い、怠い、億劫。

死んで地獄に行ったほうがまだマシだと言われる演習のときさえ、ここまでひどくはなかった。

仄かに明るい光が差し込む部屋に見覚えはないが、おそらく昨日訪れた娼館の一室だろう。途中で酔い潰れたのか、いや、身体に疲労感があるということは、誰かとどうこうなったのか。

それにしても腕も、足も、腰もやたらめったら痛みを訴えていた。ふくらはぎ、太腿《ふともも》、背筋。大きな筋肉はどこも酷使された形跡があって。

「……!?」

自分の身体の様子をひとつひとつ確かめていくうちに、オレはとんでもないところの違和感に気づいてしまった。

「うそだろ、尻が、痛い」

掘られた⁉　誰に⁉　ここの女の子――昨日指名したような気がする、あのお姉さんに⁉

驚愕に身体が震える。その振動さえ響くのでやっていられない。

恐々と隣に視線を滑らせると、赤みの強い髪が目に飛び込んできた。

――赤髪？

「待て待て待て、いや待って？」

女の子じゃ、ない。髪が短すぎるし、頭もデカいし、肩幅もありすぎるし。これはどう見たって男、男というか、オレの親友の持つ特徴と合致してしまっている。

「ん……」

寝返りを打ったその顔が瓜ふたつなことに、さらに驚愕した。

いやいや。いやいやいや。何これ。どういう状況？

「あぁ、なるほど？　よく似たそっくりさんか」

世の中、自分に似ている人間が三人いるとかいう。

昨夜、オレはたまたまアレクの他人の空似さんに出会って、その空似さんで失恋の痛手を――いや、おかしい。それもおかしいだろ。全然現実的じゃない。

「何も理解できない……」

頭が痛い。浴びるほど飲んだからじゃない。俺の身体は酔いはするが、分解能力が異様に高いので二日酔いとは無縁なのだ。

だから、これは純粋に現状を理解できないが故の反応で。

「だから酒の飲みすぎだとあれほど」

「——」

寝ていると思っていた相手が口を開いた。声まで聞かせられちゃ、もう否定できない。

隣で素っ裸で横になっていらっしゃるのは、同僚で親友で失恋相手のアレクセイ氏だ。

状況を整理したい。でも、情報が足りない。誰か解説してくれと願うが、恐ろしすぎてアレクには何も訊けない。

「気分が悪いのか」

悪い。最悪だ。鳩尾《みぞおち》がきゅうっと絞られる感覚。

「な、んで」

ベッドの上、素っ裸のふたり、痛む尻。

どう考えても一線越えている。致している。

「どう、誤魔化《ごまか》せば」

血の気が引いた。

ヤケを起こしたのは事実。けれど不貞をしたかった訳ではない。

昨日、街中で見かけた、アレクの隣に立つ令嬢の姿が頭にパッと浮かぶ。世の中、していいことと悪いことがあるのだ。オレは他人を傷つけてまで、アレクを欲しがったつもりはなかった。

「誤魔化《ごまか》す？　これ以上、まだ俺に対して誤魔化《ごまか》す必要がある何かがあるのか」

「お前にじゃない、お前の奥さんにだよ！」

罪悪感などまるでなさそうな声にイラつきながら叫んでも、アレクの顔色は変わらない。

それどころか、いけしゃあしゃあとこうのたまった。

「そんなものはいない」

嘘吐け。

「いるだろ！　将来的にそうなる相手！　今はまだそうでなくとも、もうこれは十分に背信行為に当たる」

「当たらない」

見合いがまだだから？　婚姻関係を結んでいないから？

でも、ふたりは見合い前からもうあんなに親し気にしていたのに。

それとも、オレとの行為は一夜の過ちみたいなものだから、ノーカンで済まそうということだろうか。

「ふ、ふざけ――」

「落ち着け。昨夜から思っていたが、お前は恐ろしいくらいに盛大に勘違いをしている」

「はぁ!?」

これが落ち着いていられるかと食ってかかろうとしたら、肩をグッと押さえつけられた。そうして真っ直ぐにこちらと目を合わせ、アレクは言った。

「見合いはしない」

「……ミアイハシナイ？」

ミアイハ、シナイ。

異国の言語を使われたようだ。音は聞き取れたが、理解が及ばない。

「聞いてるのか？　まったく響いてない気がするんだが。俺がなんて言ったか分かるか？」

「ミアイハ、シナイ」

「そう」

見合いはしない。はぁ。しない。そうですか。

「ってそんなことできる訳ないだろ！　上官の紹介っていうか、その上官の娘だぞ、話が出た時点でノーなんてない案件」

「まぁ、そうなんだが」

「それにオレは見たんだからな！　お前がその上官の娘と仲よく茶をしばいてたところを！　見合い前から意気投合してたじゃないか、それを何が見合いはしないだ、嘘もほどほどに」

「しないんだよ。好きな相手がいるから」

「――――」

オレは再び言葉を失った。

好きな相手。アレクにそんな相手がいたとは。

純愛を貫く代わりに、将来を棒に振る決意をしたということか。

っていうかこれ、もしかして改めて失恋してる？

「俺にもいるし、エレノア嬢にもいる」

「えっ」

エレノアという名前に聞き覚えはなかったが、この流れだと見合い相手のことだろう。

「俺たちは双方破談を望んでいて、どうすればそれをスムーズに叶えられるか、それを話し合うために昨日は顔を合わせていた。俺とエレノア嬢は、恋仲でも未来の夫婦でもなく、それぞれの幸せのために互いを自分の人生から弾き出そうと画策する同志、戦友だ。まぁある意味、運命共同体とも言えるが」

「………」

アレクに好きな人がいて。エレノア嬢とやらにも同じく想う相手がいて。当人たちが結婚を望んでいない。だから、破談に向けて共同戦線を組んでいる。

……なるほど？　いや、なるほどって状況でもなくないか？

オレは納得できず、わっと叫んだ。

「それじゃなんでこんなことになってる!?　好きな子がいるクセに、お、お前、この状況、オレと完全に致してるじゃないか！　そもそもなんで娼館に!?　お前の純愛はその程度か、見損なった、完全に見損なったぞ」

「シオン、お前なぁ……」

アレクは盛大にため息をついた。でも、ため息をつきたいのはこっちのほうだ。

「そこは覚えていないのか」

「何を」

「――お前、俺のことが好きなんだろう」

突如、爆弾発言が落とされる。

「は……」

好きですが。

だけど、どうしてその事実がお前の口から出てくる？

「いや、何を、昨日のは酒に酔ったせいで起きた事故みたいなもので。そもそもこういうところに来たってことは、オレはお前じゃない相手を探していた訳で、まさかそんな」

「好きだって言ったろ。俺に失恋したんだって、泣いてたじゃないか」

「はっ!?」

本当に少しも覚えていないのか、と問われ、ドキリと胸が音を立てる。

そう、違和感があるのは尻だけではない。記憶のほうも断片ならば残っていた。

「え、待って、どこからどこまで」

夢だと思っていたものが、もしかすると夢ではない？

あれこれ喚いた記憶が頭を掠めて、ザッと血の気が引く。

「思い出したか？　昨夜はずいぶん従順にコレを呑み込んでくれたよなぁ？」

上掛けの内側、臨戦態勢でなくともご立派なモノを示されてぎょっとした。

「⁉」

意地悪く、アレクが口の端を持ち上げてみせる。

「それで、俺に失恋したからヤケを起こしたんだって、そう言って、泣いて、そのあと俺の言ったことは覚えてないと」

「っ、ぁ」

記憶は曖昧《あいまい》だが、自分が取り返しのつかない失言を、失態を見せたことを悟る。

駄目だ。死にたい。誰か殺してくれ。こんな生き恥を晒すとは思わなかった。本人相手に、オレは一体どれだけの醜態を。

「両想いなのか、と俺は言ったんだが」

「両想い？　何言ってる、そんな訳ないだろ。しっかりしろ」

もう無理だ、と思った。こうなった以上、騎士団にもいられない。失恋ひとつで職まで失うハメになるとは思わなかったが、そうだな、一緒の職場にいるのはどうせ辛いし、転職を検討すべきだ。

だが、逃避することは許さないと言わんばかりに、アレクは強い力で肩を揺さぶった。

「しっかりするのはお前だ。俺の好きな相手はシオン、お前なんだから。お前が俺をどう思ってるのかも分からないのに、見合いを断ろうとするくらいにはな」

「──は」

本当に、どうしようもない。

オレはこの期《ご》に及んで都合のいい幻聴を聞きたがっているようだ。

傷つきたくない気持ちがどうしても先走ってしまって、反射的にそんなことを思った。

でも、とアレクの真剣な表情を目にして、気持ちが揺れる。自分の心を守ろうとするあまりに、現実から目を逸らしているのではないかと。

そう、違う。幻聴じゃない。

アレクの言う通り、しっかりしろ、オレ。目をかっ開いて現実を認識しろ。向けられた言葉や態度を、真正面から受け止めるべきだ。

好きって言った。両想いだと。間違いなく、アレク本人がオレに向かって言った。

「お前が娼館に現れたと聞いたときには、本当に何が起こったのかと心底びっくりしたんだぞ。今までそういうところに出入りしていなかったのに」

「そう言えばどうやってそんな情報……」

娼館に現れたのは当然そういうことが目的なのだろうと思っていたが、この口ぶり、そもそもの前提が違うのかもしれない。

「ニグラスのヤツが緊急魔法通信を飛ばしてきた。お前が花街にいると」

初めから、オレを探してここまで来たらしい。

いや待て、今、普段聞かない単語を聞いた気がした。

「緊急魔法通信……!?　それ、有事の際にしか使わないやつ……！」

「実に適正な判断だった」

「何言ってんの？　始末書もんだよ、会議にかけられるやつだよ！」

ニグラスのアホは何をやらかしているんだ。それを当然のように受信したアレクもアレクである。

「いや、アイツはよくやってくれた。本当に頼りになる仲間だと思う。あとのことについては、こちらでうまいこと取り計らう」

「本当に何言ってんの!?」

「シオン、お前は知らないだろうが」

「……あれ？」

もっと真剣に受け止めて、処罰を軽くするために何かできないか検討すべき案件なのにと焦っていると、いつの間にか仰向けに押し倒されていた。

今、なぜこんな体勢になる必要が？

「お前の生活は、割にもう包囲されている。余計な害虫がつかないようにな」

「言ってることがよく……うわっ」

昨夜まで友情以外の意味合いで触れたことがなかったはずの大きな手が、オレの胸元を這う。

ドッと心臓が早鐘を打ち始めた。

精悍な顔つき、がっしりとした筋肉に覆われた身体、こちらを見つめる目には熱が灯っている。

「つんぁ」

手のひらで乳首を押し潰されて、オレの喉からあられもない声が出た。

恥ずかしい。まだ全然事態を受け入れ切れていない。

でも、どうしよう、やめてくれ、いや、やめないで。

「お前の片想い歴が何年かは知らないが、俺のほうも相当年季が入っているということだ。つまり、逃してやるつもりは毛頭ない」

好きなヤツにこんなふうに迫られて、オレに抵抗の余地などあるはずがないのだ。

なんだか、思っていた以上に向けられるものが重い気がするけど。まだまだ聞いてないことがある気配が濃厚だけど。

「いいよな、シオン？」

「え、え、何が」

「もう逃がしてやれないが、それでもいいな？」

真っ直ぐオレの心を射抜いてその場に縫い留めるような、強い力を帯びた視線。

「は、はい」

その圧に押されて、反射的に同意の言葉が零れ出ていた。

そうしたら、アレクは見たこともないようなたっぷりの笑顔をオレに向けまして。

「シオン、愛している」

情熱的な告白と共に、態度でもその〝愛〟を示し——つまりそう、両想いの感動に浸る余裕もなく、朝からオレはまた散々に啼《な》かされたのであった。

第二章　意中の騎士と相思相愛恋人デート中のはずが、
まったく一向にそういう雰囲気にならない件について

盛大にすれ違い、勘違いし、順序を間違えまくったあの娼館での騒動から一週間。

そわそわしながらも、付き合い始めたことは職場には伏せておこうと決めたので、今までとなんら変わりない勤務をオレは日々こなしていた。

けれどただの同僚、友人のフリをして過ごしてると、やっぱりあの日のことは夢なんじゃ？　と思ってしまって、恋人同士だという自覚はなかなか持てずにいた。

でも、そんなところに、アレクから週末ふたりで出かけないかとお誘いがあったのだ。

「これはいわゆるデートというやつで、間違いないはず」

待ちに待った当日、指定の場所でアレクを待ちながら確認するようにつぶやく。

デート。口にすると、ますます落ち着かない。

今までだって、一緒に出かけたことはいくらでもあった。飲みに行くのも、互いの買い物に付き合うのも、珍しいことじゃない。

でも、今回は今までのものとは絶対に違う。友人としてではなく、恋人として誘われたはずだ。

約束して、待ち合わせる。ただそれだけのことに、妙に緊張してしまう。

「シオン、悪い、待たせたな」

アレクがやってきたのは、約束の十分前だった。

「いや、今来たところだし。アレクだって時間より早く来てるだろ」

本当は三十分前からいたけど、そんなのは些末《さまつ》なことだ。それより、いかにもカップルですといった感じのやりとりに、内心照れてしまう。

すごい。こんなやりとり、今までだって交わしたことはあるはずなのに、今日は威力が全然違う。

アレクのラフなシャツ姿にも、密かにテンションが上がる。ボタンをふたつ開けているので、そこからチラつく大胸筋をつい盗み見てしまう。

いつもはきっちりと隊服を着込んでいるので、こういったラフな格好はギャップがあってとてもいい。

「やっぱりそれなりの人出だな」

大通りを見渡しながら、アレクがつぶやいた。

「祝祭だからな。皆この日を楽しみにしてる訳だし」

今日、アレクに誘われたのは、城下で年に一度行われる祝祭・花祭りだ。

その年の豊穣《ほうじょう》を願って執り行われる花祭りは、その名に〝花〟を冠しているように、花が祭りのメインモチーフとなる。あちこちの軒先が生花で飾られ、街の至るところでフラワーシャワーが撒かれ、出店も花をモチーフにした商品で溢れ返る。目にも華やかな祭りなのだ。

この豊穣《ほうじょう》を祈る祭りは繰り返される中でその意味を広げ、豊かな実りが子孫繁栄という要素も含むようになり、今では恋人たちの祭典にもなっている。生花で作られた花冠や花輪を意中の相手に贈るのが定番で、一年で最もカップル発生率が高い時期でもあるのだ。

つまり、この祭りに誘われたということは、恋人同士ということを意識してのことに違いない。

多分きっと、絶対そう。

「端から順に回っていくか」

「うん」

通りは熱気に満ちている。道の端で花束をプレゼントする若い男性がいたり、生花を髪に挿し目一杯おしゃれをした女の子がいたり、彼らの不安と期待に満ちた様子は見ているこちらも感情移入してしまう。

オレもいつも通りの雰囲気でいようと努めているけど、実は内心ドキドキそわそわしていた。

今日は恋人っぽい振る舞いをしていいのだろうか。人目は気になるけど、ちょっとくらい接触イベントがあってもいい気はする。

アレクだって、少しはそういう期待をしてるんじゃないだろうか。

精悍な横顔を盗み見るが、いつもと変わらず爽やかなだけでどんな欲も読み取れなかった。あの夜、あれだけ獰猛で情熱的だったのが嘘のように思えるほど。

「シオン、あっちで売ってる果実酒はどうだ。南国の果実らしいぞ」

「どれ？　あ、あれか、おいしそう」

示された屋台にはカラフルな飲み物が並んでいた。メニューにある果実の名前は知っているが、実際口にしたことはないものが多く、興味をそそられる。

「買ってくる。シオンはここで待っててくれ」

「え、オレも一緒に行く……」

言いかけたが、アレクはあっという間に人混みを縫って先に進んでしまっていた。少し迷いはしたが、無理に人波を分けていくのもなと思い直し、通りの端の建物まで移動する。

「ずっと続く祭りだけど、毎年毎年新しいものが出るな……」

アレクが買いに行った果実酒もそうだし、装飾品もアレンジされたものが次から次へと出てくる。街のあちこちを飾る花も品種改良や交易ルートが増えたことによって、初めて見るものがちらほらあった。

「シオン、待たせたな」

戻ってきたアレクから渡された器は、淡いオレンジ色の液体で満たされていた。飲み口には黄色い花が飾られている。この果実が実る植物の花らしい。

「ありがとう、いくらだった？」

財布を取り出そうとしたら、手を押し止められた。

「奢《おご》りだ。気にするな、大した額じゃない」

「いや、でも」

「じゃあ次の店ではシオンが奢《おご》ってくれ」

渋ってみたもののそう言われ、まぁそういうことなら……とありがたく果実酒を受け取ることにする。

「お、果実酒だから甘みが強いかと思ったが、程よい酸味があっていいな」

「たしかに。お酒っていうよりは、ジュース感覚でぐびぐびいっちゃいそう」

甘味と酸味のバランスがとてもいい。嚥下《えんげ》すると同時に、ふわっと慣れない香りが鼻に抜けた。

「……香料？」

「あぁ、香りづけにこの花のエキスを使ってるって店主が言ってたな。嗅ぎ慣れない匂いではあるが、嫌じゃない」

「うん、味とも合ってる」

この祭りだけの出店なのだろうか。どこかの店で常時飲めたらいいのにと、そう思うくらいおいしい。

「そういえば、シオンはどこか見たいところはあるか」

「え、そうだな……」

訊かれて、今通ってきた道や過去に訪れたことがある店をざっと思い浮かべる。

「さっき少し手前で通りかかった刺繍《ししゅう》リボンの店、あそこ、もうちょっと見たいかも。全体をぐるっと回ったら、似たような店もあるかもだけど」

「リボン？」

アレクが不思議そうな顔をした。

「お前が使うのか？　いや、似合うと思うが」

「違うよ、妹たちにどうかなって」

オレが身に付けるところを想像したらしい。笑い飛ばしながら否定する。

ちらりと覗いただけだったが、さまざまな種類の花の刺繍《ししゅう》を施したリボンは、いかにもウチの三人いる妹たちが好みそうなものだった。離れたところから見ても質の高そうなリボンだったし、いろいろな用途で長く使えるだろう。

「妹」

「お土産をせがまれてるんだ。三人だって花祭りには行く予定なのに、なんでかいっつもせがまれるんだよな」

妹たちは、自分のために誰かが選んでくれるのがうれしいのよ、お兄様が見繕ってくれるのがいいの、と毎年言う。もちろん、妹たちもオレのためにあれこれ見繕ってくれるので、実質ただのプレゼント交換会になっているんだが。

「ただ花祭りは本当にいろんな商品が出るから、ほかにもっとぴったりなのがあるかも……」

「なるほど。確かに毎度その年の流行《はや》りがあるし、最近は異国の商品も出ていて、目新しいものが多いからな。戻ってもいいが、人気店で在庫が危うそうとかでなければ、ぐるっと回ってから考えるのはどうだ？」

提案されて、出店の様子を思い出す。乙女心をくすぐる商品なので客は多い印象だったが、屋台にたっぷり陳列されていた商品のことを考えると、すぐに売り切れなんてことはないだろう。

「……うん、そうだな。まずはぐるっと回るか」

「よし、決まりだ」

果実酒を飲み切ってから、再び散策を開始する。

金細工やアロマ、アクセサリーにハンカチ、食用の花まで、眺めているだけでも楽しい。時折気になった屋台で飲み食いしながら、気づけば広い会場を半分ほど回っていた。

「おっ、お兄さん綺麗だね」

不意にすれ違いざまに見知らぬ男から、そう声をかけられる。それと同時に、頭の上にふわりと何かが載せられた。

「その顔、男でもそそるわ、なぁ、オレと過ごすのはどうだい？」

——ナンパだ。

不埒な目的がチラつく目を向けられて、一気に苛立ちが湧き上がった。

頭に載せられたのは、きっと花冠だろう。

この祭典、夫婦や恋人たちが仲を深めたり、絶好の告白の機会になるのはいい側面なのだが、その一方でナンパやしつこい付きまとい行為が発生するのも事実。

花祭りに来て絡まれるのは初めてではないが、今年は一層気分が悪い。

今、オレはデートの最中だぞ！

傍から見れば友人同士にしか見えないかもしれないけど！

男はただ気に入った見目のヤツがいたから声をかけただけ、あわよくば一発ヤれないだろうかという雰囲気満々だ。本気で来られるパターンも困るが、こういうのは純粋に不快で仕方がない。

「結構……だっ⁉」

突き返してやろうと頭上の花冠に向けた手は、なぜか空を切った。

肩を掴まれ引き寄せられる感覚に、顔の横からにょっきり伸びてきたたくましい腕。オレが掴むはずだった花冠はその手に握られ、ナンパ男に押しつけられていた。

「俺のツレだ。余計な手出しをするな」

低く威嚇するような声は、アレクから発せられたものだ。

「っ……！」

守られるなんてガラじゃない。できるなら絡んできた相手は自分で撃退したい。

でも、それとは別に〝俺のツレ〟という単語にじわじわうれしくなってしまう。いや、男同士、本当に単に連れ立っているだけでも〝ツレ〟と言うのは分かっているが。

ナンパ男は体格のいいアレクに凄まれ委縮したのか、逃げるように去っていった。何か捨て台詞を吐いていたような気もしたが、〝ツレ〟発言に気を取られていたのでよく覚えていない。

「迷惑なヤツもいるもんだな」

「まぁ、祭りのときって浮かれたヤツが多くなるから」

気を取り直して、行くか、とまた屋台巡りを再開する。

だが、ここから急にうまくいかなくなった。

「あの、一目惚れしました！」

と、出店の青年に突然花輪を押しつけられたり、

「前からお見かけしていて素敵だなって。あの、あの、女側からなんておかしいかもしれませんが、受け取ってくださいませんか……！」

と涙目の女性に花冠を差し出され、告白を受けたり。

「おう、兄ちゃん。えらく別嬪《べっぴん》だな。一発ヤらしてくれねぇか」

おまけに、最低極まりない台詞をミニブーケと共に投げて寄越すおっさんまで出てくる始末。

「キモイ絡み方してくんな、一昨日来やがれ！」

手首を掴んできたおっさんの腕を逆に掴み返し、背負い投げしてやる。

華奢《きゃしゃ》だと舐めてかかっていた相手にまさか投げられるとは思っていなかったのか、おっさんは地面に転がったまま目をぱちくりさせていた。相手が我に返る前に、近くを通りかかった治安維持部隊に身柄を引き渡す。

「ったく、どいつもこいつも……」

オレとアレクがせっかくふたりで出かけているというのに、まったく空気を読んでくれない。

さっきから足を止められてなかなか進めないし、おちおち店を覗くこともできない。アレクと会話しようと思っても途切れてしまい、絡んでくる相手をあしらうたびにオレの気分はどんどん落ち込んでいった。

こんなの、デートと呼べない。

絡んできたヤツらを片づけることで頭がいっぱいになって、デートのデの字もない殺伐とした雰囲気になっていたことに気づく。こんな様子じゃ、アレクも楽しくないだろう。

今までもアレクと出かけた先でトラブルが起きたことはあったが、コイツと付き合うと楽しむこともくつろぐこともできないとか思われていたら、事実とはいえ最悪すぎる。

「ご、ごめん……さっきから揉めてばっかで」

どうかアレクがもう帰りたいとか思っていませんように。そう思いながら慌てて謝罪の言葉を口にする。

恐る恐る視線を上げると、アレクは顎に手を当てて何やら考え込んでいた。

「アレク？」

そうして、眉間にシワを寄せながら言う。

「いっそ俺が花冠を買ってくるから、それを載せておくか？」

「うぇっ!?」

「あぁ、でも男で花冠はあんまり見ないな。かえって目立つし、よくないか……」

どうやら帰りたいとかそういうことは思っていないようで、安心すると同時に、その提案に動揺してしまう。

アレクからの花冠。欲しい。

頭に載せたいかといえばそうではないけど、アレクからの花冠はほしい。だって恋人たちの象徴みたいなものだ。もらえたら、どうにかして永久保存できるようにするのに。

だけど、身に付ければそれはそれで悪目立ちしそうというのもその通り。

「どうしたもんか。帽子程度でカモフラージュになるなら、それがいいんだが」

「そ、そうかも」

顔を隠す方向でいったほうが、たしかに確実だ。というか、最初からそうしておけばよかった。

そうは思いつつも、心の隅では花冠をもらえたかもしれない可能性が燻《くす》ぶって、後悔の気持ちが滲んでしまう。提案されたときに一も二もなく飛びついて、欲しいと言えばよかったと。

「一旦祭りの会場を出るか。たしか、通りを一本挟んだところに洋装店があったはずだ」

「うん」

けれどももう完全にタイミングを逃している。

あぁ、オレの馬鹿。すっごく馬鹿。

でも初めてのデートを、後悔で染めたくない。未練は断ち切って、ここから先を楽しむことを考えなくては。

そう、気持ちを切り替えようとしたところだった。

「──ん？」

ふくらはぎの辺りに、何かが軽くぶつかったような衝撃を覚える。痛くはなかったけど、と視線を下方に向けると──

「あれっ」

「ん？　どうした？」

幼い少女がいた。

ミルクティー色のふわっとした髪、その髪には小ぶりの生花を挿していて、身にまとうワンピースも花のモチーフが散らされた愛らしいデザイン。身長はオレの腰より低く、年の頃、四つか五つくらいだろうか。

オレのズボンをぎゅっと握った小さな手には、精いっぱいの力が込められていた。見上げてくる瞳は不安に揺れている。

「ひとり？　一緒に来た人と、はぐれちゃった？」

「……っ」

ズボンを握っていた手を解いてオレの両手で包みながら、腰を下として目線を合わせる。

大きな瞳は、オレを真っ直ぐ見つめながらも潤み始めた。声を出したら、きっと嗚咽《おえつ》が漏れてしまうのだろう。それを必死に我慢している。

「よしっ、分かった。大丈夫、一緒に来た人、探そう。お父さん？　お母さん？　それともお兄ちゃんかお姉ちゃん？」

「マ、ママと」

か細い声が絞り出された。

ふぐぐっと必死に泣くのを我慢している姿はいじらしく、宥めるために背中をぽんぽん優しく叩く。

「ママと一緒に来たのか。分かった。はぐれちゃったのは、ついさっき？」

この問いには首を横に振られた。

「ちょ、ちょっと経ってる……」

「なるほどー、きっとママも今必死に探してるだろうな」

ここに来るまで、子どもを探すような呼びかけの声は聞かなかった。はぐれてから少し時間が経っていて、この子が親を探してあちこち歩き回っていたなら、それなりに離れたところにいるかもしれない。

すぐそばにいる、大柄な男を見上げる。

「アレク、予定変更。迷子の親御さん探し優先で」

騎士の精神に則《のっと》って、困っている人がいれば許す限りその人の力になる。そういうものなので、アレクも迷いなく頷いた。

「運営本部では迷子の預かりもしてるから、親もそこを頼る可能性が高い。本部を目指しつつ、道中呼びかけもするか」

「そうだな」

アレクの提案に同意してから、少女に視線を戻した。

「オレはシオン。こっちは、アレク。お嬢さん、お名前は？」

うやうやしく手を差し出せば、彼女は目をぱちくりさせた。

「……リリ」

少しのためらいのあと、小さな手が載せられる。

「リリ、可愛い名前だなぁ」

オレは騎士なので、事前にしっかりとお伺いを立てた。

「ではお嬢さん、少しの間抱き上げてもよろしいでしょうか」

こくりとリリが頷いたので、では失礼してとその身体を抱き上げる。妹たちは抱っこをせがむ時期はとうに過ぎているので、久々の感覚だった。思っていたよりも軽くて驚く。

「今から、迷子を保護してくれる場所まで、リリを連れていくね。でもその間に、ママとすれ違うかもしれない。だからリリは、ママのことたくさん呼んで。少し高いから、ママの顔が見えるかもしれない」

母親を探そうにも、自分よりずっと背丈の高い人間に囲まれて顔もロクに確認できないような状態で、大層心細い思いをしていたに違いない。オレにぶつかるまで、よく泣かずに耐えていたと思う。

「大丈夫だ、俺たちも一緒に呼びかけるからな。特に俺の声はデカくてよく通るから、きっとすぐに君のママにも届くぞ」

励ますように、アレクもそう続けた。

そうして、三人で声を上げながら、人混みの中を進み始める。

「リリちゃんのママー！」

「マ、ママ……」

最初は小さな声しか出なかったリリも、状況に少し慣れたのか、オレたちの大声に合わせるようにだんだんと声を出せるようになっていく。

「ママぁー！」

「リリちゃんのお母さん、いらっしゃいますかー！」

「ふっ」

「なんだ、シオン。何かおもしろいことが？」

声かけの最中に思わず笑いを漏らすと、アレクが首を傾げる。

「いや、ホントにすっごく通る声だからさ。こんだけデカけりゃ、きっと母親にも届くよなって」

事前にリリに宣言した通りだな、と思う。

それに、騎士として当然とは言ったけれど、デートだろうとなんだろうと、こうして一緒に声を張り上げながら一所懸命に対応している姿が好ましくて、うれしくなってしまったのだ。

「シオンが迷子になっても同じように声を張り上げるぞ、俺は」

「オレは迷子になりません～」

時折軽口を叩きながらも、母親を探し続けること数分。進行方向に、運営本部の天幕が見えてきたところだった。

「リリっ！」

ざわめきの中に、必死な声が上がる。

「リリ……！」

「あっ！　ママ！」

リリと同じ髪色の女性が、人混みを掻き分けながらこちらに向かってきていた。どうやら母親を無事見つけられたらしい。

「あぁ、リリ、無事でよかった……！」

無事でいる姿を目にした途端、母親は緊張の糸が切れたらしい。縋りつくように娘の身体に手を伸ばした。彼女にリリを渡しながら、軽く状況を説明する。

「お嬢さんがひとりでおられたので、運営本部に送り届けようと私たちで保護させていただきました」

「すみません、本当にありがとうございます……！　人の波に呑まれて、手を離してしまって。何かあったらと怖くて怖くて。助けていただいて本当にありがとうございます。何かお礼を……」

「必要ありません、そのお気持ちだけで十分ですよ」

「騎士として当然のことをしたまでですから」

アレクと一緒にやんわりと申し出を断ると、母親の目が見開かれた。

「まぁ、騎士の方だったのですね」

こちらの身元が分かれば、より安心してもらえるだろう。騎士の身分を詐称すれば罪に問われるので、騙《かた》る輩《やから》はそうそう現れない。オフの日なので騎士であることを示す階級章はないが、そこらの治安維持部隊にでも問い合わせてもらえれば、顔馴染みも多くいる。

「……騎士？」

聞き慣れない単語だったのか、リリが小首を傾げた。

「リリも何度か見かけたことがあるでしょう？　お城やこの国を守ってくださっている方なのよ」

そう説明してから、母親は再び深々と頭を下げる。

「本当にありがとうございました。ほら、リリも騎士様にお礼を言って」

「ママを見つけてくれて、ありがとうございました」

促されて、リリがぺこりと頭を下げる。先ほどまでのあの心細そうなものとは違う、ハリのある愛らしい声だった。

「もうはぐれないようにね」

「それでは、俺たちはここで」

軽く会釈して、踵《きびす》を返す。

「騎士さま！」

だが数歩進んだところで、リリに呼び止められた。

「？」

何か言い残したことでもあっただろうかと戻ると、彼女は母親の腕の中でしばらくもじもじしてからそっと手を差し出してきた。

握手でもしたいとか？　と不思議に思いながらも望まれた通りに手を差し出すと、リリは髪に挿していた生花を抜き取りオレの指に巻きつけ、輪っかにしてみせた。

「まぁ、この子ったら」

「おっと……」

即席の花の指輪だ。

幼くとも、きっと彼女は知っている。この祭りで花がどういう扱いをされるものか。

「あ、ありがとうございました！」

真っ赤な顔でもう一度そう言われた。

今日は花冠も花輪も花束も全部拒絶したけれど、これは到底拒めそうにない。

「こちらこそ、身に余る光栄です」

付けてもらった指輪にうやうやしく口づけを落としてみせてから、今度こそ親子と別れた。

「妬けるな」

しばらくして、隣を歩くアレクがそんなことを零す。

「あんなに小さい子相手に何を」

そう笑い飛ばせば、

「先を越された」

と即答された。ちょっと拗ねた声音な気がするのは、オレの願望だろうか。

「言っておくが、さっきのあれは初恋泥棒だぞ」

「あの年頃の初恋、思春期にはもう輪郭がぼやけてるよ」

ふんわりした思い出が残るかどうかといったところだろう。実際、あの子が本気の恋をする年頃には、オレはもうかなりのおっさんになっている。

けれどアレクは難しい顔を崩さなかった。

「あの子がすっかり大きくなっても、シオン、きっとお前は魅力的なままだぞ」

「へっ!?」

急に盲目すぎる発言をされて、ドギマギしてしまう。

「ななな、何を馬鹿なこと言って」

あまり恋愛耐性がないのだ。一方的に想いを押しつけてくる輩《やから》ではなく、好いた相手からの褒めは破壊力が凄まじい。火照《ほて》った頬を冷ますように手で扇いでいると、その手首を掴まれた。

「アレク？」

「指輪じゃないが」

手の中に落とされる、何かコロンとした小さなもの。

なんだ？　と覗き込むと、そこには銀色のボタンのようなものがふたつあった。

「男でも、そういうものなら花モチーフでも使いやすいかと思って」

最初に見た瞬間は単にボタンと思ったが、違う。ボタンはボタンでも、これはカフスボタンだ。

アレクの言う通り、花の模様が彫り込まれ、中央には小さな青い石が嵌められていた。

花冠でも、花輪でも、花束でも指輪でもないけれど。

これは、プレゼントだ。しかも保存が利いて、普段から自然と身に付けられる。

気づかないうちに、こっそり買ってくれていたらしい。

「え、え、ありがとう」

「気に入ってもらえたならうれしい」

「もちろん！」

だらしなく頬が緩みそうになる。今日の服装にはちょっと浮くかもしれないが、せっかくだからと袖口のボタンホールに早速取りつけた。

今日は全然恋人らしいことができてないなと思っていたけど、急にそういう雰囲気が高まった気がする。

「アレク」

「ん？」

花祭りは豊穣《ほうじょう》を祈る祭り。転じて、恋人たちの祭典でもある。

恋人たちは、花をモチーフにしたものを贈り合うものなのだ。

だから。

「これ！」

オレも自分がされたみたいに、アレクの太い手首を掴んだ。

「え」

「オレからも、アレクにその、プレゼント」

せっかくだから何か贈りたいなと、お互い思っていたことがうれしい。実はオレもこっそりと買っていたのだ。

銀のプレートの付いたブレスレット。プレート部分には、健康と魔除けの意味を持つ花と蔦《つた》の紋様が刻まれている。

「まさかシオンも見繕ってくれていたとは」

アレクが破顔する。豪快で懐っこい、心を開いた相手にだけ見せる笑顔。

「ありがとう、大事にする」

陽の光に翳《かざ》しながらブレスレットをじっと眺めるアレクの横顔が幸せそうで、オレは満ち足りた気持ちになる。

アレクと自分が恋人同士だなんて、実は夢なんじゃないかなんて疑っていたけど、今はそう思わない。

どうやら本当の本当に、オレは意中の騎士と両想いで恋仲になったらしい。

第三章　意中の騎士とやっっっと恋仲になったのになぜか一向に手を出してこないので、ここらで一服盛ることにした件について

あれ？　おかしいな？

そう思ったのは、ふたりで花祭りに行ってからひと月と半分ほど経った頃だった。

そう、あれからもう一月半も経っている。なのに。

「おかしいんだよ……」

オレは路地裏にある馴染みの酒場で、同僚に愚痴を零す。

「何がおかしいんだよ、っていうかあんまり飲むなよ」

「なんで？」

「なんでってそりゃ、お前に酔われでもしたら大変なことになるから……」

週末、終業後の誘いに付き合ってくれたサスが、向かいの席で苦い顔をする。

手にしているのはそれほど強い酒ではない。そもそも酒には滅法強いので、この程度ではまったく酔わない。そんなことは、同じ団に所属しているこの男ならよく知っているはずなのに。

「っていうか、飲みに行きたいならアレクを誘え？」

サスに言われ、オレは渋面を作った。

もちろん、オレも一番にお誘いはしたのである。だが。
「だって断られた。残務処理があるからって」
では、その残務を手伝うと申し出れば、自分でどうとでもできるからとそれもやんわり断られた。
続けざまに断られ傷心のオレは、それならばと同じ団の同僚たちに声をかけたのだが、これが
まぁ一周回っておもしろくなってくるくらい、袖にされる。今日は予定が、彼女とデートなんで、
実家から呼び出し食らってて、まさに今この瞬間急用が入ったわ、行きたい気持ちは山々なんだけ
ど持病の癪が等々。
もしかしてオレって職場で嫌われてる？　と感じてしまうくらい白々しくお断りを告げられ、最
終的に泣きついたのがサスだった。
ちなみにサスは幼少期からゾッコンべた惚れの幼馴染がいるので、そういう意味でも心配のない
大変得難い友人のひとりだ。幼馴染に対してはヤンデレストーカーでは？　大丈夫か？　といった
様子だが、それ以外は至って常識人である。
「そうなの？　アレクがお前の誘いを断るとか、珍しいな」
「っていうか、皆に断られるんだけど、なんで？　オレ、なんかやらかした？　あまりにあからさ
まに断られるんだけど」
本日袖にされた人数を告げると、サスはだろうな、とため息をついた。
「そりゃあまぁお前、アレクの怒りを買いたくないからだろ」
「アイツの怒り？　なんでそんな心配をする必要が？」

オレと飲みに行くのと、アレクの怒りを買うことの因果関係が分からない。仕事帰りに同僚と一杯二杯引っかけるなんて、よくあることだ。酒場に行くと、店にいた男が絡んできたりすることはたしかにあるが、大きなトラブルになる前に収める術は身に付けている。

「お前まだ無自覚なの」

サスが呆れた顔をする。

「……何に対して？」

自覚できていないことが何かあるだろうか。

だって団員は身内みたいなものだ。たしかにオレの入団当初や新入りが入ってきた際に、無理に迫られたりトラブルになったことはあった。だが、団内でよこしまな視線を向けてきたヤツは即座に腕っぷしで制圧している。オレを手籠めにしようなんて百年早いということを叩き込んで、関係を修正してきたのだ。

大抵はそれでどうにかなるし、そこまでしてもどうにもならないヤツは配置換えとなる。厳しい戦況に送られることもある第四騎士団に、己を律することのできない者は適さない。作戦の成功率を下げ、仲間の命を危険に晒しかねないからだ。

そんな職場で日々働いているのだから、同僚とはそれなりの信頼で結ばれているはずだと思っていた。

「本音を言うならオレだって帰りたいよ」

「ひどい」

でも、付き合ってくれたサスにまでそう言われてしまう。

面と向かって言われれば、もう誤魔化《ごまか》しようがない。どうやらオレは団の中で嫌われているらしい。

「まぁひどい話だわな。無自覚っていうのは、そういうところな訳だけど。でも自覚がないほうが、幸せかもしれない……」

「……意味が分からん」

「人間、自分に向けられているものが大きすぎると、その正体を掴めなくて当然だよなって話」

サスが宥めるように机に突っ伏したオレの頭をぽんぽんした。嫌いな人間に対してこういうことはしないような気はするが、言われたことを振り返れば、要するにオレには客観性が足りていないのだと指摘されているように思う。

「……オレ、なんか皆に嫌な思いさせてる？」

「いやぁ、別に。シオンがどうこうって話ではない。触らぬ神に崇りなしってことだよ」

「はぁ」

それはつまりこの場合、アレクがその〝神〟に当たるということで……と思考を巡らせていると、酒のアテのオリーブをつまみながらサスのほうが話を戻してきた。

「それで何がおかしいって？」

「あ」

そう、その話をしようとしていたのだった、と思い出す。

実はアレクとオレが交際していることを、この男にだけは話してある。職場には伏せておくはずだったのだが、サスから〝で？　付き合ってんの？〟と早々に鋭く切り込まれたのがきっかけだ。

「そうなんだ、聞いてくれ、アレクの様子がおかしい」

「そうか？　相変わらずの激重《げきおも》通常運営だと思うけど？」

「激重《げきおも》……？　いや、お前らには普通かもしれないけど、オレには違う」

「惚気《のろけ》は勘弁してくれ」

「惚気《のろけ》じゃない」

違和感を覚えたのは、二週間ほど前。仕事終わりに、遅くなったしと一緒に食事に行った。これはまぁ、今までもよくあったことではある。

でもそこは付き合い出してほやほやの間柄。ただの食事も心構えというか、テンションというか、いろいろと違うところはある。楽しさが今までの比ではない。

おいしそうに食べる顔とか、酒を呷る姿とか、苦手な酸っぱいものを口にしたときの反応とか。ひとつひとつが鮮明に目に留まるし、ということは前より堂々と相手のことを観察できているということでもあった。

もう盗み見しなくてもいい。

変に思われるかもなんて心配せずに、何も取り繕わず相手と過ごすことができる。

今、十分贅沢だし幸せだ。たしかにそう思った。

「素っ気ないと思わないか」

なのに、そういうふうに感じている自分がいる。

「アレクが？　シオンに？」

そうは思わないけどとサスは言ったが、一度違和感を覚えたら心のもやもやはどんどん大きくなるばかりだった。

「一応ふたりとも団の士気が下がったらよくないとか気にして関係は伏せてるし、そうなると普段のやりとりがいつも通りというか、意識しすぎて素っ気ないくらいになっても何もおかしくないだろ」

「普段はそりゃ、そうだと思うよ」

サスの言うことはもっともで、日常生活にこれといって今までと変わりがないのは当たり前のことで、そこはオレも納得している。でも、それは勤務中とか、公的な人目がある場面での話だ。

ただ、オレたちにだってプライベートはある。四六時中気を張っている必要もない。

食事には行く。会話も弾む。アレクはいつもと変わりない。

——そう、変わりない。

「……もしかしたら、後悔してるのかもしれない」

「後悔？　何をだよ」

食事に行っても、食事だけ。そこから先が何もない。

「やっぱ上官からの見合い話断ったの、後悔してるのかも」

「まさか」

楽しく会話はできているが、そこから甘い雰囲気になったりしないのだ。

「だってやっぱり出世に響いてるだろうし……」

「そこら辺は相手の令嬢ともうまくやったんじゃないのか。話はついてるって聞いたけど。それにアレクだってもともと出自もいいし、見合いがなくても普通にのし上がっていけるよ」

「それでも遅れが出たことは事実だし……」

「物の見方じゃ？　遅れが出たんじゃなくて、元通り。見合いのほうが予想外のルートだったって考え方もできる」

「そうかな……」

サスは優しい。気にするなよとか考えすぎだろなどと言うのではなく、ポジティブな発想を示してオレを慰めてくれる。

けど、それでもオレの心は晴れなかった。

「出世は関係なくても、いざこういう関係になってみて、やっぱり思ってたのと違うかもとか、女の子のほうがいいなとか、そういうのもあるかもだし」

甘い雰囲気にならないということは、つまりキスもその先もあったもんじゃない。なんなら、指先すら触れ合わない。とにかく、なっっっんにもないのだ。ド健全にもほどがある。

「いや、アレクに限って絶対そんなことないって。オレらが今までどれだけ……」

最初にあんなに濃厚な関係を結んでおきながら、まさか今さら手も繋げませんなんて初心《うぶ》さを発揮したりはしないだろう。アレクの性格的にもまずなさそうである。

ということはしたくない、興味がないというのが妥当な結論だ。やんわりと逃げられている。

あれだけ派手に手を出しておいて、やっぱり無理でしたではあんまりひどいという自覚があるから、遠回りして距離を作ってなかったことにしようという算段なのではないだろうか。

「友人で満足しておけばよかった……」

「いやいやいや、ないってそれは」

そもそもこっちが友人関係を維持していたのに、それをぶっ壊してきたのは向こうだけどな？　と思ったらムカムカしてきたが、目の前のサスに当たるのは違うので、代わりにグラスの酒を呷ってそれを鎮める。

「とにかく！　おかしい！　少なくとも本心を隠されているというか、何かはぐらかされてる感じがすっごくする！」

「……アレクに隠しごとというか、黙ってることが多そうなのは否定しないけどなぁ」

「だろ!?」

ほら見ろ、サスの目から見てもアレクには怪しいところがあるんじゃないか。

「はい、お待たせ！　朝採れ野菜と丸ごと鶏の蒸し焼き、特製ソース添えだよ」

疑念が確信に変わりつつあるところへ、元気な声。この店の店主の妻が大皿を運んできてくれた。香ばしい匂いが胃袋をダイレクトに刺激して、じゅるり唾液が分泌される。匂いを胸に吸い込んだだけで、もうおいしいことが確約されていた。

「ま、まずは美味いもん腹に入れろ？　人間空腹だとロクなこと考えないしな」

「それもそうだな。すみません、ジョッキ大ふたつ、追加で！」

「飲むなぁ。さすが酒豪」

「サスもかなり強い部類だろ」

だからジョッキはふたつ注文したのである。

「まぁな。だからほかのヤツらと違ってお前と飲めてる訳だけど」

「うん、最後まで付き合ってくれるのうれしい」

「そういう意味だけじゃないんだけどな」

「？」

団員は基本的には酒に強いヤツが多い。けれど頭ひとつふたつ飛び抜けたレベルとなると、オレかアレク、サスのほかにはふたりくらいしかいない。

特別酒好きという訳ではないが、飲みたいなという気分になることはたまにあるので、そういうときに気にせずガンガン飛ばせる相手がいるのはありがたいことなのだ。

大きなジョッキになみなみと注がれたエールはすぐにオレたちの手元にやってきて、何度目になるか分からない乾杯を交わしてから、ごくっと一気に冷たいアルコールを呷った。


「そろそろ出るか」

「うん」

存分に飲み食いして満足したところで、どちらからともなくそう切り出し、簡単にテーブルの上を片づける。会計を済ませ上着片手に店を出ようとしたら、ノブに手をかける前に扉が開いた。

「おっと……」

「すみませ、あぁ、やっぱりここだったか」

「あれ、アレク？」

顔を覗かせたのは、なんとアレクだった。このタイミングで出くわすと思っていなかったので、意表を突かれる。

「どうしたんだ、あ、お前も仕事が片づいて今から夕飯？」

もう少し早かったら一緒に食事を取れたのに。いや、今からアレクが食べると言うのなら、隣で飲みを延長してもいい。もちろん、嫌がられなかったらの話だが。

だが、オレの予想は外れていたらしい。

「いや、隊舎で食事は軽くだが済ませている」

「あ、そうなの？　じゃあ……」

なんだろう。それこそ軽く一杯やりにきたとか？

「シオン、お前が飲みに行くと言っていたから」

「言いましたけど」

「お迎えきてくれてるじゃん」

ぼそっと耳打ちしたのはサスだった。

「怖いな、お前の彼氏。一体どこから聞きつけたんだ？　場所なんて、オレら落ち合ってからテキトーに決めたのに」

たしかにそれはそうだ。でも、サスともアレクとも付き合いは長い。同じ団員だから、一緒に飲みに行くことも多い相手だ。よく行く店なんかは、なんとなく当たりをつけられるものだとも思う。

アレクは本当にオレを迎えに来ただけらしく、オレたちが店を出るのと一緒に通りへ戻った。

「最近、そこの通りの奥に新しい店ができたのは知ってるか？」

示されたほうに視線を遣ると、賑やかな声が聞こえてくる。飲食店が多い通りだ。まだまだ客足は絶えない時間帯でもある。

「知らないな。シオンは？」

「いや、オレも。どんな店？」

「一見普通の酒場なんだがな。やけに客引きが強引らしい」

奥の部屋で無許可の賭場《とば》を開いているなんて噂もあるとアレクは耳打ちしてきた。

「余計なトラブルになってもなと思って。それでなくともお前は目を惹く」

たしかにほろ酔いの男ふたり、いいカモだと思われて声をかけられる可能性はあるだろう。オレもサスもそんなものには慣れているが、オレの容姿の件でさらに心配させていたらしい。

「な、シオン、好きでもないヤツのために残業のあとにこんなことしないよ」

サスがまたこっそりオレにそう囁いた。

そうだろうか。そう思っていいだろうか。

「じゃ、オレこっちの通りだから。また週明けにな」

「おう、気をつけて。また飲みに行こう」

「今度はアレクと三人でな」

互いに軽く手を振り合って、サスとは大きな三叉路《さんさろ》で別れた。

「……最近、仕事忙しいのか」

ふたりきりになってしまって、会話に困る。

前は何を話しても、あるいは何も話さなくても別に気負わずにいられたのに、今は適切な会話とはなんだろうなんていちいち考えてしまう。

「あぁ、まぁ少しな。財務部からいろいろと言われていて」

「予算の見直し？」

「あと監査が入るんだと」

アレクは団の経理関係の仕事も割り振られている。時期によってはたしかに忙しい。今は決算期でもないのにと思っていたが、不定期に監査が入ることはある。忙しいのにも、それで説明がつくが。

一旦会話が途切れて、大通りを並んでただただ歩く。

ちらりと見上げれば、燃えるような赤髪は夜の最中でも目を惹いた。街灯の灯りを反射して瞬くのだ。

一応騎士団所属なのでオレも鍛えてはいるが、アレクはやっぱりそもそも骨格が違うなと思う。がっしりとした体格、鍛えただけ応えてくれる筋肉。パッと見ただけでどれだけの鍛錬を重ねているのか、その成果が伝わる。正直言ってうらやましい。

オレはといえば、騎士団の筋骨隆々なメンバーの中にいるとやはり見劣りする。おまけに着やせするタイプなのだ。プラス顔のこともあって、そう身長が低い訳でもないのに、外見から舐められることは非常に多い。

あの晩、アレクは言った。

両想いだって。オレのことが好きなんだって。

だけどよくよく考えたら、好きになったその理由をオレは知らない。

見た目？　性格？

何を気に入ってくれたのだろう。まさかやっぱりこの顔なのだろうか。

もしそうなら、不本意ながらもこの顔をもっと活かすことを考えるべきなのかもしれない。非常に、とんでもなく、ものすごく不本意ではあるけれど。

「いや、でももうこの際、悔いの残らないように使えるものは全部……」

「シオン？　何か言ったか？」

「え、いや」

気づけば、あともう少しで実家の屋敷というところまで来ていた。

宿直の日もあるが、オレは基本的に実家から職場まで通っている。

アレクは職場にほど近い場所にある、単身者用の宿舎に入っていた。宿舎といっても新入団員が押し込まれるものとは違い、ちゃんと独立した家屋だ。

「アレク」

自然に、自然に。

そう念じながら、アレクの肩に腕を回す。男同士なら普通にするやつだ。こう、気負いのない、友達同士のじゃれ合いといった感じのもの。

「シオン？」

「あんまり頑張りすぎんなよ」

「心配しすぎじゃないか？」

ほら、大丈夫だ。別に嫌がられていない。振りほどかれたりなんかしない。

ちょうど距離も近いし、都合よく人通りもない。そうだ、キスくらいしてやれ、軽いやつくらいならいいだろう、と自分を鼓舞する。恋人同士なんだから、問題にならないはずだと。

受け身の姿勢はよろしくない。そういう雰囲気にならないなんて不安になったり不満を覚えたりしていたけど、だったら自分でどうにかすればいいのだ。

「心配しちゃ悪いのかよ。こ、恋人なんだから、別にそれくらい普通だろ」

よし、言ってやった。恋人だって明言してやった。

「まぁそうだな」

しかも否定されない。

これはいける。いけ、シオン、かましてやれ。

緑の瞳とかっちり視線が合う。なんだかちゃんとそういう雰囲気になっている気がする。

が、次の瞬間。

「わっ」

がしっと肩を掴み返された。男同士肩を組んでいる、そういうシチュエーション。

「え、うわっ」

間髪入れず、次は頭をぐしゃぐしゃにされた。色めいた雰囲気はまったくない、愛犬を撫で回しているようなやり方だ。もちろん、いい感じに思えた空気も一気に霧散した。

「心配されないようにしなくちゃな。まぁでも、監査は来週だ。予算編成の話がそのあとくるが、それが終われば落ち着く。シオン、一段落ついたら飲みに行くか」

「え、う、うん。行く、行こう」

あれ、今はぐらかされた？　かわされた？

そう感じてしまう。

でも、落ち着いたら飲みに行こうと誘ってくれたし、恋人だと言ったオレの発言も否定はしなかった。それに頭の撫で方はいかがなものかと思うが、そのあとちょっと頬をすりすりしてきたのは、友人の域を超えた恋人同士の触れ合いだった気もする。

「シオン、じゃあゆっくり休めよ」

「だからそれはオレの台詞なんだって」

不安と、大丈夫だと言い聞かせる声が同時に頭をぐるぐると回る。

嫌いなヤツのお迎えになんか来ないだろ、というサスの声が励ますように蘇った。

じゃあなと手を振るアレクの顔は穏やかだ。無理をして取り繕っているふうでもない。

そう、多分今は忙しいだけ。そういうときにキスとかその先とか致してしまったら歯止めが利かなくなりそうだから、控えてるだけ。

「そうだよ、アレク、前のとき大分激しかったし……」

そうだそうだとつぶやいて、オレはアレクが角を曲がるまでその背中を見送った。


——とかなんとか必死に言い聞かせていたオレが馬鹿でした。ええ、楽観がすぎました。

いつが分岐点だったのかなんて分からないけど、もっと早い時点でなんらかの挽回策を打っておくべきでした。

アレクの抱えていた仕事は、先週半ばに片が付いた。オレのほうも新人用のカリキュラムが週末に一段落し、ちょうどいいから久しぶりにお前の部屋で飲もうよと誘いをかけた。

落ち着いたら食事でもと言っていたから、まさにナイスなタイミングだったはず。

それなのに、断られてしまった。週末は実家に用事があると言うのである。

まぁ、そういうこともあるだろう。なぜよりにもよってこの週末なんだとは思ったが、家族との付き合いも大切だ。じゃあ来週にしようと言ったら、分かったとアレクも頷いてくれ、その来週というのが今日なのだが。

「シオン、これも美味いぞ。このソース、お前の好きそうな味だ」

向かいの席で、アレクは機嫌よさそうに食事をしている。

そうだ、別に嫌われてはいない。

オレはアレクの親友としてなら、きっと今も変わらぬポジションにいるだろう。

「ん、ホントだ。いいな、このソース」

「だろう？　この間、医務室のレイチェルと休憩が被ったときに、どこかおススメの店はないか訊いてみたんだ。やっぱり女性はいろいろと知ってるな。ここ、最近できたばかりの店らしいぞ」

「たしかにこの鴨肉もすごくおいしいし、窓からの眺めもいい」

なんだか店の雰囲気もオシャレだし、いつもよりワンランク上で特別感はある。

これが何事も順調な恋人同士のお食事デートなら、オレも何も心配しないのである。むしろ喜ぶところなのだろう。

しばらくすれ違いが続いていたし、断ってばかりで悪いと思ったのかもしれない。だからちょっといいところで食事をとでも思ったのかも。

だけど、オレはその前の週に言ったのだ。

久しぶりにお前の部屋で飲みたい、と。

それを華麗にかわされた、そんなふうに感じている。

それに気づいてしまったのだ。前まではよくアレクの部屋で飲んで、そのまま泊まっていくなんてこともザラだった。

でも、関係が変わってからは一度もない。オレが行きたいと言い出すより、向こうから来ないかと声をかけてくることのほうがずっと多かったのに、一切なくなった。そしてこっちがはっきり言葉に出して望んでも、結局こうしてさり気なく別の場所になってしまっている。

この前、サスはわざわざ迎えに来るなんて、好きでもない相手にはできないよと言ってくれた。でも、迎えに来てくれたからなんだって言うんだ。サスが悪い訳じゃないけど、そんなものはちょっとした忍耐があれば、好きでない人間相手でもこなせてしまう簡単なお仕事だ。

こんな状況で、せっかくの料理も集中して味わえない。気まずさと凹んだ気持ちを誤魔化《ごまか》すために、ワインばかりがどんどん進む。

「今日はよく飲むな」

「そういう気分なんだよ」

気のせいだ、と思いたい。でも、やっぱりどう考えても距離を取られているし、ふたりっきりでべたべたするシチュエーションにならないように避けられている。

結局もやもやした気分のまま食事を終え、アレクと店を出ることになった。

「結構飲んでるし、帰るか？　それとももう一軒くらい行くか？」

「………アレク」

「ん？」

その二択なら、もう一軒行くほうを迷いなく選ぶ。

その二択しか、ないのなら。

「行きたい」

でも、オレたちは付き合い始めたばかりの恋人同士のはずなのだ。

「アレクの部屋、行きたい」

意を決して、きちんと言葉にする。

大体、発言が怪しいとか、こういう意図があるのかもとか、もしかしてもしかしてと想像だけで考えすぎるのがよろしくないのだ。正面からぶつかれば、ありもしない可能性にモヤモヤする必要はなくなる。すんなり受け入れてもらえるかもしれないし、何か理由があるにせよ、聞けば納得できるようなものかもしれない。

「……俺の部屋で飲みたいって？」

「というか、ぶっちゃけ飲みはどうでもいーんだよ。そうじゃなくて」

握り込んだ手のひらに爪が食い込む感覚。

「しよ」

「……ん？」

「だーかーらー！」

こんなにはっきり言わせるな、馬鹿。でも、察してくれくれ男にだってなりたくない。

「やらしーことしよって言ってんの！」

「――――」

言った。ついに言ってやった。これだけはっきり言えばこっちの気持ちは伝わってるはずだし、相手の反応だってきちんと見極められる。

「あー、それはほら、また今度」

だけど。勇気を出した結果アレクからいただけたのは、またもやかわす言葉だった。

「……なんで」

違う意味に取られないように、はっきりとした表現を選んだつもりだ。それをこうもはぐらかされるとは。

それに、こうなるとなんだかオレばっかりいやらしいことをしたがってる変態みたいで、それも辛い。

「いや、悪い。実は明日朝早いんだ」

じゃあいつならいいんだよ！　と言いかけて、それではぐらかされたらもう本当に終わりだと思って喉元で急ブレーキがかかる。

「シオン」

アレクがさっと辺りを見回してから、不意に手首を掴んできた。

「あ……？」

路地裏に引き込まれ、頬に触れられる。残念ながらショックのほうが強くて、まったく胸は高鳴らない。

触れられたら、本当なら飛び上がるくらいうれしいはずなのに。こんなふうに顔が近づいてきたら、たまらない気分になるはずなのに。

「ん」

唇と唇が重なった。アレクの唇はちょっとカサついている。

丁寧で優しいキスだった。でもそれだけ、というものでもあった。

ゆっくりたっぷり触れてはくれたけど、唇を割って口腔に舌が侵入してくることなどなく。

「シオン」

触れるだけでおしまい。これ以上なんてないことは、アレクの様子を見ればすぐに分かる。

こんな路地裏で、手早く簡単に済まされた。

あぁ、そうか。舞い上がって舞い上がって、ちっとも地に足が着いていなかったらしい。

あの夜のことはその場のノリか、いざ関係を持ってみたら思ったのと違ったのか、オレが何か幻滅させるようなことをやらかしたのか。

あんなに、求められたと思ったのに。

娼館での一夜を思い返すと、今のこの状況との落差に打ちのめされる。

まぁあれだ、要するに恋心に付け込まれて、弄《もてあそ》ばれた。そういうことなんだろう。

「断ってばかりで悪い。その、また近いうちに予定」

「分かった。ごめん、朝早いならそうだよな、じゃあ二軒目もやめといたほうがいいんじゃないか？」

申し訳なさそうな顔ばかり上手だな。

嫌味は心の中だけで済ませ、オレはアレクの言葉を遮って、まったく別の言葉を並べ立てていた。

「シオン」

「今日はここで解散にするか」

これ以上は恥ずかしくて情けなくて、辛い。

アレクは何か言いたそうにしていた。でもオレはまだそれを聞きたくない。いつかは聞かなくちゃいけないだろうけど、心の準備をする時間くらいはもらったっていいはずだ。

「じゃあな、おやすみ」

「あ、あぁ、おやすみ」

努めて明るく告げて、オレは多少強引に別れを告げた。

いつもならアレクは家の近くまでついてきてくれるが、そんなことをされたら帰り道はオレにとってただただ地獄になる。

「ははっ、まさかまさかとは思ってたけど、マジか」

正面切ってぶつかって、大怪我を負ってしまった。たまらない痛手だ。

でも、これでよく分かった。

かわされるお誘い、泳ぐ目、オレより優先される休日の予定。

間違いない、ただ飽きられた、幻滅されたというだけではなく――

「浮気だ!!」


いや、でも勝手じゃないか？

あんまり身勝手なのでは？

見事に誘いをかわされた、その翌日。

まだ日も昇らぬうちに目が覚めてしまった。というか、眠りが浅くて眠っては目覚めるを繰り返した末、もう深く眠るのを諦めたと言うほうが正しい。

アレクとのあれこれについて、ここまでの流れを何度も繰り返しなぞってみたが、考えれば考えるほど理不尽というか、ひどい話に思えてきた。

「アイツ、何もかもが一方的すぎる……」

そもそもだ。オレはアレクへの長年の恋心を自ら明かした訳ではない。失恋したんだと思い込んでヤケにはなったが、不可避に近い状況のアレクのお見合いを壊すつもりだってなかった。

「それを向こうが乗り込んできて、説教かまして、ぐてんぐてんになってるオレに無体を働いたんだろーが」

酔っぱらってるオレから容赦なく本音を引きずり出して、この身体が悲鳴を上げるまで散々抱き潰して、そんでもって両想いだとのたまったのだ。

「この関係に持ち込んだのは、お前のクセに……！」

なのに、蓋を開けてみればこれだ。

釣った魚に餌をやらないどころの話ではない。釣ったこと自体なかったことになりかけている。

いや、気づかぬ間に海にリリースされていたのかもしれない。

「そう考えるとただの最低野郎……うぅ、アレク、お前がそんなヤツだとは思わなかった」

オレに見る目がこんなになかったのも驚きだ。恋心を返してほしい。

「最初の一回だけなんてまるでヤリ捨てられたみたいじゃんか、うぅ……！」

自分で言って、さらに傷つく。寝台の上で布団を抱き込み、唸り声を発することで耐えようとするが、そんなものではどうにかできそうになかった。

「はっきり言えばいいのに」

どうしてあんなに曖昧《あいまい》な態度を取るのだろう。

たとえオレとの関係を解消したくなったとしても、アレクならそれをはっきり告げて頭を下げるはずだと、未だに残っている信じたいという気持ちがそう囁く。それは単なる願望ではなく、今までの付き合いからの経験則でもあった。

でも、オレから気持ちが離れている事実は、間違いなくある。

「つら……惨めだ……普通にめちゃくちゃ傷つくし、同じくらい納得いかなくて怒りたい気持ちもある」

どんどん煮つまってくる思考に限界を感じたオレは、むくりと身体を起こした。

「このままじゃ、この先オレに安眠は訪れない。オレが悪い訳じゃないはずなのに、あまりに理不尽」

まだ薄暗い窓の外へ、オレは据わった目を向ける。

「そうだ、このまますごすご引き下がるなんて絶対なしだ」

ひとつの決意が身体中に漲《みなぎ》っていた。

――こうなったら、そこにあるのがどんな本音でも、すべて白状させてやる。

「微妙な時間帯だな……」

朝一番で街へと繰り出しとある用事を済ませたところで、広場の時計を確認してぼやく。

昼食にするには早いが、せっかく外に出たのにこのまま真っ直ぐ家に帰るのももったいない気がする。そこら辺の店でコーヒーでも飲んで、少し気持ちや考えを整理するのもありかもしれない。

そう考えながら大通りに出れば、時折立ち寄る店はすでに人でいっぱいだった。

「もう少し向こうにも、大きめの店があったはず」

そこならまだ席に余裕があるかもしれない。そう考えて、人波にまぎれて歩き出すこと数分、不意に視界に燃えるような赤髪が飛び込んできて、思わず目が釘づけになる。

「アレク？」

天然の赤毛は、この国ではそう多くない。中でもアレクの髪色は燃えるようで、陽の光を浴びると艶やかに輝きを宿すのだ。

それにアレクは身長が高いので、人ごみの中にいても頭ひとつ飛び抜けて目立つ。見間違いたくても、それが難しい。

「……やっぱり、間違いない」

少し距離は離れていたが、ふと見えた横顔は間違いなくアレクセイ・ウィストンその人だった。

その場凌ぎの出まかせかとも思っていたが、早朝から用事があるというのは嘘ではなかったのかもしれない。

「でも、用事の有無が問題なんじゃなくて」

どこで、誰と、何をしているのかが問題なのだ。

「………」

尾行なんてよくない。

真っ先にそう思った。自分がされたら嫌だ。守られるべきプライバシーというものが人間にはある。それでも。

「疑惑を、晴らせたら」

あるいは、確信を得られたら。

今のこの膠着《こうちゃく》状態を抜け出せる。そう言い訳をして、オレは大きな背中をこっそり追いかけ始めた。

「どこまで行くんだ……？」

アレクはどの店に立ち寄ることも、誰と落ち合うこともなく、ただ大通りをずんずん進んでいく。人通りが多いので大して気を張らずに尾行ができるのはありがたいが、だんだんただ散歩をしてるだけなんじゃという気もしてきた。

十字路を右に曲がる。その先は宝飾品などを扱う店が多い。王城の行事に参加するときはアレクも着飾るが、普段は清潔感があればそれでいいといった感じで、あまりあれこれじゃらじゃら身に着けはしない。用があるような通りではないはずだがと思ったが、次の瞬間、嫌な想像が膨らんだ。

「誰かに、プレゼントとか」

アレクが宝飾店に用があるとして、それが自分用のものを求めてのこととは限らない。別の女性に贈る可能性なんかも、もちろんあるだろう。

「ダメだ……自分で自分を落ち込ませるスキルばっか上がってく」

もう帰ろうか、と考える。

場所柄仲睦まじいカップルや、恋人への贈り物を求めているだろう男性が多い。幸福成分を多く含んだ空気に気持ちがどんどん憂鬱《ゆううつ》になってきた。

「……もしかしなくても、騎士のシオン・ルブランさんかしら？」

「え」

踵《きびす》を返しかけたオレに、ふと声がかかる。振り返ると、過ぎたばかりの店の入口でひとりの女性がこちらを見つめていた。

ブラウンの髪をゆるやかにひとつにまとめた、すらっとした印象の女性だ。

「…………」

見覚えはない。なのに名前で呼びかけられたことに警戒の気持ちが湧く。

ざっと服装などを見たところ、貴族階級かもしれないと思った。オーダーメイドでひっそりとやっている個人店なんかもちらほらあるので、極端に客を限った人気デザイナーの店ならば令嬢だろうと、自ら足を運ぶ可能性はなくもない。

だが、侍女のひとりも見当たらない。商家のお嬢さんであっても、お付きのひとりやふたりはいてもおかしくないのに。

「失礼、どこかでお会いしたことが？　お恥ずかしいことに、人の名前と顔を覚えるのが大変苦手で」

これは嘘だった。どちらかというと、人の顔を覚えるのは得意なほうである。まったく見覚えがないと思った時点で、十中八九彼女はオレの知り合いではないはずなのだ。

どこぞの誰かの婚約者か、一目惚れというやつか、また何か恨みを買ってしまったのか。どれであっても大差はなく、等しく面倒なのには間違いない。

「いえ、ごめんなさい。こちらが一方的に知っているだけなの」

だが、彼女はどんな悪意も敵意もその身から滲ませることなく、柔らかな口調でそう告げた。

さっと目を走らせるが、手に小型のナイフを仕込んでいる様子がなければ、特別に鍛えている気配もない。

「ルブラン騎士といえば、この城下で知らぬ女はいないと言われるほどだけれど、私があなたを存じ上げているのは別の理由なのよね」

では彼女は一体誰で、なんの目的で声をかけてきたのだろう。

「エレノアと、エレノア・シュライフと申します」

エレノアという名は、どこかで聞き覚えがあるような気がした。シュライフという姓には、もっと聞き覚えがあった。

「シュライフ長官のご息女で……」

上官だ。おまけに言うならば、例のアレクの見合い騒動のお相手でもあるはずだ。

「えぇ、そのシュライフです」

シュライフ家といえば、家格も高い。やはりそんなところの令嬢がひとりでいるのは違和感があった。

　立ち並ぶ店が店なので、訪れる客はそれなりに裕福なことが多い。裕福でなくとも、切りつめて蓄えた金銭を持っている可能性が高い。店側も警備の手は抜かないが、それでもスリなんかが起こりやすい通りであるのに。

「よろしければ、気軽にエレノアと呼んでくださいな。家からは半分勘当されている身なので」

「え」

　だから、侍女も護衛もいないのか。付けないのではなく、付けられないが正しいのかもしれない。

「まぁ、そんな深刻な顔をなさらないで。勘当といっても、父親がぷりぷり怒っているだけです。ほかの家族は親身になってくれているし、私、特段不自由もしていないのです」

　エレノア嬢はにこりと微笑を浮かべてこちらに問う。

「勘当の理由は、ルブラン騎士ならご存知かしら」

「……おそらく」

　知っている。アレクと共謀して見合いの話を潰したからだろう。

　見合いが潰れたことだけじゃなく、エレノア嬢にもすでに想い人がいて、おそらくその相手が親のお眼鏡に適《かな》っていないのだ。

「そんな気まずそうな顔をなさらないで。私の事情にあなたは無関係で、むしろ巻き込まれて大変だったんじゃ？　それに、私は私で大切な彼女とはうまくいっているの。これもね、ほら、今度の誕生日にって内緒で注文してたものを受け取りに来たのよ」

　持ち上げられた小さな包み。リングか、耳飾りか、ネックレスか。何かは分からないが、彼女が大切な相手のために特別に選んだ品なのだろう。

「アレクセイ氏とはうまくいっていて？」

　問われた瞬間、目が勝手に動いてしまっていた。アレクとはずいぶん距離が離れてしまっていたが、まだ視認できる範囲にはいる。

　エレノア嬢の視線が、オレと通りの向こうのアレクとの間を行き来する。

「……一緒に来たという訳ではなさそうですね？」

「いや、たまたま、見かけて」

　声をかけようかと迷っているうちに少々距離が、と言おうと思った。

　声をかけるつもりはさらさらなかったが、たまたま見かけたのは本当だ。嘘ではない。

「あ」

　だが、そんなふうに取り繕う必要はなかった。なくなってしまった。

「……？」

　エレノア嬢の声につられて、視線をアレクに戻す。

　通りに立っていた黒髪の女性が、アレクに声をかけた。ふたりはひと言ふた言交わしてから、連れ立って歩き出す。

　オレみたいにたまたま見かけて、それで声をかけたという感じではなかった。あれはどう見ても待ち合わせだった。

「……知ってる方？」

こちらの様子を探るようにエレノア嬢が問いかけてくる。

「えぇ、まぁ、そうですね」

遠目ではあったが、顔はなんとか判別できる範疇《はんちゅう》にあった。

知っている。覚えている。しこたま酔ってはいたけれど、そう、オレは人の顔を覚えるのが割かし得意なのだ。

間違いない、あれは以前の騒動のとき娼館にいたお姉さんである。あの、一等優しかったお姉さん。

そういえば、この宝飾店の多い通りを抜けると、その先には花街がある。ここで気に入りの相手にちょっとした宝飾品を買っていく客も多いということを思い出す。

「……あぁ、そういうこと」

なるほどなるほど、オレの勘にやはり間違いはなかったということか。

「あの、ルブラン騎士……？」

気遣わし気な声。エレノア嬢の目にも、ふたり並ぶ姿は睦まじい男女のように見えたのだろう。

疑惑はどんどんと確信の域に入ってくる。

やっぱり！　これは！　浮気だ‼

気がついたら、どちらからともなく足を進めていた。

エレノア嬢と一緒になって、アレクの尾行を続行している。

アレクと黒髪美女は時折会話を交わしながら道を行き、途中時間を確認したと思ったら近場の喫茶店に入っていった。

さて、どうするか。

さすがに中まで追っていったらバレる気がする。いわゆる修羅場というやつになるのだろうかと想像してみるが、食ってかかるほどの気力が今のオレにはないような気がした。

「――ルブラン騎士」

大胆にも窓から中の様子を窺いにいったエレノア嬢が戻ってくる。彼女の顔には、けしからんという表情がありありと浮かんでいた。だが、そこに無理矢理令嬢スマイルを乗せる。

「ちょっと私とお茶でもしばいてみませんこと？」

「え？　バレません？」

「割に広い店でした。席数も多いし、中にね、結構植物が置いてあって、いい感じにこちらの姿を隠してくれそう」

そう言われて、まぁもうここまできたらあとは野となれ山となれかと、店内に入ることにした。

空いている好きな席にと言われたので、アレクたちからは少し離れた、でも物陰から覗くにはぴったりの席を選ぶ。

「……好きな人が、どうしても諦めたくない相手がいるとおっしゃったの」

ほどなくしてオレにコーヒーが、エレノア嬢に紅茶が運ばれてきた。

エレノア嬢の発言に、誰がと訊ねる必要はなかった。なんの話かは分かっている。

「その気持ち、痛いほど分かったの。貴族の結婚なんて、半分以上政略。仕方がない、呑み込むべきだって思いがなかった訳じゃないけど、私もどうしても諦められそうになかったから。あぁ、この人となら一緒に闘って、うまいこと話をご破算にできるなって、仲間意識が芽生えて」

同じようなことをアレクも言っていた。

「なのに！　あれはどういうことなの……！」

エレノア嬢はなんというか、令嬢としては異色なほうなのだろう。

さっぱりしていて、大胆で、ガッツがある。ちょっと接しただけでもそういったものが感じ取れる。アレクとは縁がなかったみたいだけど、あのままお見合いをして、結婚したとしても割にいい感じの夫婦になったのではなんて、無意味な妄想が頭を過《よぎ》った。

「そのあとお付き合いされたんじゃ？　うまくいったって報告を、私、たしかに受け取りましたのよ？」

「そうなんですね」

どう答えたものかと考えていたら、まるで他人事みたいな返答しか出てこなかった。

「でも人生、実際経験してみたらやっぱり違ったってことって多いじゃないですか。そう思ったら、なんか違ったってなったとしても、仕方のない部分もあるのかなと」

そうだ。相手と自分が同じ思いを、重さを抱えていたかどうかなんて分からない。理想と現実の間にはいつでもギャップがあるし、二言《にごん》のない永遠の約束を交わした訳でもない。口約束と身体のやりとりが一度あったという、ただそれだけのことだ。

「まぁ、やり口は最悪です。誠意が足りない、誠意が」

でも、ちょっと恨みがましくそんな言葉が口を衝いて出ていた。

「アレが黒確定の場合はそうですわね。何より物事には順序というものがありますし」

さっき、あのふたりが街中で並んだ姿を見たときは、ショックで頭が真っ白になった。でも、なんの巡り合わせか分からないが、そんなときにエレノア嬢が声をかけてくれてよかったと思う。言葉を交わせるほかの誰かがいるという状況は、自分を保つのに大変ありがたい。

しばし、物陰からお茶をしているふたりの観察を続ける。

「決定的なイチャつきがあればとは思いますが、話は弾んでいるようでもそれ以上の何かはありませんわね」

「ですね。恋人同士ならちょっとくらいこう、手とかが無意味に触れ合ったりってヤバ……！」

慌てて身を引いたせいで、テーブルの上のコーヒーカップがカチャン！　と音を立てる。中身はなみなみと揺れてはいたが、どうにか零れずに済んだようだ。

「え、どうされ」

だが、コーヒーの中身を気にしている場合ではない。

「目が合った。見つかったかもしれません……！」

「え、えぇ、どうしましょ」

相手の女性と目が合った。エレノア嬢とは違い、オレは前回のことで顔が割れている。一瞬のことだったが、知らないものを見る目と、脳内で合致する画を引き出せたときの目は、まったく色が違うものだ。

あれは、確実にバレた。

「うわっ、席立った……！」

逃げるべきか。

いや、でもどうしてこっちが逃げなきゃいけない？

でもでも、勝ち誇ったような顔でもされた日には、しばらく立ち直れる気がしない。

「ルブラン騎士、堂々となさって」

ここでも肝が据わっていたのがエレノア嬢。当事者でないからこその落ち着きようとも言えるが、

彼女はきっぱりと言い切った。

「だってやましいことなんてありませんもの。私とルブラン騎士は、本当にたまたま偶然会っただけですわ。別に以前から面識があった訳でもないのだし、ひとつも知られて困ることなんてない。困るのは、向こうじゃなくて？」

優美な動作で紅茶を口もとまで運ぶ。

「向こうはどう見ても待ち合わせていたし、そんなところを偶然目撃してしまって追うなと言うほうが無理だもの」

カップをソーサーに戻す際も物音ひとつ立てない、洗練された所作。人は追いつめられたとき、

本筋に関係のないどうでもいいことばかりに注目してしまう。

「大丈夫。いくらでも援護しますわ。真偽はともかく、あれだけ大口を叩いておいて恋人を不安にさせるような行動を取るなんて、言語道断ですもの。私はあなたの味方です」

エレノア嬢はきっぱりとそう言った。

た、頼もしい。

そんな彼女に気圧《けお》されている間に、カツカツとヒールが軽快にフロアを打つ音は確実に近づいていた。

「……あら、やっぱり。あのときの騎士さん」

観葉植物の向こうから顔を覗かせたのは、思った通りのいつぞやの黒髪のお姉さんで。

「シオン、それに……エレノア嬢？」

その後ろから顔を覗かせたアレクはオレを見て驚き、エレノア嬢の存在に気づいてさらに目を丸く見開いた。予想外も予想外の組み合わせだったのだろう。

「…………」

「…………」

「…………」

三者、同様の反応を返す。

すなわち沈黙。場は膠着《こうちゃく》状態である。

誰が何を、どう切り出すのか。こちらから一発浴びせたほうがいいのか。

そうだな、人間初手が大事。できるだけ素早く、鋭く、相手の不意を突く形で。

「つぁ……」

だがここで先陣を切ったのは、オレでもアレクでも、ましてやエレノア嬢でもなかった。

「やだ、まさかこれ修羅場？」

黒髪のお姉さんが、場の空気を読んで思わずといった様子でポロリと零す。

それはこっちの台詞である。

「う、浮気現場……」

だからそれはこっちの台詞なのである！

けれど、ここで感情的になっても仕方がない。

「……アレク、何かオレに言いたいことある？」

自分への素っ気ない態度と娼館のお姉さんとの逢引きだけでは、不貞の証拠とは言い難い。決定的にアウトな瞬間を見た訳でもないのだし。

主導権は取られるな。

それだけを心の中で繰り返し唱えてから出した声は、自分でも怖いくらいに平坦だった。感情が一切乗っていないような。

「シオン。どうしてエレノア嬢とこんなところに」

「今、真っ先に出てくるのがそれなのか？　自分の状況の説明ではなく？」

アレクの第一声は、本当にどうでもいい内容だった。珍しい取り合わせだろうが、どう考えても今この状況の主題ではない。

オレに説明を求めるより先に、自分のほうこそ開示するべきものがあるのではないか。

「いや、シオン、何か誤解してないか」

苛立ちが加速する。言い訳ではなく、説明がほしい。誤解されるような状況にあると思うのなら、まずはそんなふうに思わせて悪かったとか、そういう言葉があってもいいような気がする。

「誤解されるようなことを、重ね続けてきたのはそっちだ」

オレが求めすぎなのだろうか。面倒な重い恋人と化しているのだろうか。

何が普通で、どこからが過度なのか。オレにはもう分からない。

「オレは何度かサインを出した。真正面からぶつかったつもりだよ」

でも、はぐらかして応えようとしなかったのはアレクなのだ。

「だからオレはもう、何も言いたいことはないかな」

駄目なところがあったなら、言ってほしかった。

でもきっと、そんな価値すらなかったのだ。

お姉さんとやましい間柄でなかったとしても、そんなのもう関係ない。恋人らしいことは全部断られた。オレばっかりが本気だった。よく分かった。

「帰る。見かけたのはたまたまとはいえ、跡をつけるような真似をしたのは悪かった」

立ち上がるのに合わせて、木製の椅子の脚がタイルの上で音を立てる。

「後ろ暗いところは何もない」

店を出ようと思ったのに、すれ違いざまに腕を取られた。

「はぁあぁあ？」

いっそコイツは開き直っているのでは？　と思うほどの物言いに、冷静でいろと囁く理性が軋み出す。

「いい加減にしろよ、アレク。ここしばらくの自分の行動を振り返ってみろよ。怪しくて最低で後ろ暗そうなところしかないだろーが」

エレノア嬢とお姉さんが固唾《かたず》を呑んでこちらを見守っていた。

あぁ、こんなところ他人には見せたくない。ないのに。

アレクが何か言おうと薄く口を開くのが見えた。けれどその前に言葉を被せてしまう。

「確実に隠し事があるだろ。それを白状しろよ。言えないのか。何もないって言うなら、どうして手を」

出してくれないんだよ！

さすがに外で、それもご婦人方の前では言えなくて口を噤んだ。

これ以上は駄目だ。ほかのお客さんにも迷惑になる。

掴まれた腕を振り払ってみた。——びくともしない。

引き剥がそうと、その手を掴む。——びくともしない。

「アレク、放せ」

「嫌だ」

「放せって」

馬鹿力なのだ。純粋に腕力だけを比べると、悔しいことに敵わない。

「彼女とは何もない」

「ねぇ、あのね、頼まれごとをされていただけなのよ。それ以上でも以下でもないわ。本当よ」

助け舟のつもりなのだろう。お姉さんも言い募る。

「そういうことならそれでもいいです。でも、コイツは今日のこと以外にももう十分、態度でいろいろ示してくれてるんで」

オレはアレクの指を引き剥がす作業を再開する。こんなに強く掴んでくるなんて、絶対二の腕には手形が付いているに違いない。今さら、もうどんな痕跡もほしくないのに。

「お待ちになって」

次に声を上げたのはエレノア嬢だった。

「場所、一旦場所を変えましょう、ね？」

ほかの模範たるべき騎士の身で騒ぎを起こす訳にもいかないので、エレノア嬢の言うことはもっともだった。

考えた末、オレとアレクはお姉さんから彼女の店のオーナーに話を通してもらって、陽のある時間ではあったが客室を一室貸してもらうことになった。

エレノア嬢はずっと心配そうな顔をしていたが、これ以上彼女を巻き込むべきではないと、喫茶店で別れた。

〝お店が始まる時間までは好きにして。痴情のもつれの末に物騒なことにさえならなきゃ、何シてもいいわよ〟

部屋に通してくれたとき、お姉さんからはそう言われたが、もつれるような痴情が向こうにはまずない可能性すらある。

「シオン」

「何」

部屋の隅に用意された小さなライティングテーブル。セットの椅子に腰掛けて、親友を見遣る。一般的な広さの客室だが、アレクは体格がいいのでちょっと圧迫感を覚える。

「彼女とは本当に何もない。以前あの宝飾店のある通りを歩いているときに、偶然声をかけられた」

「あぁそう」

座れば？　と言えば、アレクは寝台に腰を下ろした。木枠のしなる音が部屋に響く。

「腕のいい宝飾人を探していたんだが、彼女、心当たりがあると。だから口利きをしてもらっただけだ。たしかに、見れば誤解をさせるような状況だったかもしれない。それは謝る、すまなかった」

視界の端でアレクが頭を下げるのが映った。

まぁ本当なんだろうな、とは思う。見かけた瞬間は心が竦んだが、お姉さんとは何もないのだろう。

「オレは」

テーブルに頬杖を突いて、何をどう言うのがベストなのか思案しながら、慎重に言葉を選ぶ。

「言いたいことはないってさっき言ったけど、訊きたいことならいろいろとある」

「……訊きたいこととは」

今から、自分を傷つける作業をしていかなくてはならない。

「後悔してる？」

「後悔？」

順を追って少しずつ慣らしていかないと、みっともないところを見せてしまいそうだ。

せめて表面上だけはあっさりと終わらせたい。泣いたり、縋ったりなんてのは言語道断だ。絶対にそんなことはしない。

「何を？」

アレクはここまで察しの悪い男だっただろうか、オレはこういう男を好きになったのだろうか。

何もかもはっきり口にしないと伝わらないらしい。

「オレに手を出したこと」

気は進まないが、ぼかした言い方をしたところで気鬱な時間が長引くだけだ。

「は……？」

素直に言ってくれればそれでいい。それで終わり。

「思ってたのと違ったなら、そう言ってもらえるとありがたいんだけど」

「はっ⁉」

素直に、言ってくれれば。

「そんな訳ないだろ、後悔なんてしてない、する訳がない」

なのにアレクは否定する。素の反応に思えるから、また憎らしい。言ってることとやってることが不一致すぎる。

「じゃあなんでまともに手を出してこないんだよ」

まさか両想いになってお付き合いがスタートしたら、急に気恥ずかしくなって……とは言い出すまい。最初にあんな激しい欲を見せておいて、今さら奥手なフリなど通じないからなと思う。

「それは、その……最初、シオンにはずいぶんと無理をさせたから、反省すべきだと思って」

もっともらしいことを、アレクは述べた。

たしかに己の行いを反省することはあるだろう。

だが、この男、その無理をさせられたオレ自身がお誘いしたのまで、かわしまくったのである。

本人がいいと言っているのに、それでもまだ無理をさせたからなんて言うのなら、それはもうただの独りよがりだ。よって、これも本当の理由ではないと判断する。

「アレク、オレを舐めすぎ」

もっと何かあるに違いない。

「そんな取り繕いましたって見え見えの言葉、聞きたくなかった」

オレはいつだって、お前の本心が知りたかったのに。

たとえそれがオレにとって、どんなに都合の悪いことだったとしても。

「オレはお前の漢気《おとこぎ》溢れるところ、好きだったけど」

「だっ、たっ、たって……」

ため息ひとつと過去形の言葉をお見舞いしてやる。まぁ少しの意趣返しくらい、いいだろう。本当は今も好きだけど、そう告げるのはあまりに癪《しゃく》だ。

「シオン、待て、待ってくれ。たしかにここしばらく、お前との過度な接触を避けていたのは認める」

椅子から腰を上げたオレを見て、帰るつもりだと焦ったのだろうか、アレクは慌てて言い募り出す。

「忙しかったのも事実だが、それとは別に節度ある付き合いをだな」

「節度ぉ？」

だがオレはまだ帰る気はないので、アレクの前を通り過ぎて寝台のサイドチェストの上に用意してあった水差しを手に取った。グラスに注いで、ひと口呷る。

「ヤることとやらかしたほうが、今さら勝手なこと言うな」

手順をさっと頭の中で巡らせて、オレはグラスを左手に持ったままアレクを振り返った。

「アレク」

アレクの足と足の間に入り込み、マットレスに膝をつく。ギシっと寝台が軋んだ。

こうすると、オレのほうがアレクを覗き込む形になる。近距離で見下ろされ、アレクは自然と顎を上げる。

うん、いい角度。

「シオン」

アレクが口を開いた瞬間だった。

「⁉」

オレは素早く右手に隠し持っていた薬をその口に含ませる。

互いの身体が迫っていて、体勢を変えるには相手を無理に突き飛ばすしかない。けれど、きっとオレが相手なら一瞬くらいは判断が鈍る。その隙にオレは水を口に含んで、勢いが命と言わんばかりの素早さで相手の唇に口づけた。

「ん！　んむっ」

抵抗は許さない。両の二の腕を掴まれたけど、ぐっと膝に力を入れる。上から体重をかける体勢なのでなんとか粘ることができた。

「んー！」

唇を割って、水を口移しにする。十秒ちょっとの格闘の末、アレクの喉が上下した。

「っ、シオン！」

身体を引き剥がされる。だけど飲ませてしまったのだ。今さら遅い。

「何を飲ませた⁉」

「……」

「シオン！」

強い口調で迫られて、まぁ隠すことでもないかと口を開く。

「――自白剤」

「じは……」

朝一番で済ませた用事とはこれだ。馴染みの薬師から手に入れた、特別な薬。

「どうしたって、素直に口を割る気がないようだから」

恋人らしいことをしようと、面と向かってぶつかって駄目だった。隠していることを話せと迫っても、結果は同じだろう。純粋な腕力ではどうしたって差がある。

だったらもう、別のものに頼って強制的に吐かせるしかない。

「あとソレ、催淫効果がある」

「さ、催……」

ついでのように言い足すと、アレクは口をあんぐりと開けた。

「なんで、自白剤にそんな効果まで」

「気持ち悦いことに弱くしといたほうがより口を割りやすくなるかな、と思って。あとは……」

最後に思い出作りでもしておくか、と思って。

褒められるような行為ではない。訴えられる可能性だってある。でも最初のあの夜、向こうだって一方的だった。アレクも少しは気にしているようだし、おあいこだということにしてもらいたい。

まぁそこまで言う必要はないか、と言いかけた言葉は呑み込む。

「で、どう？」

「どうとは」

「その薬、即効性があるんだよね。さっそく変化が起きてるんじゃないかなって。ちなみに一定時間で抜けるし、おかしな副作用とかもないから安心してくれ」

「そういう問題か⁉」

一旦は動揺丸出しでそう叫んだアレクだったが、やがてはぁあと深いため息をついて、腹の前で指を組みぎゅっと瞼を閉じた。数秒後、エメラルドの瞳が真っ直ぐにこちらに向けられる。

「――シオン」

落ち着いている、あるいは落ち着こうと努めている。

けれどオレには分かる。その表情の下で、今、フル回転で思考を巡らせていることが。

「オレは、お前を、大切にしたい」

考え抜いた末に、アレクセイ氏はそうのたまった。

「お前を大切にしたいというのは、お前の大切にしているものも含めて、ということだ」

「それで当のオレをないがしろにしてちゃ意味がない」

ありがたいお言葉だが、斜め上で独りよがりなのだ。この男はどうやったらそれに気づくのだろう。

「なぁ、アレク」

言葉だけを聞いていたら一見とても誠実そうだなと思いながら、オレは再びアレクに向けて一歩踏み出す。戯れに、その胸元に手を伸ばして軽く撫で上げてみた。

「んくっ」

すると悩まし気な吐息がアレクの口から漏れる。

なるほど、薬の影響か感度も上がっているらしい。大変好都合だ。これくらい敏感に仕上がるのなら、オレでもこの男を組み敷けるだろう。

「オレのことが、もう嫌いになった？」

「なってない！」

訊ねれば、即答だった。

「後悔してるんじゃないか？」

「していないと、さっきも言った」

これ、自白剤が効いているんだろうか。

だったら信じられるんだけど。本当の言葉なら、うれしい。でも。

「じゃあどうして恋人らしいことを全部拒むんだよ。オレとは――」

ぎゅっと握り込まれた手を上から包んで、指先を滑らせる。

「こんなふうに手を繋いだり」

「っ」

反対の手で頬に触れ、そのまま唇のラインをなぞった。

「キスしたり」

耳元に顔を寄せて、吐息を吹き込むように囁く。

「それよりもっと深いところに触れたり、したくないんだな？」

アレクの身体がビクリと震えた。

「…………したいに、決まってる」

数秒耐えるようにしていたけど、やがて絞り出すような声で白状する。

「でも、しなかった」

オレは密着した状態から一転、アレクと距離を取る。

改めて眺めると、アレクの呼吸はわずかに上がり、頬には朱が差していた。欲望の色が垣間見える。

「お前は、オレの何を大切にしたいんだ？　したいことをどうして我慢する。オレは我慢しなくていいって、お前と恋人らしいことをしたいんだってちゃんと示したよな？」

「っ」

答えがほしい。好きだと、後悔などひとつもないのだと言うのなら、安心させてほしい。

「アレク、言えるだろ？」

アレクが歯を食いしばる。そこまでして、言いたくない理由というのがオレには思いつかない。

「アレク」

逸らされた視線をすくい上げるように、屈み込んでその顔を覗き込む。目と目が合ったと思ったら、またアレクは小さく呻いた。

「よ……くて」

「うん？」

「よく、思われたくて……！」

「……んん？」

ようやく吐き出された言葉。しかし意味がよく分からない。

「これ以上、印象を悪くしたくないんだ」

支離滅裂だ。よく思われたくて、だから恋人らしい触れ合いをしなかった？　最初に強引なことをしたのを気にしているから？　紳士に思われたくて？

でもそもそも、オレはちっともアレクのことを悪く思ってない。むしろこれから始まる両想いライフを散々に期待していたというのに。

どういうことだと首を捻っていると、次の瞬間アレクの口からとんでもない単語が飛び出してきた。

「俺は、お前を、手籠めにしたかった訳じゃ、ない」

「…………は？」

一瞬、何を言われたのか分からなかった。頭の中で、もう一度鼓膜が拾った音を再生する。

俺は、お前を手籠め——手籠めっ⁉

「さ、されてませんけど⁉」

聞き捨てならない。不名誉がすぎる。ぎょっとして叫び返すが、首筋に汗を滲ませながらアレクは血迷った発言を続けた。

「したような、ものだろう」

いやいやいや。そんな、そんな言い方があるか。

「やめろやめろ、やめてくれ。たしかにちょっと行き違いがあって、お互い酒やら勘違いやらでやらかしはしたけど、違う、手籠めにされたとかちょっとそれはオレの沽券《こけん》に関わる……！」

たしかにあの夜は大変に激しかった。記憶違いでなければ、最初アレクはお仕置きだなんてのたまっていたとも思う。でも、それでもあれを手籠めにしたなんて表現するのはちょっと違うだろう。

「なんで、何がどうなってそういう認識に？　だ、だって、あのときはオレたち両想いだって話になっただろ、お、お前、オレのこと好きだって、ちゃんと」

翌日、目覚めた瞬間こそ大パニックだったが、その場で勘違いだと分かり、お互いの気持ちを確認したはずなのに。

「あのときって言うな」

アレクはオレの発言の実にどうでもいいところに噛みついてきた。

「今も好きだ！」

「うっ！」

情熱的なひと言だ。思わず心がぐらりと揺れる。

「シオン、シオン、好きだ、愛してる」

アレクは何かスイッチが入ってしまったらしい。自白剤が効いてきたのか、急に饒舌《じょうぜつ》になる。

「嘘偽りなく、本当に愛している」

「あ、愛」

「お前だけが、俺の欲しいただひとりだ」

「ちょ、アレク」

「俺は単にお前の見目ではなく、いや、それはもちろん見目麗しいこと自体は否定しようのない事実なんだが、でも外見で好きになったんじゃない。その漢気《おとこぎ》溢れる中身を、腐らず自身の力で困難を乗り越えようとするところを、それでいて、自分の内側に入れた者に対してはどこまでも気を許す可愛いところを好きになったんだ」

怒涛の愛の告白が止まらない、止められない。気恥ずかしい言葉を雨あられのごとく浴びて、オレの耳が限界を迎えて溶けそうになる。これ以上は聞いていられないと耳を塞いだら、その手を強引に外された。

「自白剤なんだろ」

アレクの目はちょっと据わっている。

「疑うな」

「う……」

「これは全部、隠し立てのない俺の本心だ。シオン、俺はお前が好きなんだ。まだ信じられないなら、好きなところをいくらでも列挙する」

「待て待て待て、分かった！　もう分かった！　お腹いっぱいです！」

これ以上は耳も心臓も保たないと、オレは白旗を揚げた。何もなくて飢えてるところに急にこんなにどっぷり甘い言葉を与えられたら、心臓がびっくりしてしまう。

「分かったなら、もういいな」

だが、この男、本当に人の気持ちを乱高下させて弄《もてあそ》ぶのがうまいときた。

「薬が抜けるまで、ひとりにしてくれ」

「――なんで？」

まったくもって理解に苦しむ。甘い言葉にあわあわしていたのが、馬鹿らしくなる。

「なんでこの期《ご》に及んでヤるのは避けようとする訳？」

というか、ここまでくるともはや理解しようという努力は無意味だ。相手が好き勝手にするのなら、こっちだって最後まで好きにしてやる。

「ココだって、こんなにしてるクセに」

明らかに布地を押し上げているソコに触れてやったら、おもしろいくらいに大きく反応を示した。

「ぐっ！　今シたら、見境なく襲う」

「襲えっつってんだけど？」

いや違う。そうじゃなかった。

オレは当初の作戦を思い出す。

どうして催淫効果のある自白剤を用意したのか。

どうやら嫌われてはいないらしいし、欲情もするらしいが、アレクはなお鋼《はがね》の意思を貫くつもりらしい。そっちがその気なら、こっちも初志貫徹させていただこう。

「――分かった。もともとそのつもりだったしな。オレがお前を襲わせてもらう」

この男に、手加減なんか無用である。

「今日は絶対に、逃げるのは許さない」

「シ、オン……！」

熱っぽい声が上がる。

アレクはオレにされるがまま寝台に押し倒されていて、オレはというと、そんなアレクの上に跨がらせていただいていた。

シャツのボタンをすべて外すと、けしからん大胸筋からバッキバキに割れた腹筋までが露わになる。

「シオン、駄目だ……！」

「駄目？」

アレクの発言は鼻で笑ってやった。

「こんなにしといて、無理があるんだよ」

わずかに後退して尻を擦りつければ、ソコが先ほどよりも反応していることは簡単に分かる。

ほんの一瞬だけ羞恥心が過《よぎ》ったが、こういうのは勢いがすべて解決すると決心してオレは下を脱ぎ始めた。チェストの引き出しには、事に必要なものが一通り揃っている。

「シオン、待て、あまりに刺激が強い」

「そうか、それは結構なことだな」

ローションを手のひらに取り出したら、受け止められなかった分がアレクの腹に落ちた。

「つぁ！」

冷たさにその身体が反応して、おまけに悩ましい声まで上がった。

「……ふむ」

少し興が乗って、自分に使う前に、出したローションをその腹に垂らす。

「冷……！　シオン、ぁ」

腹筋のその割れ目に沿うように透明の液体を塗り広げる。臀部に当たる雄の反応が強くなった。

塗り広げる手を上へと進ませれば、厚みのある胸板に差しかかる。

「本当にいいよなぁ、この大胸筋。鍛えた成果が出る身体、毎日のノルマのやる気も出るってもんだよな」

「つ、ぁ、ソコはやめ」

「ん？」

「あ……！」

その立派な胸筋の頂きを弾いてやったら、ひと際大きな声が漏れた。

「へぇ？　ココ、感じるんだ？」

なるほど、オレでもアレクを啼《な》かせることができるらしい。

気をよくして、恵まれた体格にしては慎ましいその先端を摘んで弄《いじ》ってやった。

「っふ、ぁ、シオン……！」

アレクはどうにか声を抑えようとするのだが、それがまた非常に色っぽい。くぐもった呻き、熱を孕んだ吐息。こっちは別に身体のどこを弄《いじ》られてもいないのだが、その声と様子を眺めているだけでだんだんと妙な気分になってしまっていた。

「もうやめ」

「やめてほしいって？」

頷かれて、そこから思案の時間は短かった。たしかに、アレクだけを触っていても事は進まないのである。こちらの準備だって必要なのだ。

「分かった、分かった」

オレは再びローションを追加して、寝台の上で膝を立て、己の後孔に指をあてがう。

「っん」

くちり、解す前のソコはまだ抵抗が大きく、入口で粘性のある水音をかすかに鳴らすだけ。

でも、焦らずに。

オレは少しずつ指先に力を込めて、本来外から物を受け入れるはずではない場所を徐々に抉《こ》じ開ける。

「ふっ、ぁ、んぅ」

己のナカに異物を入れるのは大変なことだ。でもどうすればいいのか、その手順は分かっている。

「ぁ、はぁっ、んん！」

ぬぷり、一本目の指が奥へと潜り込む。ローションを追加して二本目を。

その際余った分が垂れてアレクの下履きに盛大なシミを作ってしまったが、まぁどうせもうすぐ脱ぐのである。大した問題ではない。

「シオン……」

「ぁ、ぁう……！」

二本目を沈めて内側を広げるようにする。イイところに当たってしまって、オレはアレクを跨いだ状態で身悶えた。

「目に毒だ……」

アレクはそう呻いたが、毒だと言う割には瞼を下ろしたり手で顔を覆ったりはしない。金縛りにでも遭いましたと言いたげに、こちらを凝視している。

アレクの目に、オレはどういうふうに映っているだろう。

はしたない、慎みが足りないように見えるだろうか？

それとも、存分に魅了できている？

手慣れているように、見えるだろうか。

恥を忍んで告白するなら、オレはあれ以降スムーズにアレクを受け入れられるよう、こっそり後ろを慣らす行為を繰り返していた。おかげで最近後ろを弄《いじ》ってないと達するのが難しくなってきたほどで、密かにその事実に怯えてもいた。

だって馬鹿みたいである。というか、馬鹿そのものだった。

そんなことをしたって、抱いてなんかもらえないのに。

尻だけ開発して、ひとりで後戻りできなくなっているなんて滑稽にもほどがある。

でもまぁ、今重ねてきた訓練が役立ちそうなのでよしとしよう。――する。

やがてもうこれくらいでいいかな、というところまで解せた気がしたので、オレは次のフェーズに移ることにした。要するに、挿入である。

アレクの前をくつろげようと手をかけた瞬間。

「待て！　説明する！　させてくれ！」

ひどく焦った声が上がった。

今さら、とオレはそれを相手にしない。

「何かを要求できると思うな。お前の話なんか、もう聞きたくない」

だが、昂《たかぶ》りに昂《たかぶ》ったアレクセイ氏と久しぶりの対面を果たした瞬間、オレの顔は強張った。

あれ……？

ゴクリ、思わず生唾を呑み込む。

それはあの、別に興奮とか期待とか、そういう方向のものではなくて。

覚悟を要求された者が呑み込むタイプの生唾であった。

この間、コレ、本当に挿《はい》ってた？　短期間でサイズアップしてない？　絶対ムリなんですけど。

いや、大きすぎる。あまりに大きい。こんなモノ、人体に入るサイズじゃない。

裂ける。オレの尻がご臨終《りんじゅう》を迎えてしまう。

オレの中の冷静な部分が、全速力でそうまくし立てていた。

お前、コレはやめておけと。

だが、男には、いやこの際男女なんてものは関係ない、人間には引けない場面というのが確実にある。今がまさにそれ。

催淫効果のあるものを盛っておいて、散々に相手を煽っておいて、押し倒して弄《いじ》って自分を解しているところまでお見せしておいて、いざ御対面したら、すみませんまたのお越しをお待ちしております、今日のところはお引き取りくださいなんて、そんな訳にはいかない。いく訳がない。

「っ……！」

覚悟を決めろ。

オレは己をそう叱咤して、アレクに跨り直した。

「っふ！」

その昂《たかぶ》りに昂《たかぶ》った先端を、己の後孔にあてがう。

「うぐっ」

「ん、んぁ」

何度か滑って失敗したが、そのうちに先端がくぷんと沈む感覚がした。

「あ、あぁ」

少しずつ、上下に腰を振って深度を深くしていく。自分の指でするのとは違う。ナカを押し拡げていく、圧倒的な存在。

苦しい。苦しいけど、嫌じゃない。怖いけど、とても全部挿《はい》る気はしないけど、でもコレが欲しかった。

欲を言うなら、お互いわだかまりのない状態が理想ではあったけど。

「シオン、止めてくれ、ぐっ！」

「うぅ……！」

重心を後ろにズラして、少しずつ体重をかけていく。解す練習はいくらかしていたが、言っても初心者《ビギナー》の自主練である。程度が知れている。

もちろんこんなに太くて大きいものを挿れたりはしていないので、なんとか主導権を握ってはいるが、オレの動きは拙いだろう。

「シ、オン！」

己のナカに挿れようとしているモノに、すべての意識を持っていかれそうになる。それでも制止するように伸びてきた手は、すかさず払ってみせた。

「全部っ！　自分の思い通りになると、思うなよぉ！」

オレは怒っているし、悲しいと感じてもいる。自分のしていることがひどく間違っている気も、すべて押し切って快楽で塗り潰したいと考えてもいる。

「オレはお前が好きでっ、お前だってオレが好きって言うなら！」

何がどうして、アレクとこんなことになってしまっているのか分からない。

「こんな方法じゃなくて、ホントは……ホントはもっとやりようがあるはずなんだからな……！」

ムカつく。オレばかりが、振り回されている。

勇気を出して、腰をグッと落とす。喉から妙な声が漏れて、下腹の圧迫感はさらに増したが、それでも多分まだ半分くらいしか挿《はい》っていない。

「アレクの阿呆！」

叫んだオレが涙目なのは、圧迫感がひどいからだ。めそめそしている訳ではない。断じてない。

「そんな阿呆なお前でも、オレは好きで……！」

幻滅できたらよかったのに。いや、したような気もする。

でも、そのあとでまたむくむくと理屈では説明できない感情が湧いてきて、想いを寄せてしまう。

そう、阿呆なのはオレのほうである。

「う、うぅっ！　う～！」

果敢に挑み続けていたものの、遂にアレクの剛直を呑み込むのに限界を迎えてしまった。

まだ残っているのに、ここから奥へ受け入れられない。どうにか勢いをつけようとは思うけれど、もうお腹がいっぱいなのだ。これ以上は何も咥え込めない。

「……シオン」

わずかばかり腰を振るが、それでどうにもならないことは分かっていた。

多分、もっと思い切りが必要。でもこれ以上なんて、人体にも限界がある。もう少しサイズダウンするなり、アレクにも努力していただかなくてはというラインに達していた。

シてもらえないなら、自分でするしかないのに。

逃がさないってアレだけ宣言したんだからやり遂げてみせろ、オレのへなちょこ、腰抜け、有言不実行！

苦戦に苦戦を重ね続けていると、不意に身体のバランスが崩れた。へばってしまった訳ではない。アレクが身体を起こしたのだ。

「なっ」

されるがままになっていたはずなのに、まさかもう薬の効き目が切れ始めた？

「それじゃ駄目だ」

だが、違うかもしれないと瞬時に思い直した。

身体を動かす自由は戻っているのかもしれないが、目が異様にギラついている。吐息は荒く、首筋を汗の玉が転がっていく。

「え、あ？」

不意に両側から腰を掴まれた。一瞬軽く持ち上げられる。抜く気か……！　と思ったが、それは杞憂だった。

「あぐっ⁉」

「っは……！」

ぐちゅん！　と最奥を潰される感覚。あまりの衝撃に息がつまり、瞼の裏に星が散る。

勢いをつけて、アレクがオレの腰を引き落としたのだ。自分ひとりではなかなか思い切れない勢いがあった。

「あ、あ、あぁあ！」

脳の奥から痺れる。腰は重怠いのに、その中に甘く中毒性のある刺激を内包している。

確認する余裕はないが、どう考えても埋め込まれたモノでオレの下腹はぽっこりしている。どこにも隙間がない。無理矢理に全部アレクの形にされている。強烈にその形を、熱を、質量を刻みつけられている。

「シオン、シオンっ」

「うぁ、あ、ひうぅ！」

容赦なく腰を打ち付けられる。耳元で零される声はいやに熱を帯びていて、呼ばれた名前の中には愛してるだとか、どこにもやりたくないとか、そういう意味が存分に含まれていることが伝わってきた。

なんだよアレク、お前、本当にムカつくな。

こんなムカつくのに、まだ愛おしい。恋心ってのは盲目すぎるし、おまけに言えばしぶとすぎる。

「うぅ〜！」

悔しい。惚れたが負けというやつだ。オレのほうが圧倒的に弱い。

悔しいから、オレは簡単にコイツのことを諦めてやらない。多少ムカついたり、幻滅したりしても、嫌ってなんかやらないのだ。

「アレクの阿呆！」

もう一度、悔し紛れにそう罵ってやる。

「お前の言うことは、もっともだ」

「んんっ、ぁ」

だが、その怒りも快楽の前にはチョロかった。罵りはそのうちにただの喘ぎ声に成り下がっていく。

仕方がない。だってもう仕方がない。オレの恋心はどうにも不死身のようなので、こうなったらもうとことんこの気持ちと付き合っていくしかないのだ。

「あ、や、ソコは無理ぃ……！」

容赦なく責め立てられながらも、オレは諦観《ていかん》すると共に改めて覚悟を決めたのだった。


「——で？」

ヤってしまった……とあからさまに凹んでいるアレクセイ・ウィストン氏に、俺は冷ややかな声を向けた。

事後に示す態度ではない。散々出すもの出しておいて、それはない。

「お前、本当にいい加減にしろよ？」

痺れの残る腰をさすりながら、詰問を再開する。

「改めて訊くけど、手籠めって何？　あんまり不名誉な言われようなんだけど。どこからそんな発想が出てきたよ」

「……実は」

アレクもさすがに観念する気になったらしい。のそりと寝台から身を起こして、神妙な面持ちで重い口を開いた。

「シオン、シオンの親父さんに俺とのことがバレている」

「……え」

オレの、父親。

「はぁ⁉」

会話に出てくると予想もしていなかった人物に驚く。そして、特に報告した覚えもないのに関係を把握されていることにも衝撃を受ける。

「い、いや、別にかまわないけど。オレとしては、やましいことは何もないし」

だが、親に恋人関係を把握されているというのは、妙に恥ずかしい。

大変申し上げにくいのだが、なんせオレは親に恋人を紹介したことがない。というか、まともな恋人がいたことがなかった。

相手が前の恋人と関係が切れておらず間男《まおとこ》認定され危うく刃傷沙汰《にんじょうざた》になりかけた経験と、付き合った途端に相手が豹変して激重《げきおも》束縛監視系恋人になった経験ならあるが、あれをまともな恋愛と呼ぶことはできない。誘拐・付きまといを始めとする幼い頃からの数々のトラブルに加え、この二件が、以降アレクに出会うまで、オレを完全に色恋から遠ざけたのだ。

「っ、でも父さんが知ってて、それが何って言うんだよ」

父親に知られていたのは驚いたが、それとこしばらくのアレクの態度に因果関係が見えず首を傾げると、アレクは重苦しい空気をまとったまま続けた。

「親父さんは、お前が俺と付き合うことに反対だ」

「……はい？」

「俺は、お前を、手籠めにした」

そうして、例の単語を繰り返す。

「手を出した最低野郎だと思われている。それについては、俺も思うところがない訳ではない。無理矢理ああいう流れにした自覚が、俺にはある」

「いや、いやいや、それふたりの間で解決してるじゃん⁉」

「息子にふさわしくないヤツだと思われてるんだ」

「っていうか何、どういうこと、その口ぶりだとウチの父親と対面で話す機会があったって訳？」

問いかけると、アレクはそうだと頷いた。

「お前に、それを言えなくて」

なるほど、予想しない答えだったが、反対されていたことがアレクの心に引っかかっていたことまでは理解した。

「いや、父さんが反対してたら、オレに手を出せないことになる、その理由は？」

だが、そこが分からない。

「息子に欲情して無理矢理手を出したと、お前の見た目につられただけの人間だと、そう思われてるんだ」

「まずそこだよ。弁解しろよ、っていうかもちろんしただろ？」

否定してくれればいい話である。オレだって訊かれたら秒で否定する。

父親だってそんなにめちゃくちゃな人間ではない。きちんと説明できれば、いい年した息子の交際関係になんて、そう口出ししないはずだ。

だが、頭を抱えながらアレクはのたまった。

「……言い淀んで、しまって」

それでコイツは黒だと認識されてしまったらしい。

「いや、いやいやいや」

反対されたのは、誤解が生じたのは不幸なことだ。父親がアレクに不当に不快な思いをさせたなら、申し訳ないとも思う。

でも、そもそも。

「言ってくれても、よかったじゃん」

最初からちゃんとオレにも話してくれていたら。

「言ってくれないで、手も出されないで、付き合えたと思ったのに素っ気なくされたら、後悔してる、やっぱ恋人としては違ったんだって思うに決まってるじゃん！」

「それは、その通りだ。本当にすまない。本末転倒なことをしていた」

「というか別に手は出していいだろ！」

「いや、どこで見られているか分からないと思ったら、下手なことができなくなってしまって。ルブラン法務官は非常に優秀な目をたくさん持っておられる。城内はもちろん、街中でも油断はならない。品行方正な男であると、誠実であると示さなければと」

たしかに。

ルブラン家といえば中堅どころの貴族で、家格は特別高くも低くもない。代々お家柄として得ているような役職もなく、まぁウチは文官寄りだよねという程度なのだが、父親は一族の中でもやり手で、現在は法務官としてなかなかの地位を得ていた。

だから優秀な目がたくさんいる、というアレクの発言は理解できる。

父親には、自分の手足となって動いてくれる情報提供者があちこちにいるのだ。誰がその提供者なのかなんてのは、第三者からはそうそう分からない。

だが、やはりである。

「いや、だからさ、それも含めて言ってくれればよかったんだって。そうしたらオレだってあんなに思い悩むこともなかったのに……」

アレクが正直に話してくれていたら、ここまでのことにはならなかったと思う。

「どうしてそう独りよがりなことになっちゃった訳？　アレクらしくもない」

怒りではなく、純粋に疑問があった。

そうだ、まったくアレクらしくない。

上官が自分の娘と婚姻させて囲い込もうとしたことからも分かるように、アレクは優秀な騎士だ。

騎士というのは、ただ武道に優れていればいいというものではない。回転の速い頭脳、求心力、協調性、交渉力等々求められるものは多い。それが、この男にはちゃんとあるはずなのに。

「お前の家は」

「なんだよ」

「家族仲が、とてもいい」

「……否定はしないけど」

ルブラン家は仲がいい。

そう思う。両親も、兄も、三人いる妹たちも、誰ひとりいがみ合うことなく、それぞれがそれなりの年齢になった今も睦まじく暮らしている。

アレクから、続きの言葉はない。ということは、今のが答えのすべてということか。

「え、それで？　家族が反対してるとオレが悲しむかもしれないとか、まさかそんな理由で？」

嘘だろ？　とそのたくましい上腕二頭筋を掴んで揺さぶるが、アレクは難しい表情を崩さなかった。

「そんなとかいうな」

「言いますけど⁉」

いやいやいやいや、と思わず額を押さえる。

眩暈《めまい》がする。どれだけ繊細な人間扱いされているんだ。

「そりゃまぁ反対されたら悲しいかもしれないけど、じゃあどうやったら好意的に受け止めてもらえるかなって考える余地はあるし、どうしても反対されるならそれはそれでしょうがないし、いや、そんなの、そんなの……」

オレのここしばらくの苦悩はなんだったんだ。

「俺は傍から見ていただけだが……！」

だが、アレクセイ氏にも主張があるらしい。

「お前がどれだけ家族を大切にしているか、知っている。家族が、お前をどれだけ大切にしているかも。お前が今までどれだけ嫌な、危険な目に遭って、それを家族がどれだけ心配して、あらゆる手を打って防ごうとしてきたのか。信用できる他人が極端に少なかったお前の心の拠り所が、唯一家族にあるってことも分かってる」

オレがいることで起こるたくさんの面倒事。そのたびに苦労をかけたし、心配させた。

でも、嫌な顔をされたことは一度もなかった。

両親だけじゃない。兄も妹たちも皆だ。

そんな家族だから、オレは自分のことを本当に恵まれていると思えたし、オレにできる方法で家族のことを守りたいと思っていた。

騎士団に入団した理由はいろいろある。

トラブルを跳ね返すために、自分自身を強くする必要性を感じたこと。

文官ばかりの我が家で誰かに何かあったときに、剣術を嗜《たしな》んでいれば助けになれるかもしれないと思ったこと。

オレは婚姻や交友関係で人脈を広げることは無理だろうから、父や兄とは違う分野で繋がりを作ることが家のためになるかもしれないと思ったこと。

「どこの馬の骨かも分からんヤツに、大切な息子を渡せないと思う気持ちは理解できる。これまでのことを考えたら、査定が厳しくなることも理解するし、そうあるべきだとも」

たしかに、家族は大切だ。反対されたら、落ち込むとは思う。もしかしたら、オレが自分で予想している以上に。

だが、家族の話を、それほどたくさんアレクにした覚えはなかった。日常会話に時折出てくる程度だったはず。それなのに、どうしてアレクはオレ以上にオレの気持ちを見抜こうとするのだろうか。

「ご家族への印象も大事だろ。オレはシオンと一時の恋を愉しみたい訳じゃない。これから末永く、お前と一緒にいたい」

一時の恋ではなく、末永く。

そうやって、ちゃんと真剣に考えてくれていたことは素直にうれしい。オレだけがただ好きな訳じゃないのだと教えられる。

「そうなると、いずれはシオンの家族とだって関わりが生まれるはずだ。お前の家族に好かれたい、よく思われたいという気持ちはどうしたってあるし、お前に大切なものを天秤に掛けるような真似はさせたくない」

でも。でもやっぱり、ほかにやりようがあったと思いますけどね？

だって、オレのことを柔《やわ》な人間扱いしすぎである。オレが負けん気の強い、ガッツのある人間だって、アレクなら十分分かってくれていると思っていたが、どうにも恋というのは当人たちの認識を変えてしまうらしい。

「——よし、分かった」

物申したいことはまだある気もするが、必要以上に追及しても下手にこじれるだけだ。反省は今後に生かすことが大切で、目下優先しなくてはならないことは。

「アレク、今から実家行こう」

「え？　は？　今から？」

「そうだよ、今だよ、今すぐだよ。オレにお前を恋人だって紹介させてくれ」

障害があるのなら、取り除く必要がある。可及的速やかに、この状況を解決すればいい。

であれば、やるべきことはただひとつ。

「安心しろ、今日は休日。両親は家に揃ってる」

我が家へ突撃、これのみである！

第四章　美貌の騎士に中身込みで惚れたんだが、親友ポジから身動き取れなくなってるうちに娼館に走られた件とその顛末について

「アレクセイ・ウィストン」

シオンと晴れて恋人同士になってから数日後のことだった。

呼び出されたのは、王城内の各部署が並ぶ一角にある応接室。部屋には、俺のほかにもうひとり、壮年の男性文官がいるだけだった。

「貴殿はなぜここに呼ばれたか、その自覚はあるか？」

髪色はくすんだ金。深い青を湛えた瞳の色はアイツと一緒だが、受ける印象はまるで違う。瞳の奥は凪いでいて、どこまでも彼が冷静であることを教えた。

どちらかというとやせ型で、なよなよとした印象を受ける人間もいるかもしれないが、その揺らぎのない瞳がそうした体格の問題など吹き飛ばす。

この場の主導権は誰にあるか分かるか、と言下に問うような雰囲気。そういうものがある。

ヴィクトー・ルブラン。

この国の法務部に所属する、上級法務官である。そして、同僚シオンの父親に当たる人物だ。

「先日の緊急魔法通信の使用の件だと、認識しております」

至極真面目な顔を意識して、俺は問いに答えた。

緊急魔法通信。

それはつい先日、第四騎士団において発動された高度魔法である。

この世には魔法の概念は存在しているが、誰もがそう気軽に扱えるものではない。どのような魔法も法の下に整備され、使用範囲、手順、条件が定められている。

そんな厳格に管理されている魔法を、第四騎士団で使用した。

不当な魔法の行使だったのではないかと疑われ、通信の受け取り元であった自分がこうして呼び出しを受けているのである。

「――まぁいい」

ルブラン法務官は俺の返答を聞いて、随分と間を空けてからそう言った。

このタイミングでの法務部からの呼び出しなど、先日の緊急魔法通信の件でしかありえないのだが、どことなく回答を外した気分にさせられる。

「かの緊急魔法通信はその名から分かるように、緊急時にのみ使用が許されるものだ」

俺たちは設《しつら》えられた応接セットのソファに向かい合うように腰かけていたのだが、ルブラン法務官は不意に立ち上がった。

「使用者の騎士は、君に事前に指示された条件に合致したため、通信を実施したと証言している」

ゆったりとした歩調で、彼は応接室をぐるりと巡り始める。

「内容に相違ありません」

「事前に指示した条件とは？　第四騎士団といえば実力派揃いの集団だと認識しているが、しかしまぁ戦場でもない実に平和なこの城下で一体どんな条件に合致したのやら。しかも君は団の中で役職がない訳ではないが、財務と新人育成を担う程度。とても緊急魔法通信の発令許可を得ている身とは思えない」

違法使用だろう、とそう指摘されているのである。

「ご指摘の通り、私は第四騎士団の団長でも副団長でもない。そんな私に、緊急魔法通信の発令許可は通常下せません」

違法と言われればまったくもってその通りなので、本来ぐうの音も出ないところではある。だが、考えなしに、使えば一発で足がつく魔法を発動させた訳ではなかった。

「なるほど、己の権限にはきちんと自覚があるようだ」

目だけで続きを促される。自由な発言が許されているうちに、と俺は用意していた台詞を口にした。

「第四騎士団は平時には城につめております。主な業務は鍛錬、武具の手入れ、装備の老朽更新、財務処理、徹底した新人育成、そして城下及び郊外の治安維持を行っています。もちろん、街には治安維持部隊がいて、彼らが日夜勤めてくれてはいますが、我々も治安をよりよくするためにその支援をする」

「君たちの平時の業務は、こちらも認識している。たしかにその通りだ」

「先日の緊急魔法通信の使用は、この治安維持に関わるものです。違法薬品の製造や人身売買、禁止品の密輸入など、我々も掴んだ情報を元に独自に調査を進めることがあります。まぁ内容は精度も含めさまざまではありますが」

もっともらしく述べてはみるが、事実は異なる。本当はシオンが娼館に飛び込むという、普段からは考えられない行動に走ったことが、魔法使用の理由だ。

シオンの身に何か異変があれば知らせるようにと、団の人間には日頃から通達してあった。くだらないことに使って、と普通なら思われるだろう。

だが、男も女もなく根本のところでは人間不信、特に恋愛的なものには最大の警戒心を抱いているあのシオンが花街に現れたというのは、アイツをよく知る俺たちにとっては天地がひっくり返るくらいの勢いであり得ないことだった。

「状況が佳境を迎えているため詳しいことをお話しするとなると、私より上の者から説明させていただくべきかと思いますが、近日中に確実に星は上がります」

先ほどから、ただ嘘八百を並べている訳ではない。嘘には真実を混ぜて、現実に寄せていく。

こちらが常に調査を続けている、きな臭い案件というのは常時数件ある。

今、とある一件に総力を挙げているところだ。証拠はある程度揃ってきているので、摘発も時間の問題。例の緊急魔法通信はそちらの件と繋げられることになっている。

「君の言い分はよく分かった」

カツン、とルブラン法務官の靴の踵が床を打った。

「その上でもう一度、問おう」

俺の真横の位置まで来た法務官が、こちらを見下ろす。

「ここに呼ばれた、その理由に自覚はあるか」

また、この質問。何か意図がある。それは確実だ。答えるべきことが、答えさせたい何かがある。

俺は全力で思考を巡らせた。

先日の緊急魔法通信使用の件で呼び出されたことも、その呼び出し元が法務部であることも不思議はない。

だが、法務部への直接の呼び出しではなく、部外の小さな応接室への呼び出し。また、法務官が出てくること自体は当然のことだが、その相手がよりによってルブラン法務官、シオンの父親であること。

「……ご子息のことで何か、気にかかることでも？」

次の瞬間、ルブラン法務官は柔らかく微笑んだ。だが、それは彼自身が背中にまとった有無を言わせぬ圧のせいで、とんでもない威力を伴っていた。

――当たりだ。

だが、同時に踏んではいけない虎の尾を踏んでしまったような。

「さて」

ルブラン法務官の声のトーンが変わる。先ほどの尋問口調から、友好的な色さえ乗せた声音に。

しかし、恐ろしいと俺は感じてしまう。表面から感じられるものと、内側に秘めているものがあまりに違いすぎる。

「君及び発動者のニグラス・ゲインの緊急魔法通信の違法性ついては、ここではこれ以上問わないでおこう。どうせそのうち本当に摘発されるのだろうしな？」

見抜かれている。けれど追及はされない。

「城下の治安維持に努めるのは、半民間による治安維持部隊や君たち騎士団のみではない。さまざまな役職の者が、それぞれの立場で常に動いている」

なぜなら、彼が本当に問いただしたいことは別にあるから。

「アレクセイ・ウィストン。君は緊急魔法通信の発動を受けたあと、とある娼館を訪れ、そこで一夜を過ごしているな」

「――――」

否定も肯定もしなかった。カマをかけられている可能性もあるし、その事実から何を引き出したいのかも分からない。話は最後まで聞きます、という態度を貫く。

「いや、何、そのこと自体を責めている訳ではない。緊急魔法通信の発令を受けた直後にという不自然さや道徳的な点を気にする人間はいるだろうが、一応勤務時間外のことだ。法を犯していないのなら、とやかく言うつもりはまったくない。しかし――」

ルブラン法務官は再び向かいのソファに腰を下ろした。

「あそこにはいたな。――シオン・ルブランが」

シオンの何を、俺の口から聞きたいのか。

「私に確認する必要がありますか。ルブラン法務官は、そこにご子息がいらしたことをすでに事実として把握してらっしゃるようだ」

「だが、ウチの息子がそこにいたというのが、どれだけ異常事態かは君も分かるのでは？」

彼はコネや家柄ではなく、実力で法務官、それも上級法務官の地位を得た人だ。確実にやり手の人物。

急に、すべてを見透かされている気がしてきた。

何に緊急魔法通信を使ったのか、この人は正しく見抜いているのではないか。

「いや、こちらも仕事柄、あちこちから情報は上がってくる」

政治に必要なものはいろいろあるだろうが、情報というのはその最たるものに挙げられるだろう。

彼がどれだけの情報網を持っているのか、想像がつかない。けれどそれなりのものを持っているのは確実だ。

「どうもその日から、息子の様子がおかしい」

「おかしい、とは」

「心ここにあらずと言えばいいか。気持ちの浮き沈みが激しく、挙動も少々」

あの日、シオンと一線を越えてからも、俺とシオンはもちろん変わらず同僚である。つまり、職場では当たり前に毎日顔を合わせる。

もちろん多少交わす視線に今までとは違うものが乗ることはあるが、基本シオンはこれまでと変わらない態度を貫いているように見えた。揺らぎのないその姿勢から、まさか家ではそんなふうになっているとは微塵も思っていなかったので、その事実を聞いて思わず頬が緩みそうになる。

「アレクセイ・ウィストン、君ならその理由を知っているのではないか？」

そう問われて、どう答えるべきだろうかと非常に迷った。

何せ自分は理由というか、元凶そのものなのである。答え方によっては親御さんへの印象が最悪になってしまうので、慎重さが要求される場面だ。

「答えられないかね？」

俺の逡巡を、ルブラン法務官はどう判断したのか。

「君はあの夜、娼館で何をしていた？」

「そ、それは」

「君がどこで何をしていようとかまわないと先ほど言いはしたが、たしかシュライフ家のご息女と見合いの話があるのでは？」

「いや！」

マズい。流れが悪い。これは心証が最悪になるやつでは。

「感心しないな」

シオンにも誤解を受けた一件だ。ひとつひとつの事象だけを取り上げて列挙すると、たしかに最低野郎に見える。

「しかも」

次の台詞に、俺は反射的に天を仰いだ。

「あの夜、君はウチの息子と同じ部屋で過ごしたと」

「違います！」

これはいけない。相手は近い将来義父になる人である。こんなところで関係を拗らせたくはない。

必死に言い募ったが、その様子が相手には逆に怪しく映るらしい。

「違う、とは。ウチの息子に君は手を出したんじゃないのかね。状況的には黒だろう」

「手、手を」

出した。出してないとはいえない。

そんな嘘は吐けないし、吐く必要もないはずだ。

「お、俺は以前から息子さんのことを好ましく思っており……！」

「そういうヤツは腐るほどいた。本当に、どうしようもないほどに」

軽い気持ちでも、その場の勢いでもない。俺は真剣にシオンを好いている。欲だけで動いた訳ではない。

「単に見た目に惹かれた訳ではありません。中身を知って、理不尽な困難に立ち向かう姿をそばで見てきて、それでもめげない強さを尊敬していますし、支えたい、守りたいと思っており……！」

騎士団の試験に受かって、入団して、同じ隊に配属されている。

第四騎士団の任務は激務と呼ばれるものも多いが、それにプラスして、シオンにはさまざまなトラブルが降りかかっていた。けれどシオンはいつだってそれを懸命に振り払ってきたのだ。入団してからのことなら、ルブラン法務官よりも自分のほうがよく知っていると自負がある。

シオンはいつだって美しかった。見目の話ではなく、生き様の話だ。

入団初日のことを、思い出す。シオンと初めて口をきいたのは、あの日。

あのとき、出会い頭に華麗にキまった膝蹴りを、今でも鮮明に覚えている。

あれは惚れ惚れする、実に見事なきめ技だった。

◇　◇　◇

シオン・ルブラン。

まさかその名を知らなかった訳ではない。

彼は昔から有名で、たびたびその名前が人々の口から挙がっていたし、時折社交の場で見かけることもあった。だから噂通りのとんでもない美貌も知ってはいた。

たしかに唸るほどの美人である。数多《あまた》の人間の心を惹きつけることは間違いない。

だが、近距離でその顔を拝むことは、十八の年までなかった。

ウィストン家は軍門一族なこともあってか、年が同じだというのに文官の家の出のシオン・ルブランとはそれまで交流はなかったのだ。

しっかり交流を持ったのは、入団試験を経て、王立騎士団の所属となった初日のことである。

『……せって！』

『そんな、――～だろう！』

『いい加減に……！』

事前の案内に従って登城した俺は、指定の会場に向かう途中で何やら揉めている声を耳にした。声は中庭に下りた先、ちょうど建物の陰になっているほうから聞こえてきていた。

気にはなる。だが、首を突っ込むべきかどうか。

『時間はまだ幾分余裕はあるが……』

懐中時計を手に悩む。

状況が分からない。漏れ聞こえてくる声は、どちらも男のものだ。一方が不当に絡まれているのか、お互い様な内容で争っているのか。

余計なお節介は焼くべきではないし、一方で騎士として困りごとには手を貸すべきだとも考えられる。

だが、入団初日である。うまく仲裁できればいいが、関わり合ったがために一緒に処分された日には、家の門を潜れなくなる。

あれこれ考えながらも、気づけば庭に下りていた。気取られないように、そっと現場へ近づく。

『この色情魔が！　オレに触れるな！』

轟いた怒号に、これは誰かが襲われているということか!?　と慌てて角から顔を出したその瞬間。

俺は飛び込んできた光景に目を奪われた。

青い空に映える陽光を透かした金の髪、意志の強さを感じる真っ直ぐな濃い青の瞳。それに何より、ひどく整ったその顔《かんばせ》。

彼は相手から距離を取るように飛び退ったかと思えば、その勢いのまま後ろの壁を蹴り上げて飛んだ。

空中で見事に体勢を整え、その膝が突き出される。斜め下へ重力で引っ張られる身体。

狙いはわずかもブレなかった。

ひとつひとつの動きが、まるで時間を引き延ばしたかのようにゆっくりとこちらの網膜に焼きつく。

『ぐあっ⁉』

見事な膝蹴りが相手の男にキまる。

己の体重と勢いを使った、実に無駄のない一撃。狙った位置も間違いがなく、男はその一発で芝生の上に昏倒した。

助太刀などまるで必要なかった。大したものだと感心していると彼がこちらに気づく。

『…………』

眇《すが》められた目が、こちらを吟味していることを教えた。不審者その二扱いされているのかもしれない。

『いや、言い争うような声が聞こえたから、何事かと思って』

『そうか。騒がせて悪かった。けど、大したアレじゃない』

服装の乱れを整えながら、シオン・ルブランは感情の乗らない声で言った。彼が身にまとっている白を基調とした服は騎士団としての正装で、つまり自分と同じだ。入団試験の際に顔だけは見かけていたので、受験していることは知っていたが、どうやら無事今期の試験に受かったようである。

試験会場では、遠巻きにひそひそ好き勝手言われていたのを覚えている。なよなよしててもあの顔なら受かるだろう、華《お飾り》の第一騎士団、第二騎士団にはお誂え向きだ、いや、でもあの顔がいたら団の風紀が乱れる、それどころか王族とのスキャンダルに発展するんじゃ？　傾国の美女ってやつじゃん等々。

けれど彼の強く澄んだ眼差しは、試験会場で下世話な噂話をしている奴らよりよっぽど高尚な志があるように見えた。まぁあの見た目ならいろいろと面倒が多いのはたしかにそうなんだろうがと、他人事のように思っていたのだが。

『この男は？　知り合いか？』

『知り合いを名乗ってくるなら厚かましいな。入団試験のときに受付にいた男だよ』

伸びた男を見下ろすシオンの目は、どこまでも冷めていた。

『……え？』

説明はそれだけ。補足事項は何もなかった。

試験会場の受付にいただけの男。それ以上の接点はない。ないのに、トラブルに発展するその理由。

性別の括りなど瑣末なことだと人に思わせるほどの美貌を持つシオン・ルブランは、神々しいまでに美しいといっても大げさではない。

……もしかしてロクに口も利いていない相手から懸想され、無理に迫られていたのか？

そういう想像が浮かんだが、確認することはできなかった。とても不躾な問いかけになるだろうと、躊躇いが生じたからだ。

俺がどうとも言い出せずにいると、なぁ、と向こうが声をかけてきた。

『傷害罪になると思う？』

足元を再び見遣る。

『正当防衛だろ』

即座にそう答えていた。やめろと言ってやめない相手に対し、自衛をしただけの話だ。

『それより集合時間まで、もうあまり余裕がないぞ』

『そっちも……まぁいかにもって感じのイイ身体だし制服で分かってたけど、やっぱり今期の？』

『あぁ、入団者だ。アレクセイ・ウィストン』

『オレはシオン・ルブラン』

お互いに改めて名乗り合う。普通なら握手してもいい場面だったが、なんとなくやめておいたほうがいいような気がして控えた。さっきの今で、よく知りもしないヤツと接触したくないだろう。

『でもコイツ、どうするかな』

『多分軽い脳震盪《のうしんとう》だろう。行き道に確か医務室があったはずだから、声だけかけていこう。何か喚いてきたときは証言してやるよ、一方的に絡まれてたって』

『恩に着る』

先ほど、握手は控えたほうがいいだろうと判断したばかりだったが、軽く握った拳を振ってみせると、シオン・ルブランは一瞬虚を衝かれたような顔をした。

だがすぐにこちらの意図に気がついて同じように拳を握り、軽く拳同士を合わせる。それから、うれしそうに笑った。

ただただ屈託ない無防備なその笑顔は、やたらと印象に残った。

あとからふと思い至ったのだが、そんなふうに誰かと気軽に絡むのが久しぶりだったのかもしれない。だからこその、心の底からの笑顔。

多分、きっと。

最初のあの瞬間に、もう恋に落ちていた。少なくともきっかけは得ていた。ただその自覚が、まだ俺にはなかったというだけで。


入団から三か月。

新入団員はひとまとめにされて隊舎に放り込まれ、そこで寝食を共にしながら騎士として育成される。

基礎的な訓練で身体を作り込んだり内規を覚えたりするのと同時に、入団から半年後に行われる団の割り振りに向けて適性を見られる期間でもあるのだ。

一応新入団員にも自分の希望を提出する権利はあるのだが、それがどこまで考慮されるかは分からない。

そういえば、と手に持っていた上着を見つめる。

俺はちゃんと着ているので、これはほかの人間のものだ。

ほかの人間――シオン・ルブラン。

初日に揉め事の現場で出会って以来、シオンとは割に仲よくやっていた。育成期間の今も割り振られた隊が同じなので、行動を共にすることが多い。どこか線を引かれているところはあるが、それでもほかの団員と比べると一番距離が近い自覚はあった。

容姿のことに触れない、腫れ物扱いしない、下世話な視線を向けない。

まぁ人として当然と言われればその通りなのだが、これらを徹底していることが近くにいられる理由なのかもしれない。

あと、単純に俺のほうはシオンの性格を気に入っていた。俺たちは馬が合うと思うのだ。

その美貌からなよなよしている、根性なしと偏見を持たれがちなシオンだが、実際は正反対だった。

シオンは基本負けず嫌いだ。負けたくないから、だから努力する。

華奢《きゃしゃ》な身体付きの割に腕っぷしは強いし、理不尽なことがあっても泣き寝入りしたくないと、根性もかなりある。必要のない嘘や隠し事が嫌いで、その真っ直ぐな性格には好感が持てた。

それに、シオンはキツい演練ばかりで、戦地へ駆り出されることも少なくない鬼の第四騎士団への配属を希望しているのだ。

半端な覚悟で騎士になった訳ではないことが窺える。

第四騎士団は一躍出世のチャンスもある一方で、命や怪我のリスクが高い団でもある。故に己に自信のある者、国を守りたいという志の高い者、一発逆転を狙いたい下級貴族や一般枠からの志願者など、さまざまな立場の人間が集まる。

シオンが入団早々に行われた希望調査で迷いなく第四騎士団と言い切ったことに、周囲は驚いた。冗談だろ、無理に決まってるじゃんと嘲《あざけ》った者もいる。

たしかに、体格の不利は多少あるかもしれない。だがそれがすべてではないし、身体だってデカければいいという訳ではない。小回りが利かない、しなやかさに欠けるなんて欠点もある。

訓練開始早々にシオンが見せつけた実力は、見た目で舐めきっていたヤツらに泡を吹かせただろう。あれはきちんと己を知り、鍛えてきた者の動きだった。

『でも難しいのかも、しれないな……』

手にした上着は所々汚れているし、胸元には大きくシワが寄っていた。

シオンは物を大切にするヤツだ。妹と一緒に練習したよと笑って、繕いものから緻密なイニシャルの刺繍《ししゅう》までこなす。俺も武道を嗜《たしな》む以上、服の破損は多いので簡単な縫いものはできるが、シオンほど器用にはこなせない。

で、そのシオンの上着が汚れている理由だが。

『――しかしだね、こうも続くようでは』

目的地の医務室に到着するが、扉へ手を伸ばす前に、中から漏れてきた声に意識を持っていかれる。渋い声は、本日の指導官で間違いないだろう。

『いっそ隊を組み替えるか？』

『どこに行っても、このままでは同じことの繰り返しだと思います』

それに応える淡々とした声はシオン。

『まぁ、それは……』

本日、シオンは昼休みに複数名の同期の団員から暴行を受けかけた。あくまで、受けかけたである。

人気《ひとけ》のない倉庫に引きずり込まれはしたが、シオン自身が返り討ちにした。

さすがに本人も無傷とはいかなかったようで、唇は切れ、確認はできてないがほかにも身体には打ち身ができているだろう。骨が折れたりヒビが入っていたりしなければいいのだが。

俺の持っている上着は、現場に残されていたものだった。様子が心配だったので、コレを渡しに行くという建前でここまで来たのだ。

男ばかりのむさ苦しく辛い訓練の続く環境。

溜まるものが溜まることは理解できる。だが、人としてやってはいけないことの線引きなど明白だ。

実は、シオンが関わる事件・揉め事はこれが初めてではなかった。シオンが関わるというか、シオンが狙われた、理由になったと言うべきか。

出入りの業者による部屋への侵入事件。

上下関係を盾にして関係を迫った先輩騎士。

差し入れしにきたとある騎士の婚約者である令嬢の、心変わり騒動。

シオンの使用済みアイテムを盗み、開催された団内極秘オークション。

すれ違いざまのセクハラ、からかい、侮辱なんかは数えればキリがない。

シオンが悪い訳ではない。

たしかにその顔は美しい。俺とてドキッとすることはある。けれどそれはシオンが望んで得たものではないし、その顔を使ってシオンが何かを有利に進めようとしたことなどは、俺が知っている限りは一度もない。

シオンは騎士として要求される努力をきちんと重ね、隊の規則だって守っている。己の見目を理解しているから、どれだけ暑くとも不用意にシャツのボタンをくつろげたりもしない。配慮だってしている。

それでも、トラブルは続くのだ。

『一体この三か月、何度このようなことが起こったか……』

指導官の声には疲れが混じっている。

『数えていません』

応える声から感情の揺らぎを感じられないのは、シオンが意識して己を制御しているからだ。本当は悔しくて悔しくて、腹が立って仕方がないだろうに。

『っ……』

部屋の中へ割って入りたい衝動に駆られる。しかし空気が重すぎて、第三者である自分にそんなことは許されないとも感じる。

持って生まれたもの——騎士であることに直接は関係ない顔の造りも、適性判断の材料にされてしまうだろうか。周囲を乱すからと除け者、問題児扱いされて、配属希望も通らず本人が一番嫌がっているお飾り部隊の第一、第二騎士団にやられるのだろうか。

あんまりだ、と思った。

『このままだと、除名ですかね』

だが、シオンは俺なんかよりももっとあんまりなことを考えて、口にした。

『っ！』

そんな不当なことがあって堪るか。

だが、実際シオンに不満や怒り、嫌悪が向く事実はあった。

またお前のせいかよ、と。お前がいなければこんなことになっていないのに、周りだって迷惑だよ、と。

指導官だって手を出すヤツが悪いと分かっている。だが、こうも続くと風向きだって変わってしまうかもしれない。

『除名というのは、それなりの事実がないと行われない。他部署による査察も入る。簡単には実行されない』

指導官はそう言うが、権力は時に理不尽に働く。この世のすべての事象に正義が通る訳でもない。

『三か月』

不意にシオンの声が響いた。静かだが、力のある、意志のこもった声だった。

『三か月、ください。少なくとも同期は制圧してみせます』

制圧。またすごい言葉が出た。

だが、教えられる。シオンの心がまだ折れていないこと。騎士でいたいと望んでいること。

『……隊規は守れよ』

制圧、という言葉を吟味していたらしいが、長い沈黙のあとに、指導官はそうとだけ返した。

『規則の範囲内で、正当に』

軍靴が床板を叩く音がする。

元より気配でバレている可能性が高かったので、身を隠そうとはしなかった。コソコソして見つかるほうが印象が悪い。

『……いたのか』

部屋から出てきた指導官が口にしたのはそれだけ。こちらの手元に目を落としたので、もともとの目的はそれで察せられただろう。特に咎めることもなく、そのまま去っていく。

『なんだ、アレク。怪我でもしたのか？』

開けたままにされた扉の向こうから、シオンの姿が見えた。

口元には処置用のテープが貼られているが、ほかに大きく腫れていたり、痣《あざ》になっているところはなかった。単にまだ症状が出ていないだけかもしれないが。

『これを』

『あぁ、放りっぱなしだったな。ありがとう』

部屋の中に入り、上着を差し出す。

受け取ったシオンは上着を広げて、洗わないと、おいここ一個ボタン飛んでるじゃんと眉根を寄せていた。先ほどまでの深刻な空気など微塵も感じさせない。

けれど。

『シオン、今の話』

どうしても触れずにはいられなかった。

『盗み聞きはよくないぞ』

青の瞳が俺を捉える。だが、咎めるような色はそこにはなかった。

午後の日差しが差し込む医務室は穏やかな空気に満ちていて、いい天気だなと言いたげな顔で窓の外を眺めるシオンが呑気に思える。何か言いたいのに、自分は当事者じゃないと分かっているから言葉が紡げない。

『まぁ、大丈夫だ』

シオンはそう言った。

楽観しているから出てくる言葉では、きっとない。なんでもないことだと見せかけたいのだ。本人もそう思いたいのだ。

『大丈夫な訳あるか』

規則の範囲内で正当に、どこからどれだけ湧いてくるか分からないヤツらを、どうやって相手にするのだ。しかも期限付きときた。

いや、シオンが一方的に言い出しただけで、指導官も別にその期間内にどうこうしないと具体的にどうなると言った訳ではない。だが、こういう状況がずっと続くようであれば、そのうちに何か対処されるに決まっている。

それもおそらく、シオンも割りを食う形で。

ひとりで、どうこうできる話じゃない。

『やるって言ったらやるんだよ』

でも、シオンはそう言うだけ。

『……そもそも、理不尽じゃないか。普通に考えて、自制の利かないヤツが悪い』

『無意識に、無差別に人を惑わす、自重しないそっちが悪いって抜かすヤツもいる』

顔面を自重するってどうやってやるんだ、と思わずツッコみたくなる。

『そりゃ、お前の顔が綺麗なのは事実だ。普通だよとかいうヤツがいたら、そいつは本当のことを言ってないか、あるいはそいつ自身がとんでもなくお綺麗な顔をしていて、もともとの水準が高いかのどっちかだろ』

『ははっ』

たしかに、とシオンは笑った。

『でもまぁ、もう少し見た目を工夫してもいいかな。いっそ丸坊主にでもしてみるか？』

『まっ――い、いや、やるって決めたなら止めないが』

そんなもったいない、今のままのほうがいいと、反射的に思った。思ってしまうということは、俺もそこらのヤツらと同じだろうか。シオンの外見に気を取られてしまっているだろうか。

『……多分、恐ろしく似合わないと思うぞ』

『それが狙いなんだけど』

『シオンが、後悔しないなら、まぁ』

綺麗なものは綺麗だ。それは否定できない。

シオン・ルブランは美しいか？　と問われたら、俺は間違いなくそうだと答える。

だが、俺にとってのシオンは〝美しい〟だけで構成されている存在ではない。

努力家で、見た目には分かりにくいがきっちり鍛えていて、真っ直ぐで、ちょっと直情的なところもある。

嘘が嫌いで、売られた喧嘩は買う派。

他人を警戒せずにはいられない割には、困っている人を見かけるとついつい声をかけてしまう。

弱そうに見えるのに、実は酒には滅法強い。

美しいだけじゃなく、十二分に人間味溢れる存在だ。

そういうことを伝えたいのに、今の自分が言っても望んだ重さで伝わらない気がして、結局言えず仕舞だった。

『さ、そろそろ戻るか』

『……あぁ、そうするか』

実行するのかしないのか、結局聞けないまま医務室をあとにしたが、そのあとシオンの髪の長さが変わることはなかった。ひとまず、丸刈りはやめたらしい。

そして結局、シオンに俺の助けなど必要なかった。

たった三か月でどうしようというのだと思っていたら、シオンはやたらめったら決闘をするようになった。

なるほど、これならば規則の内で相手を思う存分伸《の》すことができる。と感心すると同時に、なんて軽率なことをと肝が冷えた。

だってそうだろう、勝てることが前提だ。

勝ってる間はいい。でも、負けたら？

決闘の前には誓いを立てる。騎士の誓いは絶対だ。内容を保証する立会人も付く。

シオンの場合は、一切のつきまとい、手出しの禁止などを挙げる。

だが、となると相手はシオンの身柄を要求したり、恋人になってくれと言い出したりする。もともとその見た目で舐められているから、勝てばシオン・ルブランを好きにできるらしいと噂になって、決闘の件はあっという間に騎士団内に広まった。

そうなると、シオンは連日連戦することになる。体力の面での負荷も大きい。だんだんと疲れが溜まってくる。それ狙いのヤツだって、もちろんいた。

それにいくら腕が立つからといって、この世で一番強いという訳ではない。挑んでくる人間の中には、当然シオンより実践経験豊富な者、ずっと体格のいい者もいた。中には決闘中、決闘前に姑息な手を使ってくる者も。

何度もひやりとさせられる場面があって、正直こんなものどこかで負ける、うまくいかないのではと思った。

だが、シオンはやり切った。

相手の名誉とプライドを、恋愛フラグと一緒に折りまくったのだ。

シオン・ルブランに決闘を挑んでも恥を晒すだけ、対シオン・ルブラン敗戦リストに名前を刻まれて城内城外問わず晒される、アイツは見た目天使だが中身は猛獣等々噂されるようになり、シオンに決闘を挑む者、よこしまな行動を実行する者は徐々に減っていった。

三か月後、つまり入団からはちょうど半年、配属が言い渡される頃には、シオンは自分の周りの環境をなんとか落ち着かせてみせたのだ。

もちろん、不埒な輩《やから》の数がゼロになった訳ではない。生きている限り人間関係というのは更新されていくし、そうなるとまた似たようなことは起こる。

そのたびにシオンは大変そうではあったが、乗り切ってきた。

そんな姿を見ているうちに、気がついたのだ。

シオンのことを、好ましく思っていることに。

好ましいの中身が友情を超えていて、すでに恋情に寄っていることに。

◇　◇　◇

「——とにかく、軽薄な理由で好いている訳ではありません。その場限りのものではなく、シオンが俺を選んでくれるなら、末永く付き合っていきたいと考えています……！」

シオンとの思い出を振り返ってみれば、やはり自分は単にその見目に釣られた訳ではないのだと断言できる。娼館の件は、たしかに印象は最悪だろう。けれど、シオンも俺も真剣に交際しているのだ。それは間違いない。

「なるほど、君はウチの息子に純粋に好意を寄せてくれている。それで――」

だが、次の台詞には頭が真っ白になった。

「ウチの息子を手籠めにしたと」

「てご!?」

予想にまったくなかった単語をぶつけられた衝撃に、動揺してしまう。

「いや、ど、同意……」

しかも、同意です！　と言いかけて、言い淀んでしまった。

同意では、なかったような。

無理矢理というか、酩酊状態のところをなし崩し的に致したような。

嫌疑十分である。

そして、これがルブラン法務官が黒判定を下す最大の材料になったようだった。

「――よろしい」

声はまったく荒らげたりしない。それが逆に怖い。

「沙汰を待ちたまえ」

沙汰。

もちろんこの件を立件しようとか、そういう話ではないだろう。そんなことをすればシオン自身が傷つくことになる。

だが、確実にルブラン家を敵に回した。そして、敵に回してはいけない相手だったと、瞬時に直感する。

「いえ、違います、シオンとはきちんと今、恋人関係であり」

「ほう、後ろ暗いところが何もないと?」

「シオンに確認していただければいいことです。ぜひそうしてください」

「そうだな、ふたりのなれそめを説明してもらうのもひとつかもしれない。一方的な判断ではよくない。無理矢理襲った事実など、ないのだろうし?」

なくはない。けれど当事者で解決している。だが果たして、そのことについて訊かれて、シオンはうまく説明してくれるだろうか。

「人間関係というのは、初めをかけ違えると後々うまくいかなくなるものだ。それに、人間というのは一見まともに見えても、どういう問題や気質を心の内に抱えているか分からない。初めはよくとも、のちに豹変する例というのもシオンは経験している」

その話は聞いたことがなかった。

というか、シオンは過去のあれこれの詳細は語らない。だから俺が知っているのは入団以降と、人を介して聞いたいくつかの件のみだ。

「それに君はウィストン家の長子だね」

何を懸念されているのかは分かった。貴族は原則長子が家を継ぐし、継ぐとなればその次の世代を必要とされる。

だが、男同士では子を成せない。

「その問題については、きちんと考えがあります」

「なるほど、君のご両親はもう説得済みだと？」

「いえ、それはこれから」

「ウチの息子を弄《もてあそ》ばれては困るのだよ」

シオンと付き合い始めたのが、つい先週の話だ。

もちろん、もし想いが叶えば現実的な障害があることは理解していたし、それに対する算段も立てていた。

ただ、まだ具体的な行動に移してはいない。いくらなんでも先走りすぎだとの思いもあった。ふたりの関係が始まったばかりのこの段階においては、少々無茶な要求をされているような気がする。

「ルブラン法務官、あの――」

「君を」

そして口を挟むことも許されず、とうとうとどめのひと言を言い渡される。

「社会的に殺す手立てなど、いくらでも用意があるのだよ。我々家族があの子の万一に対して、準備を怠る訳がないだろう？」

過激派ガチ勢だ。俺も人のことを言えた立場ではないのだが、息子に対する過保護が度を越していて、思わず言葉を呑み込んでしまう。

だが、一瞬圧倒されてしまったものの、すぐに態勢を立て直す。息子を襲ったとんでもないヤツ認定されてはたまらない。

「ですから、シオンとは合意のもと交際させていただいています。こちらが一方的に付きまとっているのでも、脅して無理矢理関係を持っているのでもない」

「君が順序を大いに間違えたことは事実だが。……だが、君が真にシオンを大切にしていると言うのなら」

ルブラン法務官は、俺に要求した。

「誠意を見せたまえ、誠意を」

モンペだ。紛うことなきモンスターペアレントである。

シオンとてもういい大人なのに、まるで幼い子どもにする対応だ。過干渉もいいところだ。正直、どうかと思う。

だが、決めつけそうになる気持ちをどうにか抑えて考えてみる。

彼らは、俺なんかよりもうずっと長いことシオンと共に生きてきたのだ。

彼らの息子が、あの類稀《たぐいまれ》なる美貌故に、これまでどれほど恐ろしい、不快な目に遭ってきたか。

感受性豊かな、思春期の不安定な時期を、望んで得たのでもないその顔ひとつで、どれだけ振り回されたのか。

そんなシオンが他者に不信感を抱えていたり、常に警戒をしていたり、他人が普通に手に入れるものを自分は無理だと諦めていることに、俺だって気づいていない訳ではない。

けれど、シオンはそれでも比較的真っ直ぐに育ったのではないだろうかとも思う。

少なくとも、己の屈折した心を前面に出すようなことはしない。健全な精神を持って、懸命に社会の一員としてやっている。

それはきっと本人の頑張りと、そして間違いなく――支えてくれた家族がいたからだろう。

一番身近な存在であった家族が、シオンが世の中すべてを恨まずにいられるだけの愛情を与えてきたからだ。

「……」

ルブラン法務官を改めて見遣る。

今ならまだしも、子どもの頃のシオンには剣技も腕力も、経験や知恵だってない。これまで、親として肝を冷やした経験が数え切れないほどあっただろう。

親として、何か起こるたびに彼らは自分の至らなさを責め、シオンに申し訳ないと思っただろうし、次こそ守らなくてはならないと強く誓ったに違いない。

そしてきっとシオン自身が気づくその前に、未然に防いだり、危ういものを遠ざけたり、そういうことをしてきたのだろう。

俺は今、過去の数々の輩《やから》と同じ部類に入れられているに等しい状態。息子との関係が事実恋人であったとしても、今後もこの男がまともでいるかなど分からないと、そう思われている。

そんなことはない、と言うのは簡単だ。

だが、言って信じてもらえるだけの材料がない。それに、手籠めという言葉がずしんと鳩尾《みぞおち》に効いていた。

たしかに、アレは褒められた行為ではなかった。動揺と怒りのままに、シオンを無理矢理奪った。

想いが通じたなんて、要するに結果論だ。

ひとつ違えば、俺はただの犯罪者だ。もしかしたらあの行為は、過去のシオンのトラウマを掘り返すようなものだった可能性すらある。

それを、教えられた。

「……息子さんとのことは、本当に真剣に考えています。たしかに同性婚がそう珍しいものではないとはいえ、男同士で障害がまったくない訳でもない。心配されるのもごもっともです。道筋は、きっちり付けます」

反対されていると知れば、シオンはショックを受けるだろうか。——受けるだろう。

だからといって、俺とのことを簡単に諦めはしないとは思うが、それでも数少ないシオンの大切な人間関係に影を落とすようなことはしたくない。

「……我々はもう、無責任で無思慮な輩《やから》にあの子が傷つけられるところを見たくないのだよ」

ルブラン法務官はひとつため息をついてから、そうぼそりとつぶやいた。

「そこの片づけ終わったら昼休みに入っていいぞ、西の倉庫は午後からでかまわないから」

「はい！」

「了解しました！」

後輩に声をかけて、自分も演練で使った道具を用具入れに押し込む。

「昼食はシャワーを浴びてからにするべきか……」

すんと鼻を鳴らしても自分の匂いというのは今ひとつ分からないが、汗を掻いたことはたしかだ。浴びておいたほうが無難だろう。

シオンの父であるヴィクトー・ルブラン法務官に呼び出されてからは、すでに一週間が経っていた。

先日の緊急魔法通信使用の件については、その発端となった（ということになっている）違法薬物の密輸の主犯が、ちょうど昨日摘発された。俺は摘発部隊には組み込まれなかったので、現場の様子は人伝《ひとづて》に聞いただけだが、怪我人も出さずに無事犯人を摘発できたらしい。朝に引継ぎをしたニグラスが、目をしょぼしょぼさせながら、徹夜だったんだぜ……と零していた。

これで表向きには、例の一件は片づくとホッと息を吐いたところだったのだが。

「すまない」

立てかけたままだった予備の剣を手にしたところで、その声はかかった。

「っ！」

演武場の入口にいたのは、知った顔。

「シオンを呼んでもらえるかな。ちょっと渡したいものがあってね」

フェリクス・ルブラン。

ルブラン家の長男で、シオンとは五つ年の離れた兄に当たる。だが、ふたりが並んでもあまり共通点は見つけられない。挙げるとしたら、金の髪色くらいなものだろうか。

そもそもシオンと比べるのはどうなのだという話ではあるのだが、フェリクス氏は非常に中庸な顔つきなのだ。いや、その平凡というか、地味というか。

つまりそう、特別華やかなタイプではない。比較的細身で、身長は平均よりわずかに高い印象。人畜無害という言葉がふと浮かぶ。

だが、彼を前にして、一気に緊張感が走った。

シオンとの関係については、家族間で共有されているに違いない。つまり、フェリクス氏にも俺はよく思われていないと考えてまず間違いないだろう。

「シオンは少し前に別の班の演練を終えたので……おそらく、今は隊舎で着替えている最中だと思います。問題がなければ預かり、渡しておきますが」

「いや、気持ちはありがたいんだが」

にこり、社交上の当たり障《さわ》りのない笑みが浮かべられる。いや、そういうふうに思ってしまうのは、こちらに先入観があるからか。

フェリクス氏は総務部人事局に勤めており、役職だけを見ればそう高い職位ではない。だが、堅実な仕事ぶりであると聞いている。人と人との間に紛れ気配を沈めるのがうまいらしく、それ故、人事調査などでは重宝されるのだとか。

そんな特技・隠密な彼は、俺の申し出をやんわりと辞退した。

「そのまま昼を一緒にと思っていて」

にこり、またその笑みに圧を感じる。

駄目だ。ルブラン法務官にお前に息子はやらん（※意訳）宣言をされてから、落ち着かない日々を過ごしている。

せっかく成就させた想いを、こんなところでふいにはできない。

見せろと言われた誠意は、どうやって示せばいいものか。

いや、見せろということは、こちらはお前のことをいつでも見ているからなという意味ではないのか。いろいろと〝目〟を持っているのだと、あの日ルブラン法務官は匂わせた。

今相対しているこの兄も、その〝目〟のひとつではないのか。

——正解が、分からない。

「っ、分かりました。今から私も隊舎に戻るので、シオンに声をかけてきます。こちらでお待ちになられますか」

「いや、外の門のところで待たせてもらおうかな」

「では、そう伝えます」

軽く頭を下げてから、その場をあとにする。

「参ったな……」

穿ったものの見方をし出すと、何もかもが怪しく見える。

そもそも、成就させるのがまず難しい恋だった。

自分の中にある好意が恋情だと理解したとき、でもこれは隠しておかなければと思った。

だから俺はまず、シオンの前ではおくびも恋心を出さず、ただただ友人であることに徹した。シオンが今までの経験からそう簡単に恋人は作らないだろうと確信を得ていたからこその、長期的作戦だった。

そのうちに無事親友と呼べるポジションを獲得した。くだらないことから、真剣な相談までできる間柄。ほかの人間相手には絶対にしないのに、俺の部屋にだけは警戒なく来てくれるようになった。その部屋で酒も飲む。なんなら、泊まりさえする。

それはもう、十分に特別な位置だった。ほかの誰にも、シオンはこんなふうに心を許したりしない。

でもそれは、シオンと俺が友人だからこそ成立している状況だった。こいつはよこしまなことはしないという信頼があってこそのポジションだ。

それなのに、好きとか言い出したら。

今まで築いてきたものをすべて台無しにしてしまう。

きっと、お前も所詮そこらのヤツらと同じだったんだな、と言われてしまう。

だから長らく、具体的な一歩など踏み出せなかったのだ。

俺はシオンが思っているほど大したヤツではない。ただの臆病者なのだ。

そんな俺には、信頼を積み重ねる以外にもうひとつしていることがあった。

シオンは入団当初の決闘である程度周りを牽制したが、人事異動による入れ替わりや新人の入団時期、また騎士団の外の人間との関わりにおいて、やはりそのあとも時折問題は起きていた。

シオンはそのたび自分の手でどうにかしようとして、実際表面化したものについては大体独力で処理していた。

だが、根本的に人間ひとりに対して向かってくる有象無象が多いのである。正直、シオンだけでは手が回らない。

何かあったらと想像して、ゾッとすることはしょっちゅうだった。シオンに一度こてんぱんにやられた人間の中にだって、諦めの悪いヤツがいる。そのよろしくないヤツらがシオンに手出しする前にどうにかするのも、日常の一部になっていた。

ルブラン法務官がいい目を持っているのと同じである。俺には俺の、情報網、監視の目があった。

シオンに手を出せば、アレクセイが黙っていない。シオンとどうこうなりたかったら、アレクセイを倒してからにしろ。死にたいヤツだけ、シオンに手を出せ。

界隈ではもはや暗黙の了解のようになっているフレーズだ。

もちろん、シオン本人にそれを知らせてはならない、もセットである。

かくして俺はシオンとの距離をつめにつめ、周りには常に目を光らせ、あとはどこでどうタイミングを図るか、というところまできていた。

向けられる信頼があまりに厚くて、親友ポジから身動きが取れなくなっていたとも、まぁ言えるのだが。

そんなこんなしているうちに、見合いの話がやってきた。

受けるつもりはさらさらなかったし、どうにか穏便に、相手の令嬢にも角が立たない方法で話をご破算にしなくてはと思っていたら。

「まさか、シオンがそれを把握しているとは思わなかったんだよな……」

あとはご存知の通りの展開だ。

まさかのシオンが娼館に入ったという報告に頭が真っ白になりかけながらも現場に駆けつけ、女性に囲まれ泥酔していたシオンを部屋に連れ込み俺は抱いた。

「アレだって両想いじゃなかったら、ただの強姦だ……ルブラン法務官の言うことは、見方によっては真実だ」

俺はたまたま、あとからシオンに許されただけ。それだけ。

「シオン、シオン？」

更衣室を覗くと、予想通りその姿があった。着替えはもうすっかり済んでいる。

「んー？　呼んだ？」

「お兄さんが訪ねてきてたぞ」

「え、フェリクス兄さんが？」

「渡したいものがあると。あと昼を一緒に取りたいと」

シオンはパッと笑顔を咲かせた。

「そうなんだ。兄さん、最近忙しいみたいなんだけど、時間取れたのかな。家でもなんかバタバタしてるんだよな」

それを聞いてギクリとする。特に人事異動が激しい時期でもない。なのに、家でまで。それは家で俺の対策会議を開いているからではないだろうか、なんて邪推してしまう。

「門のところで待っていると」

「分かった、行ってくる。伝言役、ありがとな。お前もちゃんと昼休憩、取れよ」

「あぁ」

ぽんぽんと労《ねぎら》うように俺の二の腕を叩いて、更衣室を出ていくシオンの後ろ姿を眺める。

シオンは多分今、幸せなのだ。

悲観的、否定的でいた自分の恋が実って。家族ともうまくやっていて。望んだ第四騎士団で仕事も続けられている。

きっと、ほとんどのことがうまくいっている。

そのシオンの幸せに水を差したくない。守りたい。

なのに、自分自身がシオンの幸せにおける不穏分子になってしまうとは。

「誠意を、見せろか」

相手はシオンの家族だ。シオンと別れるなんて選択肢はこの世に存在していないから、つまり彼らは切って切れるような相手ではない。俺にとっても大切な存在だ。

「ない信頼は、ひとつずつ積み重ねていかなくては」

かくして俺は、シオンの家族にばかり目がいって、間違いを犯していくのだった。

第五章　意中の騎士を恋人だと家族に紹介しようと思ったのに、ちっとも思った通りスマートにはいかない件について

「――よし、分かった。アレク、今から実家行こう」

アレクが散々によそよそしかった原因――事のあらましを聞いて、自然と口からその台詞が出てきた。

アレクは一瞬虚を衝かれた顔をしたが、すぐにハッとして首を横に振る。

「いや、まだシオンの家族を納得させられるだけの誠意を見せられていない状態で実家に乗り込んで、いい結果になるとは思えない」

そうは言うが、そもそも誠意とはなんなのだ。指標が曖昧《あいまい》すぎないか。

アレクが家族との関係まで気にしてくれているのはうれしい。オレの大切なものを大切にしたいという気持ちも好ましい。

けれど、だからってなんでもかんでも真に受けすぎだし、自分だけでどうにかしようとしすぎだ。

第一、これはアレクだけの問題でなく、アレクとオレのふたりの問題である。

であれば一緒に解決しようとするのが筋というものだし、こんなにこじれることになった元凶に物申したい気持ちも多分にあるのだ。

「お前の言う〝いい結果〟とやらは、いつ出るんだよ。それまでこんな馬鹿げたよそよそしい付き合いを続けるつもりじゃないだろうな？　そもそも当事者のオレを抜いてこそこそと、そこも気に食わない」

「いや、だがシオン、ご家族にも予定ってものが。こういうのは、事前にきちんとアポイントを取ってだな」

「アポイントだぁ？　家に帰るだけなのになんでわざわざ？」

常識的なことを言ってどうにか回避しようとするアレクに、オレは凄む。

「いや、お前はそうかもしれないが」

「単にひとり、同行者が増えるだけだ。友人や恋人を家に招くのなんて、別によくあることだろ。オレだってお前の住まいに遊びに行くだろうが、それと同じだ」

「せめて手土産」

「いらん」

即答してやる。本件に関して、譲歩の余地はない。

オレは怒っているのだ。アレクに、そして父親にも。それはもう、ご立腹なのだ。

「シオン、落ち着け」

「落ち着いてる」

「喧嘩腰で行っても仕方がない」

「誰も喧嘩なんてしない。お前をオレの恋人だと紹介する、ただそれだけの話だ。ちゃんと紹介したら、多分納得する」

一方的にしか状況を見ていないから、話をしていないから、きっとこんなにこじれているのだ。

たしかに、親に散々心配をかけてきた自覚はある。過去のあれこれを思い出せば、簡単にアレクを信じられない親の気持ちだって理解できる。

でも、だったらオレの口からも、安心させてみせればいい。ほかならない息子本人から紹介されれば、少なくとも同意のもと順調な交際をしているのだと理解はしてもらえるはず。

「いやぁ……」

だけど、アレクの反応は非常に微妙なものだった。そして弱ったなと言いたげに、ため息をついた。

絶対にうまくいかないと言いたげな様子。アレクにしては珍しい弱気な姿勢に、不安が過《よぎ》る。

「その反応、ウチの父親はどれだけお前に圧をかけたんだ？」

「……」

沈黙は、肯定だ。相当につめられたのだろう。父はやり手なので、状況は想像がつく。それでも。

「とにかく、行く」

オレは力強く宣言した。散々振り回されたんだから、今回ばかりはオレも譲らない。引きずってでもアレクを連れていくし、親とだって話をつけてみせる。

「いやそんな、こんな事後に気まずいんだが」

「これからいくらでもするんだ。事後のひとつやふたつで気まずくなるな。乙女か」

「いや、シオンが急に豪胆すぎるんだが」

もごもご渋るアレクを横目に、オレはベッドを降りて、シャツの袖に腕を通した。

だが、それをまたアレクが止める。

「おい、アレク。いい加減に腹を括れ――」

「いや、シオン分かった。実家には伺う。約束する。でもそれは後日だ」

首筋を、とんと突かれた。

「その首の痕がある状態では、火に油を注ぐだけだと思う」

どうにもキスマークがあるらしい。けれどキスマのひとつやふたつで揺らぐオレではない。

「おう、注いでやれ」

「……」

遂にアレクが言葉を失った。

そんなに派手な痕なのかと化粧台の鏡を覗き込んだら、たしかに盛大で思わず笑ってしまった。

これは見せられるほうも、目に毒かもしれない。

「まぁキスマークは隠すよ。化粧すれば誤魔化《ごまか》せる」

「……そうか」

アレクは力なくつぶやいてから、ひとつ腹の底から大きく息を吐いて、そうして深く頷いた。

「分かった。シオン、お前の実家に挨拶に伺おう」

どうやら覚悟が決まったらしい。

「……」

「……」

ルブラン家の応接間は重苦しい沈黙に支配されている。

片側のソファにはアレクとオレが並び、向かいには両親が揃っていた。

オレのむすっとした表情から、アレクに対してしたことがバレていると分かっているはずなのに、相対する父親は淡々とした表情をしている。

父の隣、柔らかな榛色《はしばみ》の髪を結い上げた妙齢の女性が母だ。ピリピリした空気を意に介さず、メイドが給仕した紅茶に優雅な所作で口を付けている。

「……シオン、紹介してくれるんだろう」

あまりに膠着《こうちゃく》状態が続いていたので、見兼ねたらしいアレクがそっと声をかけてきた。

たしかに、オレは両親にアレクを紹介すると言った。正式に恋人であると自分の口から告げるのだと。

喧嘩をしにきた訳じゃない。オレの口から紹介することで、アレクに植えつけられたマイナスのイメージを払拭しようとしているのだ。

ただ、やっぱりそれと同時に怒りの気持ちもある。どうして反対するのだ、アレクにだけ牽制をかけたりしたのだ、黙ってそんなことをするなんて、と。

「こちら」

それでもいつまでも黙っている訳にはいかないので、オレは口火を切ることにした。

発した声が少々ふてくされていたのは見逃してほしい。というか、怒っていますよということはちゃんと伝えておきたい。同じようなことをもうされたくないので。

「同じ騎士団所属のアレクセイ・ウィストン。同僚だって話は何回かしたと思うけど、今は……」

「きゃあっ！」

「痛～い！」

「ルリア、重いのよぉ」

隣のアレクがハラハラと成り行きを見守っているのをひしひし感じながら紹介を続けていると、突如子猫がじゃれ合うような声が響いた。

部屋の入口のほうへ顔を向けると、いつの間に扉を開けたのやら、目にも鮮やかなドレスが花のように重なっている。覗きの現行犯だ。

「お前たち……」

「あらまぁ、お行儀のなってないこと。……ごめんなさいね、本当に」

父が渋い顔、母が呆れ顔をし、オレはマズい相手に見つかったと内心頭を抱えていた。

「三人とも、興味本位で覗いたりして！」

妹たちに厳しい声を向ける。

「だって興味津々だもの！」

「お兄さまが恋人を連れてきたのよ！」

「真夏に雪が降るようなものだもの！」

三者三様ぴーぴー主張し始めた。しかも覗きをしていたのにバツの悪そうな顔をするどころか、体勢を立て直してこちらへわっと寄ってきて、一瞬でアレクの周りを取り囲んだ。

「レイラ！　リーゼ！　ルリア！」

アレクを見上げる瞳は、どれも好奇心でキラキラ輝いている。

「こら！　今大切な話してるところなんだから……」

これは本当に面倒なことになった。だってこの三人、連携がまぁすごいのだ。

「そうよ、お兄さま、恋人紹介なんてビッグイベントなのに、ものすごく重い空気」

「お父さまも怖い顔作っちゃって」

「アレはその実、お兄さまがカンカンだからバツが悪いのよ」

「違うわ、アレよ、娘は貴様にはやらん！　って様式美よ」

「それこそ違う！　あと娘じゃない、リーゼ、おもしろがって適当言うな」

「そんな、だってお兄さま、私たち〝花のルブラン四姉妹〟じゃない？」

とにかくひとり喋り出すと、会話が怒涛の流れとなる。口を挟む隙がないし、挟めてもそれも次の会話に繋げられてしまう。こっちは聞いているだけでも大変だ。

だが、〝花のルブラン四姉妹〟は聞き逃せない。しっかり訂正させていただきたい。

「お前の言う通り、オレはお兄さまなんだが？　オレ、その通り名嫌い」

それは巷《ちまた》で通る、ルブラン家の美人姉妹を表す名だ。

そう、四姉妹。

大変不本意なことに、その姉妹の筆頭に数えられるのがオレである。

ルブラン家の次男と三姉妹の見目を誰かがそう呼び出して、巷《ちまた》に定着してしまったのだ。

妹たち三人はたしかに華やかで、まるでそこら中に花がふわりと咲き零れているかのような印象を周囲に与える。兄の贔屓目《ひいきめ》を差し引いても愛らしいいし、女性は男性より着飾る手段も多いので、目にも艶やかに映るのは当然のことだ。花の姉妹と呼ばれるのもよく分かる。

でも、そこにオレを混ぜるな。男だぞ。妹たちの愛らしさとはベクトルが違うし、しかも言うに事欠いて姉妹はない、姉妹は。

「でもルブラン四姉妹の一番美人はお兄さまよ、お兄さまが私たちの中で一番綺麗」

けれど妹たちはニコニコ顔で断言する。オレを巻き込んだこの呼び名を気に入っているらしい。

「お肌はすべもち」

「まつ毛もばっさばさ」

「髪もさらっさら」

兄として、いくつになっても屈託なく懐いてくれているのはうれしい。オレだって、妹たちのことは大好きだ。ただまぁ、ちょっとウチの令嬢たちは、兄を玩具にしたがる傾向がある。

「髪は皆さらさらだろ、レイラが譲らなくて、オレ、お前たちと同じ洗髪剤使ってるんだから……」

「だってお兄さまのキューティクルは大切」

「そうよ、とっても大切」

ふと、シャツの裾を引っ張られる感覚がした。アレクだ。

「シオン、妹さんたちに俺を紹介してくれ」

そう言われて、妹たちに気圧《けお》されてすっかりアレクを放置していたことに気がつく。

「うわっ、ごめん！　えっと、えーっと」

では仕切り直し、とごほんとひとつ喉の調子を整えた。

いつの間にか、あのピリピリした空気は和らいでいた。三人の乱入が、きっといい流れを作ってくれたのだ。

妹たちも初めからそれが狙いだったんじゃないだろうかと思う。もちろん、興味津々というのも本当なのだろうが。

「右から長女のレイラ、十八歳」

背中まで流れるような真っ直ぐの金髪の少女、レイラがアレクに微笑む。

「レイラです。よろしくお見知りおきを」

「次女のリーゼ、十七歳」

次は榛《はしばみ》色の柔らかく波打つ髪を持つ二番目の妹が、優雅にお辞儀をする。

「リーゼです。お兄さまをよろしくお願いします」

「それから三女のルリア、この間十四歳になったところ」

「ルリアです。ふふっ、お兄さまに聞いていた通りの方！」

まだまだあどけなさの残る顔立ちの末っ子が、アレクを見て楽しそうにそう言った。

「母のクレイア・ルブラン」

そして次に親の紹介に移る。母のクレイアは、見る者によって友好的ともそうでないとも取ることができる、玉虫色のニュアンスの笑みを浮かべて、アレクに軽く会釈をした。

歓迎しているのか、父と同じ判断で一昨日いらっしゃいと拒絶しているのか、息子の自分でもパッと判断がつかない。苛烈な社交界を生きるご婦人方に共通する、高度なテクニックだ。男はなかなか本心を見抜けない。

「それから……」

そして、最後にして最大の難関の人物である。

「まぁ、すでに顔合わせしてるでしょうけど？」

紹介する声に、どうしても棘が混じってしまう。

「父のヴィクトー・ルブラン。城の法務部に勤めていることは、もちろんアレクも知ってるよな」

「それは、もちろん」

口をむっつり引き結んだ父は、わずかに顎を引いた……ような気がした。

もしかするとかすかな会釈だったのかもしれない。そんな可能性もある。だけど、客人に対して失礼なんじゃと思ってしまう。

でも、ここで急に怒っても仕方がない。

オレの第一の目的は、アレクの紹介。アレクを、オレの大事な人だって紹介するのだ。

「そしてこちら、アレクセイ・ウィストン。団の同期で、オレのこ、恋人。真剣にお付き合いしてる。まぁ誰かさんのおかげで？　さっきまで散々な感じだったけど？」

「シオン……」

だけど、どうしても恨み節が出てしまうのを、止められなかった。ここは穏便に、と言いたげにアレクが声をかけてきたが、それは土台無理な話だ。

「それでどうにかなる程度ならそれまでだ」

だって、この反応である。

「父さん！　破局させたいのかよ！」

「もう、アナタったら。シオンも、せっかくの場なんだからそんなにカッカしないで」

堪え切れず声を荒らげたら、母がやんわり止めに入った。

「ごめんなさいね」

母はそう言いながらアレクのそばまで来て、そっとその手を取る。

「でも、よくも悪くもどう転じるか分からないのが人間ですもの。この人の心配が、私も分からない訳ではないの」

やっぱり。父ほどではないけど、母も交際には否定的な意見を持っているのだ。ただその表現が、父よりは幾分マイルドなだけ。

「反対なんじゃないわ、不安で心配なのをどうしても拭えないの」

そういうふうに言われてしまうと、オレも強く出られない。アレクはそんなことないと言うのは簡単だし、実際信じているけれど、オレの恋人運のなさというか、過去に関わった人たちのせいで、家族にも散々に不安や迷惑をかけてきたからだ。

「手放しで喜べないなんて……とは思うけれど。ね、でも別にアナタも、何がなんでも反対なんて、シオンが連れてきた子にそんなことは言わないでしょう？」

それでも、母のほうは交際絶許というほどではないらしい。取りなすように父にそう声をかける。

言われた父は、眉間に深いシワを刻んだ。そしてしばらくの沈黙のあと、重苦しい声でのたまった。

「……もともと反対とは言ってない」

「「え」」

アレクと共に思わず声が漏れ出る。

いや、それは嘘では？　無理があるだろ、と心の内でツッコまずにはいられない。

アレクのほうも、そりゃないだろと言いたげな表情をしていた。いや、その気持ち、めちゃくちゃ分かる。どの口が、何を言い出すんだって話だ。

「私は、誠意を見せろと言ったんだ」

「いや、いやいやいや、そもそも誠意を見せろなんて、反対してるからこその発言じゃん。反対してないって、その主張は苦しいんじゃないの。ほかにも釘を刺すようなことを、めちゃくちゃ威圧して言ったんだろ？」

「……」

オレの詰問に父は答えなかった。カップの紅茶を飲み干したと思ったら、無言のままに立ち上がる。このまま退出するつもりなのだ。

「父さん……！」

このまま逃してなるものか。

オレは何か言い募ろうとしたが、父はこちらには取り合わず、なぜかアレクの肩を掴んだ。

「緊急魔法通信を私的に使う人間だぞ。しかも、周りに根回ししたうえでだ。見境のない付きまとい《ストーカー》になれば、かなりマズい部類の男だろうに」

何事か耳元で囁くが、内容は判然としない。ただ、アレクが妙に神妙な顔つきになった。

「——ご心配はもっともです」

「では、それを払拭してみせたまえ」

また何か脅しをかけるようなことを言ったのではとにわかに不安になるが、その言葉を最後に、今度こそ父は応接間を出ていってしまう。

「アレク、今何言われたんだ？」

「いや、その」

問いただすと、アレクはうーんと眉根を寄せた。

「払拭してみせろってことは、挽回の機会を与えられたと考えるべきか？　普通アウト判定食らってたら問答無用で排除だろうし……認められたは言いすぎだろうけど、審議継続ってことなのか？」

「おいアレク、アレクさん？」

ぶつぶつつぶやく内容は、オレにはよく分からない。せっかくアレクを連れてきたけど、やっぱり顔合わせは失敗だったかとため息をつくオレとは正反対に、妹たちは気楽そうにニコニコと代わる代わるに口を開いた。

「まぁまぁ、ウチの敷地内に入れている時点で大丈夫」

「本当に駄目だったら、門前払いだもの」

たしかに、それはそうかもしれないが。

「ね、お兄さま、アレクセイさん。あまり深刻に捉えなくていいやつよ」

「それよりも！」

三人に取り囲まれると、簡単にはもうその包囲網から逃げ出せない。もう少しちゃんと話をするべきではとも思ったが、こうなると父の背を追いかけるどころではなかった。

「ねぇ、お兄さまも面食い！」

「リーゼ、それよりもこの筋肉じゃない？　筋肉フェチなのよ、きっと」

「アレクセイさん、ねぇ、腕に触れても？　はしたないかしら」

「いや、かまわないが」

アレクが頷くと、次女のリーゼ嬢がその腕にそっと触れた。触れた瞬間、驚きの声を上げて、そのまま腕を堪能し始める。

父もそうだが、フェリクス兄さんも肉体派ではない。オレも鍛錬は怠らないので筋肉がない訳ではないが、体質の問題で隆々といった感じはないので、アレクのような立派な体格の男性がこの家では珍しいのは分かる。

でも。

「ずるーい、ね、私も私も！　わぁ……」

一番物怖じしないタイプの三女のルリアも、お触りに参戦する。

「レイラ姉さまも触ってみて！　この筋肉がお兄さまを虜にしてるんだわ」

「まぁ、これを独り占めに？」

果ては長女のレイラまで。

アレクはといえば、もう好きにしてくれといった様子でされるがままになっていた。妹たちの戯れを、受け入れてくれるのはうれしい。うれしいけども！

「こら、あんまりベタベタしない」

横から割って入り、三人を追い払う。アレクが許すならお触り禁止とは言わないが、限度というものがある。駄目です。もう制限時間超えてます。

「嫉妬だわ！」

「独占欲よ！」

「焼きもちだなんて！」

「もう！　部屋に戻りなさい！」

焼きもちではない。アレクにはオレという恋人がいるのだから、節度というものが必要という話だ。

けれど兄が少し強く言ったところで、妹たちはめげないのである。

「ねぇねぇ、アレクセイさん、アルバムを見せて差しあげますわ」

「可愛いのが盛りだくさんなんですのよ」

「お兄さまが子どもの頃、ドレスを着ているものもあるんですの」

「ドレス⁉」

その単語に、アレクが信じられないくらい食いつく。

「こら！　こらレイラ！　何をいきなり……！」

「家族写真をご覧いただこうかしらってだけの話よ？」

ヤバイ。駄目だ。絶対見られたくない。

「それは本当か。ぜひ拝見したい」

「っ、駄目！　写真は絶対駄目だ……！」

「いや、子どもの頃のシオンとなれば、天使も目じゃないレベルで可愛いに決まっている。絶対に見たい」

恥ずかしさで顔にカッと熱が灯る。必死に首を横に振るが、アレクも引き下がらない。

そりゃオレだって、アレクが幼少期の写真を見れるのならば見たいけれども。気持ちは分かるけれども。

「シオン、見たい」

「駄目だ」

だって、アレクのアルバムを見てもドレス姿の写真なんてないだろう。簡単に見せろと言うが、羞恥のレベルが違うのだ。

「待ってらして、今用意しますわ。ね、お母さま、アルバムはどこにやったかしら？」

レイラの問いかけに、部屋に残っていた母が思案顔になる。

「どこだったかしら……たしか二階の……」

「だ、駄目だって！」

「ね、お母さまとお姉さまがアルバムを見つけてくるまでお話ししましょ」

「アレクセイさん、何かお聞きになりたいことはなくて？」

下の妹ふたりの提案に、アレクがまた興味を惹かれたのが手に取るように分かった。

知りたいことがたくさんある、聞かせてもらいたいと、らんとその目が輝く。逆の立場なら、気持ちは分かるけれども……！

「っ、アレク！」

耐え切れず、オレはアレクの腕を掴んだ。そして全力で引っ張り、部屋の外へと連れ出す。

「お、おい、シオン！」

「お兄さま！」

「せっかくの機会なのに～！」

妹たちの声が背中で響いていたが、オレはそれを振り切るようにアレクを伴って廊下を駆け出した。

恥ずかしいものは恥ずかしいのである！

◆　◆　◆

「シオン、シオン」

シオンは顔を真っ赤にしたまま、全速力で屋敷の中を駆け抜けていく。

そんなに恥ずかしかったのか。一体どんなドレス姿の写真があったのだろう。

気になる、やっぱり見たかったと思うのと同時に、悪いことをしたなという気持ちにもなる。子どもの頃のエピソードというのは、周りにとっては微笑ましくても、当人には耐えがたい羞恥の場合もある。

「シオン、分かった。見ない、見ないから」

「どうせ、今回は、だろ。うう〜、レイラたち、なんであんな余計なことを」

「俺が気を遣わなくていいように、場をもたせる提案をしてくれたんだろう？　アルバムなら見ながら会話もできるし、親交を深めるのにちょうどいいじゃないか」

「それもあるだろうけど、八割はおもしろいからって理由だ……！」

シオンはまだ足を止めない。手を引かれたまま、階段を駆け上がる。

「シオン、なぁ、どこまで」

「こっち」

シオンはいくつかの扉を通り過ぎ、廊下を曲がった先のひとつ目の部屋へ飛び込んだ。しかしそこで止まらず、右手の壁に手を触れながら部屋の中を進む。

「シオン？」

「あぁなったらしつこく追い回してくるんだ。第一、こっちはひとりなのに向こうは三人がかりなんだぞ？　まともに取り合ってたら絶対根負けする」

壁の模様をやけになぞっているな？　と思ったら、しばらくするとその一部が不意に沈み込んだ。

「え」

壁だと思っていた部分に切れ込みが入る。そうして、その向こうへと空間が広がる。

「扉？」

「隠し部屋だよ。ここ、昔フェリクス兄さんとオレの子ども部屋で」

内側はちょっと奥行きのある、広めのクローゼットといったところ。

「数年前に弄《いじ》ったから、今は外からの開け方はオレと兄さんしか知らない」

目隠し代わりなのか、手前には本当に服が吊り下げられていてカーテンの役割を果たしている。

奥にはローテーブルが置かれており、その上にあったランプの灯りをシオンがつけると、内部の様子がよりはっきりと分かる。たくさんのクッションが転がった小さな空間。一角には冒険ものの小説が積み上げられている。

これはちょっとした秘密基地だ。

隠し部屋と言うからには、よからぬ者から身を隠すという意図もあるにはあるのだろうが、こういう空間は子どもならきっとわくわくする。小さなシオンがひとりで、あるいは兄とここに籠る姿を想像していると、クイと腕を引っ張られた。

「……今日は父さんがごめん」

先ほどまで妹たちに振り回されていたシオンはどこへやら。しゅんとして、申し訳なさそうな表情を浮かべる。

「え、あぁ、いや」

シオンに促されて、向かい合うように腰を下ろす。小さな空間に成人男性ふたりが押し入ると、あまり余裕はない。

「謝らないでくれ。警戒される理由は分かっているつもりなんだ。俺のことをすぐには信じられないのも当然だとは思うし、それに一応、表面上は反対とは言ってないと」

「いやあれ、反対してないって言うには無理があるよ。まあ、口に出した以上、表向きには反対はしないかもだけど。でも歓迎って感じでは絶対ないし。そもそも、別に父さんにジャッジしてもらわないといけないことでもない。アレクはちゃんとしてるし、身元もたしかだし」

「いや……」

俺はちゃんとしているだろうか。身元がたしかなら、それだけで安心できるだろうか。

ルブラン法務官のことを過激派だと言っておきながらなんだが、自分も相当なのだ。しかも家族であれば身内を守る行動は普通だろうが、俺は赤の他人なのである。

恋人になった今ならまだしも、その前からシオンの周りには目を光らせていた。その事実をおよそ把握しているからこそ、ルブラン法務官は警戒を強めている。

「でもお前、今回のことは反省が必要だからな」

次にシオンは、居住まいを正し苦言を呈した。

「家族に反対されたら、オレがお前と家族との間で悩んだり、傷つくって思ったのかもだけど、そもそもそんなふうに気を回してもらわなくてもいいんだよ。気を利かせたつもりかもしれないけど、逆効果だ」

まったくもってその通りなので、粛々とその言葉を聞くしかない。

シオンのことを守りたいという気持ちはあるが、それは一方的では駄目なのだ。

戦場で背中を預け合うのと同じ。相互に信頼がないといけない。一方的な庇護は、時に相手を侮《あなど》ることになる。

「オレは変にオレを、なんて言うの、ちやほやしない？　こう、どんな場面でも対等でいてくれる、そういうお前が好きなんだから」

「……悪かった。反省している」

怒られているというのに、好きという言葉に心がそわつく。だが、自分に都合のいい単語ばかりを拾っていてはいけない。

「オレがどれだけ不安で、悶々とした日々を過ごしたと思ってる」

立てた膝に肘をついて、シオンはふんと鼻を鳴らす。

拗ねたような表情も可愛い。いや、いかん、反省をしなくては。

「アレク、お前今回のこと、ちゃんとオレに詫びろよな」

「それは、もちろん」

口先だけの謝罪ではなく、シオンが望むことがあればその通りにする。

「お前の態度がアレで、なんにも分からなかったのが堪えたんだから、今度はちゃんと態度で全部示してくれ」

にじり寄ってきたシオンが、俺の足の上に乗った。

いや、乗るといっても、俺の左の太腿《ふともも》を跨ぐ形だ。シオンの両腿に挟まれて、煩悩が呼び起こされる。

「シオン」

胸が騒ぐのと同時に、色欲に呑まれている場合ではないと思い直す。ここはシオンの実家である。

だが制止するより先に、シオンの唇が俺の唇に重なった。

「んっ」

柔らかい。

同じ男の唇なのに、自分のものとはまったく違う。もしかして、妹たちに押し切られて、唇まで特別なケアをしているのだろうか。柔らかくて、温かくて、どこまでも気持ちいい。

「いや、待て、シオン」

「ん〜？」

シオンは軽いリップ音を鳴らしながら、俺の唇を啄む。時折舌先で舐めて、濡らして、割れ目を開けるように誘惑する。

どこで覚えてきた技なんだと、問いつめたくなる仕草。

「シオ、むっ」

制止の声を上げる隙を狙われて、口腔に侵入された。緩やかに口の中を掻き回される。いつの間にかこちらの首に腕が回っていて、すっかりと抱き着かれた状態になっていた。

あぁ、そうかと気づく。

色めいた雰囲気だが、急かすような空気はない。シオンは丁寧に丁寧に俺に触れる。甘えているのだ。ねだっているのだ。俺にも同じように触れてほしいのだ。

「んぅ、ぁ」

気づいたときにはキスを返していた。健気にこちらの舌に吸いつくシオン。その舌を絡め取り、じゅっとその唾液を吸い上げる。そのたびに回された腕がきゅっと巻きついてくるのが可愛い。

「ん、んぁ、っふ」

だんだんとシオンの喉から甘い声が漏れ始める。

先ほど散々したばかりなのに、化粧で隠したこのうなじにだってたくさん執着の痕をバラ撒いたのに、またためちゃくちゃにしたい欲望が頭をもたげる。だが。

「シオン、シオン。待て、そろそろ」

身体を引き剥がそうとしたら、太腿《ふともも》の上でシオンはいやだと意思を示すように腰を揺すった。

やめてくれ、それは駄目だ。理性が崩壊するやつ。

「シたいし、気持ちはうれしいがここはお前の実家だ。誰かに見つかったらどうする。それでなくとも心証最低な男なんだぞ、俺は。過度なイチャつきは身を滅ぼす」

こんな陽のあるうちから、ご実家初訪問という印象が物を言う場面で、性的なことは致せない。

いつ、誰が通りかかるかも分からないのに。妹たちはきっと今も兄のことを探しているのに。

「やだ」

やだ！

なのにこんなときにばかり俺の恋人は可愛さを炸裂させる。

あのシオンが！　子どもっぽく拗ねた顔で！　こちらの膝に跨り上目遣いの状態で！

やだ……！

刺激が強すぎる。今の衝撃で鼻血が出たんじゃないだろうか。

「可愛い恋人のおねだりとどっちが大切なんだよ」

反射で押さえた鼻の下は、幸いなことに一応乾いていた。

「いや、いや……！　っ、お前とのこれからが大切だからだな、どうしてもと言うなら、その、そうだ、週末だしこのあと俺の部屋に泊まりにくるとか……！」

「大丈夫、ここなら誰も来ないし、開けられない」

「いやいや、お兄さんは開け方を知ってるんだろうが」

「フェリクス兄さん、今日は休日出勤。上司に仕事押しつけられたらしくて、朝、日が昇るより早くすごく嫌そうな顔して出ていった」

だから本当に大丈夫、もうちょっとだけとにじり寄られる。

「シオ、シオン……んむっ！」

淡く色づいた唇がまた重ねられた。

「ホラ、アレクだってこんなに反応させて、ん……ん？　んん？」

だが、その口づけの最中でシオンが小首を傾げる。乗りかかった俺の太腿《ふともも》の上でまた身体を揺する。

頼む、やめてくれ、刺激が強い。

そしてひと言。

「なんか、膝に硬いものが」

俺のアレの話ではない。断じて違う。

そっちじゃなくて、探るように動くシオンの膝は跨いだ太腿《ふともも》の外側を突いていた。

「それは」

指摘されて、思い出す。そうだ、そこには。

「シオン、シオン」

今度こそ、その身体を太腿《ふともも》から降ろす。シオンはおもしろくなさそうな顔をしたが、俺は自分のズボンのポケットを探り、手のひらに収まるくらいの小箱を取り出した。

「あぁ、その箱が当たってたのか。ごめん、凹んだりしてない？」

「してない。その、シオン」

箱の中身を思う。

今日はこれを紹介してもらった細工職人に預ける予定だった。

どうして、そうしようと思ったのか。

「加工がまだなんだ」

「うん?」

「きちんと形が整ってからにしようと思っていた。でも、それがどれだけ独りよがりだったか、今はもうちゃんと分かっている」

「えぇっと……?」

小箱の蓋を、シオンに差し出す形で開ける。

誠意の示し方。信頼を得る方法。シオンを裏切らない覚悟。

いや、人間という生き物がそもそも信用ならないのなら、俺自身でさえ、場合によってはシオンから遠ざけることのできる備え。

「え、なに……ってこれ、まさかオレに?」

箱の中には石がひとつ鎮座している。深く濃く、けれど透き通る緑の石。

「そうだ」

シオンが小箱に顔をこれでもかというほど近づけて、まじまじと石を吟味する。しばし無言のうちに眺めていたが。

「ひっ、アレクさん?」

その顔が、なぜか急に強張った。

「こ、この石一体いくらしたんだよ⁉」

「気にしなくていい」

心配はいらない。きちんと考えがあって、己の蓄えから捻出した。

だが、シオンは顔を青ざめさせ、ぶんぶんと頭を横に振る。

「するわ！　これはさすがに気にするわ！　だってこれ、ま、魔法石じゃん！　しかもなんだこの大きさは⁉」

そう、これは単なる宝石では、美しいだけの鑑賞物ではないのだ。

「え、何、怖い、これ、これ、これをオレに？」

「必要だと思って」

魔法石は特別な石だ。その石の中に術式を込めることができる。

持ち主に特に素養は必要なく、最初に定められた手順に則《のっと》れば、誰でもその術を発動できる代物。

もちろん安価なものではないが、値段以上の価値がある。

そして物が物なので、単に宝石と同じように加工するのでは意味がない。カットや研磨の方法も独特であるし、術式を封入するには特殊技術が必要となる。

なので、手がけられる職人は著しく限られているし、その職人への繋ぎも簡単には取れない。

実は、浮気疑惑をかけられた例の彼女にはその職人を紹介してもらっていたのだ。

なんでも、彼女は技術を有した職人と古くからの付き合いがあるらしい。まぁ紹介してもらっても、職人がこちらを気に入らなければ仕事は受けつけてもらえないのだが、非常に幸運なことにその職人のお眼鏡に適《かな》って、今回仕事を引き受けてもらえることになったのだ。

「必要ってなんだよ」

シオンは恐れ多い、傷でも付けたら大変だと言いたげに、石からパッと距離を取った。

「これは俺の誠意と覚悟だ。あと、シオンのお守りにしたかった」

「誠意と、覚悟……？」

「この石には、護身の術式を込めてもらう予定なんだ」

シオンは強い。心も身体も、十分に鍛えている。

けれど、人間は完璧ではないのだ。心が弱っているときや、体調不良だってある。そもそも四六時中気を張ってなどいられないし、睡眠時は無防備。危険な任務もある。

それに、金に物を言わせて、大人数で等、卑怯な手段を考え出せばキリがない。

いつでも俺がそばにいられたらいいが、それは現実的に難しい。

俺がそばにいないときでも、シオンに悪いことが起こらないように。

シオンだけの力ではどうにもならないことが起きたそのとき、その心身を守る術があるように。

この石には、防護の術式を埋め込んでもらうのだ。

「もしもの話だ、仮定の話。不測の事態が起こったとき、シオンが身の危機を感じたそのときに、自身を守れるものを贈りたくて」

あぁそうか、とここにきてようやく気づく。

誠意を見せろと言われて、どうしたらそれを示せるのか、それればかり考えていた。

言葉を並べ立てても、その誠実さは証明できない。形のないものを認識の違う他人に納得してもらうのは、とても難しいことだ。

だからあれこれ考えて、空回って、失敗した。

『反対とは言っていない』

ルブラン法務官の言葉を、改めて反芻《はんすう》する。

いや、それはないだろうと思ったが。

誠意を見せろと言われた。だがそもそもそんなもの、一朝一夕《いっちょういっせき》で示せるものではない。長い時間をかけて積み重ねたものを見てもらって、ようやく伝わるものなのだ。

ルブラン法務官は言わなかった。

お前は息子にふさわしくない、今すぐに別れろ。そんなふうには言わなかった。

俺のことを現時点では信用できないとの気持ちが、ありありと込められてはいたが。

「――なるほどな」

「アレク？」

実に分かりにくい。

見ていてやるから、示せるのなら示してみせろ。だが、中途半端なことをしてみろ、そのときは容赦しない。そういうこと。

認められている訳ではないが、それは俺の話。

彼は俺に釘を刺しながらも、シオンを見守るつもりはきっとあったのだ。俺がそのあと下手を打ちまくったせいで、何もかもがシオンに露呈してしまったが。

「シオン、この魔法石に込める術式は、お前に害為すものすべてが対象だ」

分かるか、と俺はシオンに問う。

「う、うん……？」

「それには、俺も含まれる」

「――は？」

シオンのことが大切だ。誰より一等好いている。

シオンの幸せが、俺の傍らにあればいいと、そう願う。

だが、それは俺の願望であって、絶対ではないのだ。

「対象制限は掛けない。シオン、俺がお前の心に染まないことを仕出かしたならそのときは、迷わずこの魔法石を使え」

「いや、そんな」

シオンの幸せが別の場所にあったとき、俺はその手をきちんと離せる男でいたい。そうあろうと努める。

「この世に絶対はないから、掛けられる保険はあって困らない」

正しい誠意が何かは分からない。

ただ、過信しないこと。

できる、守れる、証明すると言うだけではなく、斬られる覚悟もあるということを伝えておきたい。

そのうえで、これから先を着実に積み重ねていくのだ。

「そういうこと、言うなよ」

シオンが眉間にぎゅっとシワを寄せる。

「こういうものを渡すときって、もっと別の、ポジティブで幸せな言葉を贈るもんじゃないの？」

たしかに、ちょっと重くて湿っぽくなってしまった。贈り物をするにはふさわしくなかったかもしれない。

「じゃあ言ってもいいか」

偽りのない本心。

「シオン、俺と」

シオンとしたい、究極のこと。

一拍、心を落ち着かせるために間を取ってから、言葉にする。

「結婚してくれ……！」

「は……いや、いやいや、えぇええ!?」

まだ加工前ではあるが、指輪を差し出しそこで贈る幸せな言葉といえば、これはもうプロポーズしかない。

覚悟も気持ちもあるので口にしてしまったが、言ってからさすがに性急すぎたかと思った。

「し、したくないことはなくもないけど」

だが、覆水盆に返らず。

正直、シオンがしてくれるならいつだってこっちはしたいのだ。そこは間違いない。

シオンは目を白黒させながら、しどろもどろになった。

「待って？　いやいや、待って、オレたちまだ付き合って二か月ちょっととかだし、さっきまですれ違いの果てに危ういところだったし、今日初めて恋人だって親に紹介して、正直お前が俺を遠ざけてくれたおかげでろくろく恋人らしい思い出もないからな？」

「恋人らしい、思い出。ふむ」

「そこだけ復唱するな」

シオンはそこで一旦言葉を止め、現状を呑み込もうとするかのように喉を上下させたが、うまくいかなかったらしい。混乱した表情のまま零す。

「おま、アレクお前、いくらなんでも求婚は早い……」

「もうシオンを一ミリも不安にさせたくない」

「いや、結婚したらすべての不安がなくなる訳じゃないが？」

それはそうだが、法的に保障されることはあれこれある。ただの交際と違って、口約束の関係ではない。不当な行為があれば、俺に責任を取らせることができる。

「そ、そもそもだな、お前の実家にだっていろいろ都合があるだろう。それにお前がよくても、お前の家族はどう思うか。お前は長男だし、弟は隣国の貴族と婚約してて婿入りだって話だし。オレはこうして恋人関係になれただけでももう十分すぎると思ってて、その」

聞き捨てならない発言が出た。

恋人になれただけでもう十分すぎる。

その先を期待していない言葉。

「……まさか、どこかで身を引こうなんて考えてないだろうな」

シオンはなんとも答えず、ただ口をもごもごさせた。

信じられない。ようやく実った恋を、いつかは手放す覚悟を最初から決めていたらしい。

よくもそんなことを、と思うと同時に、そういう不安を最初に潰し切れなかった自分を不甲斐なく思う。

同性婚は珍しいと言うほどではないが、異性婚と比べればやはり数は少ない。そして大抵、家の問題がない場合に成就するものなのだ。特に家督を継ぐ意識が強い貴族間では、難しい場合も多い。

「――よし、分かった」

俺は決心して、口にした。

「行こう」

シオンはこてんと首を傾げる。

可愛い。いや、そうではなくて。

「俺の実家に、行こう。シオンが感じている不安をひとつずつ全部、問題ないことだって払拭してみせる」

「いやいやいや。え、いきなりご実家訪問？　それはいくらなんでも」

「お前は俺をこうやって引っ張ってきたのに？」

言えば、シオンはだってとあれこれ並べ立て始めた。

「恋人紹介と結婚の報告はまったく違うだろ。ウチの家族だって、さすがにこのド級の流れには目を剥くよ。あと、そもそもお前の家の家督の問題は何も解決してないし、いや、まだオレは結婚するとも言ってないんだが」

正直結婚うんぬんは将来的な話で、今日明日にしようと言いたい訳ではない。いや、してくれるなら、ぜひしていただきたいが。

だが、どうもさっきから聞いていると、シオンが一番気に病んでいるのは俺が長男で家督を継ぐ立場であること、な気がする。

いきなりあれもこれもと捲し立ててもパンクさせるだけ、先走りのしすぎは引かれるだけと分かっている。しかし、これはもう全部言っておいたほうがいいのでは、と口を開く。

「シオン、お前、子どもは好きか」

「え……」

シオンは数拍かけて、俺の言葉をしっかり自分の中でかみ砕いてから答えた。

「どちらかというと好きなほうだけど、でも、俺もお前も男だし」

そう、男同士で結婚はできても、さすがに子作りはこなせない。どうしようもないところである。

「……養子を取りたいと言ったら、どう思う」

「え？」

この先を伝えるのは、少し勇気がいる。

人と人の問題だ。簡単に受け入れられるものではないし、簡単に考えてもいけないと思う。当事者それぞれの人生を変える話なのだ。

「急にいろいろ言ってすまない。子どもにも大人にもお互い相性というものがあるし、今すべてを決めろとか受け入れてくれという話ではないんだ。ただ、その辺りのことを俺もちゃんと考えているのは知っておいてほしい」

親戚――従兄弟《いとこ》のところに、ひとり息子がいる。

しかし恥ずかしい話ながら、その従兄弟《いとこ》というのが妻も含めて問題だらけで、そこの息子は非常に不遇な状況にあるのだ。

今年の初めの親戚の集まりでその辺りの事情を知って、その子をウチで引き取れないかと考えていた。この話はもう父親の了承も得ていて、養子先は父ではなく俺にすることも検討している。

詳しい事情は省きながらも、そういった経緯を説明する。

シオンは真剣な顔でその話を聞いてくれたが、正直こんなことを急に言われてもすぐに返事はできないだろう。

「先のことは、ちゃんと考えてる」

ただ、それは伝えておきたくて。

父親も俺の血が入っていなければ家督は継がせない、とは考えていない。だからシオンが懸念していることは、ウチではそう大きな問題にはならずに済みそうなのだ。

「だから、俺とシオンの考えを擦り合わせて、お互いにとって一番いいものを選ぼう。最初から何かを諦めたり、我慢したりすることを前提にせずに」

俺には、自覚がある。

俺は本当に重い男で。

シオンに真にふさわしい男ではないかもしれない。

だが、シオンが俺を選んでくれている限りは、俺にできるすべてをシオンに捧げたいのだ。

「シオンの欲しいものを全部教えてくれ。全部言っていい」

きっとたくさん諦めてきたシオンだから、せめて俺に対しては何も諦めないでいてほしい。

「アレク……」

シオンは何か言おうと小さく口を開いたが、声にはできずにまた口ごもる。ちょっと泣きそうになっているような、でもまだ手放しで心の柔らかいところを預けきることはできないと言いたげな。

と、そこへ――

「シオン、遠慮せずになんでも言ってみればいいじゃないか」

「「うわぁあああぁ!?」」

不意に第三者の声が割り込んだ。

ふたりして、本気で心の底からぎょっとして、互いに飛び付き合いながら叫び声を上げる。

隠し部屋の入口。しっかり閉めていたはずの扉。そこに。

「ちょ、ちょ、兄さん、いつから!?　仕事は!?」

「本当に待ってくれいつから⁉」

ルブラン家長兄、フェリクス氏が立っていた。

まったく気がつかなかった。

こっちの話題が話題だったので集中していたとはいえ、いくらなんでも気配がなさすぎである。今すぐ暗殺者か隠密に転向したほうがいいほどの忍びっぷり。

こちらの驚きなどどこ吹く風といった様子で、フェリクス氏は答える。

「……こちらの義弟《ぎてい》が、箱を取り出した辺りから？　ちなみに仕事は全速力で終わらせてきた」

嘘だと思う。絶対もっと前からいたと思う。イチャついていたところも見られてしまった気がする。不覚。

だが。だが今、義弟《ぎてい》って言ったか？

「…………」

思わず、まじまじとフェリクス氏の顔を見上げてしまう。

幻聴か、と思ったが。違う。言ってくれた。義弟《ぎてい》と。

「なぁ、シオン。いい石じゃないか。ぜひ特級の術式を埋め込んでもらうといい」

フェリクス氏はシオンがとんでもないと真っ青になった石を見て、満足げに微笑んだ。

「対象に制限を掛けないのはいい心がけだよ。覚悟が見える。ま、さすがに結婚は早いとは思うが」

シオン、と彼は兄の顔で呼びかける。まだ驚きで放心している弟の前にしゃがみ込んで、視線を合わせる。

「幸せになれ」

贈る言葉はシンプルで、故に難しくもあり。

違うな、と彼はすぐに言い直した。

「相手が誰であれ、幸せになれるよ。大丈夫、お前はちゃんとなり方を知ってる」

してもらうのではなく。ふと降ってくるものでもなく。

自分の力で、幸せになれるのだと。

第六章　意中の騎士とようやく関係が進んでこれから充実恋人ライフが送れると思ったのに、相手が全速力で一段も二段も飛ばしてくる件について

結婚。――いや、結婚？

自分の人生に、自分事として発生するとはあまり考えていなかった事象なだけに、まずその破壊力に慄《おのの》いている。

だって、結婚。結婚だぞ。手続き的には婚姻届を出せば、実現可能な制度である。あるが。

「けっこん？」

何度口に出しても、なんだかふわふわしていて実体がない。

手続きを経て、法的にふたりの関係を認められて、生活を、人生を共にしていく。

人生を共に。オレとアレクが？

そんな夢みたいなことがあるだろうか。

「いや、気持ちはうれしいけど、覚悟があるのを伝えてくれたのはうれしいけど」

現在、あの突然のプロポーズから二か月ほど経っていた。

だが、それだけの時間が経過していても、オレは未だにあの日を思い返しては毎度律儀に動揺している。

「シオン？」

呼びかけられて顔を上げると、隊舎の事務室、オレの向かいの席に座る同僚のユーリが心配そうな顔をしていた。

「さっきからぶつぶつ言ってるけど、大丈夫か。書類に変なとこでもある？」

ユーリは大店《おおだな》である商家の三男坊なのだが、曰《いわ》く、商売の才能がからきし、お前に仕事を任せると多分店を畳むことになるって戦力外通告受けたから家業は手伝えないし、オレ自身無理だって思ったので、という理由で、騎士団に入団した男だ。

「いや、大丈夫。ごめん、なんでもない」

「そう？　順調ならいいんだけど。オレ、次の育成計画立案、進捗ヤバい……」

「素案は去年のをベースにして、あとは個人の能力値で微修正でいいんじゃ？」

「うん……」

そうなんだけど、それぞれに合ったカリキュラムをと思ったら総育成時間にバラつきが出る、ここら辺のバランスをどうやって皆取ってんの、とユーリは頭を抱えた。

「だって個々で能力値が違うのをならしていかなきゃいけないけど、訓練回数の総枠は決まってるし、平等にいかなきゃだし」

「最悪補習という手があるけど」

「うん……でもそれを前提にしちゃうのはな」

「まぁそうだけど……うわ、ユーリ、もう昼過ぎてる」

ふと時計を確認すれば、すでに昼休憩の時間に突入していた。

「え、マジで？」

「あれ？　鐘鳴ったか？」

「オレらが集中しすぎてた説。いやぁ、真面目に仕事しちゃったなぁ」

「今日は時鐘が不具合で鳴らないだけらしいぞ」

うーんとふたりして伸びをしていると、そこに割り入る声があった。

「お、アレク」

「お疲れ、午前練終わったのか」

後輩指導に入っていたアレクが戻ってきていた。

「ふたり共、昼食は？」

「どうする、シオン？」

「キリがいいとこまでしちゃおうかと思ったけど」

そうか、今日鐘鳴らないのかと言いながら、周りの席の皆も立ち始めているのを見ると、こちらも意識が休憩モードに引っ張られる。それにアレクがわざわざこちらに顔を出したということは、昼を一緒に取ろうと声をかけにきてくれた可能性が大だ。

「昼、行こうかな」

そう決めて、椅子から腰を浮かせたときだった。

「シオン」

「ん？」

不意にアレクの腕がこちらに伸びてくる。

「え、ちょ」

無骨さが際立つ指がこちらの喉元に触れ、ぷつり、ひとつボタンをくつろげる。

いきなり何を？　と思っていたら、当の本人であるオレより周りが動揺を露わにした。

「おい！　何やってんだ！」

「風紀を乱すな！」

「こっちはちゃんと己を律しているのに！」

「ご乱心かよ、アレク！」

本当である。ご乱心か。

アレクは一番上のボタンを外しただけだったが、いや一個でもどうなんだって話である。まずもって同僚の距離感じゃない。

「ひっ」

しかもさらに指が一本首筋から侵入する。マジでご乱心である。

「シオン、妙な声を出すな！」

「こっちの気持ちを考えろ！」

「いや、そんなこと言われましても、わっ⁉」

いい加減にしろ、とさすがにオレも戦意を示そうとしたが、それよりもちゃりんと軽やかな音と共にソレが引っ張り出されるほうが早かった。

「………」

オレは沈黙した。周りも同様の態度だった。

出てきたソレを全員が注視する。

視線に特別な力があったら、多分この指輪は砕けてるんじゃないかってほどの注目度。

そう、指輪。

これは例のとんでもない大きさの魔法石を嵌めたものである。ちょうど先週末に完成し、正式にオレの指に贈られた。

だがまぁ普段は訓練等があるので余計な装飾は危険に繋がるし、そもそも気恥ずかしいし、こんなものをオレが付けていった日にはどんな憶測が飛び交うか分からない。オレは貴金属を身に着ける習慣がないので、どう考えても理由を探られる。

けれどももともとお守り的意味合いが強いものであるし、それにせっかくの贈り物だ。オレだって身に着けていたい気持ちはある。

なので、こうしてチェーンに通してこっそり肌身離さず首から下げていたのだが。

「アレク！」

最悪である。

だってどう考えても不自然だ。オレがこうして隠すように身に着けていたものを、訳知り顔でアレクが引っ張り出すなんて。

コレにアレクが関係しているのが丸分かりである。

「待て、それ、宝石じゃなくない？」

「え、エメラルドだろ？」

「バッカ、んな訳ないだろ、あれ魔法石だよ」

「まっ!?　はぁ!?」

「っていうか、緑の石《自分の瞳と同じ色》贈るなんて執着ヤバ……」

「ちが、これ別に……！」

この指輪が出来上がるまでの二か月。

アレクとの交際は順調であった。同僚としてではなく恋人として過ごすことにも慣れてきた。食事も、休日のデートも、アレクの部屋に泊まるのも、最初のあのぎくしゃくした感じはすっかり払拭できていて、オレたちの関係は安定していると思う。

「先週、隠すのはもうやめようって話はしただろ」

「し、したけど！　適切なタイミングってものが！」

あるに決まっている。誰彼構わずお知らせしたい訳ではない。

こういうところ、アレクのよくないところだと思う。

ところどころ暴走気味で、こちらのテンポより先に動いてしまうところ、本当によくない。断固、抗議申し上げる。

だが、オレが何か言うより前に、にこっとアレクは笑みを浮かべた。なんだか圧のある、怖い感じだ。

「シオン、あれこれ隠し事はもうやめようとあれだけ言ったのに、だがお前は隠してることがあるみたいだから」

「は、な、なんの話……」

「せっかくの道具《護身の指輪》は有効に使わないとな？」

胸元で揺れる指輪を、反射的に握りしめる。

アレクは何か怒っているようだが、その理由に心当たりがない。

すると、向かいの席のユーリが積み重ねられた書類と書類の隙間から小声で囁いた。

「アレク、先週お前が他国から来てる要人に見初《みそ》められた件、今朝知ったみたい」

オレもその隙間から小声で叫び返す。

「それ、内緒にしろって言った……！」

「オレだけがしても意味ないだろ、そこら中から漏れるわ」

ちらり、視線だけを上げると、アレクはどうして黙っていた、教えてくれてもよかっただろうと視線だけで気持ちを伝えてきた。

わぁ、オレたち、遂に言葉なくしても会話ができるようになったなんて以心伝心！

「いや、違う、もう済んだ話だったので」

先週から他国の要人が訪れていて、ウチとの貿易についていろいろと話し合っている。そのうちのひとりが王城内のどこかでオレを見かけたらしく、一目惚れうんぬんと言いながら口説いてきたのは間違いない。だが、もう丁重にお断りしたのである。

「有利な貿易条件と引き換えに、お前の身柄を要求されたらどうする。国は青年貴族ひとりで話がつくならお前を売るぞ」

「恋人がいるって言って断ったら、ちゃんと納得してくれたよ。勢いはすごかったけど、話してみたらちゃんと会話のできる普通の人だったし、変な圧力働かないように、公正な取り引きができる人が好きですって言っておいたし！」

「でも財務部がお前を引き込んだ晩餐会を画策しているぞ」

「え」

それは知らない。というか、なぜアレクはそんなことを知っている？

「とにかく！　もう済んだ話！　晩餐会の話もオレは聞いてないし！」

「どこから話が来るかによっては、断りたくても断れないだろう」

それはその通りだった。貴族とは階級社会なので、首が縦にしか振れないことはある。

「心配だから指につけておいてくれ。見る者によっては二重の牽制になる」

恋人がいますという主張だけではなく、これが魔法石と分かるならそこになんらかの術式が込められているのは当然予測できるはずだ。普通の人間は警戒する。

「だから！　そういう話を！　ここでするなっていうのをオレは言いたいんですけど！」

ここまできたら、もう誤魔化《ごまか》すのは限界だ。

もうふたりの関係を伏せるのはやめようと決めたといっても、勤務中の職場でこんな大っぴらにするつもりはなかったのに。

「こ、こここんなの、明日からどんな顔して出勤しろと」

だが、ここで口々に明かされる衝撃の事実。

「っていうか、シオン」

「オレら知ってたからな？」

「前から知ってたからな？」

「お前らの交際、ずっと見守ってたぞ」

「は……？」

ぐるり、職場を見渡せば皆が訳知り顔をしている。最後に、奥の席に座っていた上官と目が合った。

ヤバい。いくら時間的に昼休憩に突入していたとはいえ、職場でこんな私的な話。団の調和を乱す、弛んでると叱責されても仕方がない。

こちらへ向けられた上官の視線は鋭い。顔も怖い。

上官はひと言、

「知っていた」

とだけ言った。

「うわーーっ!!」

上官にも把握されている！

職場恋愛、怖すぎる！　隠せている気でいた自分が恥ずかしい！

「どういうこと、いつから⁉」

「まぁ最初から？」

「知らん訳ないだろ」

「アレクが知らんぷりしとけって言うから、そうしてた」

アレクも人が悪い。どういうことだよ、とその脇腹にパンチをひとつお見舞いしてやったが、全然効いていない。

「はぁあ～、なんでもないフリするの疲れたけど、解禁されたってことはもういいんだよな？」

あちこちでやっとか～とため息が漏れた。オレの知らないところで皆に連帯感があるのが、なんかちょっと仲間外れのような感じがしてもやもやしてしまう。

同僚たちのノリに馴染めないでいると、枷が外れたらしいヤツらはどんどんあれこれ言及し出した。

「っていうか、一時お前らなんかヤバい感じじゃなかった？」

「オレ、アレクがソッコーでフラれるに一票入れたのに、ちゃっかり持ち直しやがって」

「というか、そのガチすぎる指輪、まさか婚約指輪……」

「ち、ちがう、別にそういうアレじゃ！　アレじゃないこともないかもしれないけど！」

先日のあれはその、プロポーズというよりは、プレ・プロポーズのようなものだ。

いや、それもよく分かんない表現だが、とにかく結婚うんぬんはひとまず保留になっている。今はそのうちそういう可能性もあるかもね、というお付き合い期間なのだ。

「まぁ、コレは護身用だ。相手が誰であれ容赦しない仕様だから心してくれ」

アレクがそう言うと、皆は揃っておもしろくない顔をした。

「けっ、何が心してくれだ。今さら変な気なんか起こさんわ」

「お前こそ度がすぎたこととして、シオンにドン引きされないよう気をつけろよ」

「シオンが別れたいと言い出したら、オレら、全員がシオンの味方につくからな」

アレクを中心になんらかの団結が組まれているかと思えば、そのアレクに対しての皆の態度が塩というか、若干アンチの雰囲気を孕んでいる。

「この職場なんなの……？」

オレが怪訝に思っていると、首の後ろでしゃらりと鎖が外れる感覚がした。

アレクが金具を外したのだ。ちゃんと指に付けておけと言いたいのだろう。

これから食堂に行くのにそんな目立つ真似できるかと思っていたら、

「シオン・ルブランはいるか」

部屋の入口にこの辺りでは見ない制服の男が。

あちゃーと数人が声を上げたのがかすかに聞こえた。

この辺りでは見ないとはいっても、所属が判断できないほどの珍しさではない。

あれは、財務部の人間の制服だ。

隣でほら見ろ、と言いたげな顔をアレクがした。

これが交際四か月と半分の頃、職場で大々的に関係が明かされたときの話である。

そこからさらに半年ほど経った、某日。

「――ということになりまして。今のところ、どちらも配属替えの話は出ていないので、これからもその、よろしく」

仕事終わり、上司への報告を終えたオレは、残っていた同僚たちにも同様の説明を繰り返したのだが。

「あーそうかそうか、お疲れさん」

「えぇ、早くない？　ここまでの流れに持っていくの早くない？　こっわー」

「ご愁傷さま」

「ご愁傷さま!?」

口々に返される反応が揃ってあんまりなものなので、オレは思わず目を剥いた。

言うに事欠いて、ご愁傷さまってなんだ！

「結婚する人間に向ける言葉じゃなくない!?」

叫ぶと、皆が皆顔を見合わせる。

「いや、だってなぁ」

「なぁ、そういう反応になるよな」

結婚。そう、例の結婚の話である。

あれからもまぁいろいろ紆余曲折ありながら、結局交際一年に満たない期間で、結婚が決まった。承諾してしまった。

いや、してしまったなんて言い方はよくない。よくないけど、まぁそういうことなのだ。別に押し切られた訳ではない。ちゃんと自分で考えて決断したのだ。

どうせ一緒だな、と思ったのだ。どれだけ時間をかけようと、行き着く先、行き着きたいと思う先は一緒。

アレクと一緒にいたい。それを対外的に保障されたいとも思う。

困ったところも、ムカつくところもある。ケンカだってたまにはする。でもそれは普通のことだし、健全なことだと思う。

恐れずにぶつかることができる相手がいるというのは、きっととても恵まれたことだ。多分オレがそういうふうになれる相手は、あとにも先にもアレクだけだろうと思ったから。

だから、先日プロポーズし返した。オレから。

「あのさ、もう少し、本心ではどうでもいいと思ってても、表面的にはお祝いするもんじゃない？不吉な言葉使うのはせめて控えろよ」

あのとんでもなく高価な石がついた指輪と比べてしまうとアレだが、シンプルなデザインの指輪を用意して、こちらから正式にプロポーズした。

あのときのアレクの顔といったら。

きっと死ぬまで忘れないし、死ぬ間際に思い出したら笑いながら死ねると思う。

アレクのご実家への挨拶も済ませ、父さんはまだちょっと難しそうな顔を作ってはいたがウチのほうももう了承済みだ。そして先ほど上司への報告も済ませ、あとは法的手続きとか新居とか具体的に行動していく段階に入る。

「いや、うん、ごめんごめん。つい、な」

「そうそう、おめでたいことじゃん」

「まぁお前がアレクを好きな限りは間違いなく幸せにしてもらえるよ、好きな限りはな」

「おい、皆してなんだよ、怖いな……」

この半年で気づいたのだが、皆アレクと付き合っているオレに残念そうな顔をすることがある。残念というか、若干の同情というか。

そんな顔をされるということは、実はアレクにはオレの知らない相当ヤバい側面があるのではと危惧したのだが、どうもそんなこともない。

多少過保護なところがあるのはこの半年の発見ではあったが、それもこれもオレがあれこれトラブルを引き連れてきてしまうところに原因がある。

でも、そういうものも結婚したことが周知されてしまえば、さすがに数が減ると思うのだ。そうなれば、アレクも余計なことを心配しなくてよくなる。

だが、皆の発言に怖いよと零せば、また予想しないツッコミが次々と入った。

「遅い」

「危機感を持つのが遅い」

「もう遅い」

「な、何……」

口々に深刻そうな表情で告げられる。

「逃してもらえる訳ないだろ」

「可哀想に」

「可哀想に⁉」

本当に、これから結婚しようとしている人間にかける言葉じゃない。

「ちょ、本当になんだよ、アレク、そんな言い方されるほどの人間じゃないだろ」

「そりゃまぁ悪いヤツじゃないけどよ」

と言ったのは、ニグラス。

「仕事もできるし、家柄も悪くないし、それなりに出世するだろうし？」

これはユーリ。

「でもアイツ、独占欲強いし執着も重いだろ」

アロンが続く。

「シオンにおかしな虫がつかないように、どれだけ厳戒態勢敷いてたことか」

嘆息と共に吐き出したのはサス。

「正直、第四騎士団の中にもお前にちょっかい出したヤツたくさんいるけど」

「お前もだろうが、アベル」

「その節は大変申し訳ありませんでした。シオンが無理って言ったらそれまでだけど、水に流してくれるとありがたい。なぜなら、オレはもうアレクに粛清という名の再教育されているので」

なんだ、それは。アベルにはたしかに入団当初失礼なことを散々されて、一度決闘の名のもとにこてんぱんに降《くだ》した記憶はあるが、オレではなくアレクが？　粛清という名の再教育？　粛清……？

「片想いだったクセにな」

「ホントにな」

「アイツを前によこしまなことを考えるヤツは、少なくともこの団にはいないぜ」

「そうそう、新入りを除いてな」

笑い話みたいに、半分諦観《ていかん》を込めて言い合う話のすべてが初耳すぎる。オレは口をぽかんと開けながら、もう慣れたもんだよと言いたげな同僚たちを眺めた。

「え、ちょ、その話詳しく」

一体アレクは裏で何をしていたのか。これは知らずにはいられないと前のめりになれば、皆が皆にやっと笑みを浮かべた。お、悪い顔。

「じゃ、今から飲みに行くか？」

「お、いいな」

「お祝いも兼ねてな、いや、いろいろ言ったけど、めでたいとは思ってるよ。一番いい形じゃん、結局両想いだったんだからさ」

「そうそう、秘蔵のエピソード聞かせてやるから、お前もアレクとの犬も食わない系の話をたくさん披露しろよ」

どこの店にする、あそこがいい、残ってるヤツほかにいるか、と皆がどんどん手配を進めていく。

「それ、いい指輪じゃん」

そんな中、サスがこそっと囁いた。左の薬指には指輪がふたつ。サスが指しているのは多分大きな石が付いているほうではなく、シンプルなデザインの銀のリングだ。

「お前が選んだの？」

「うん」

「そっちのも悪くないけどな」

苦笑してみせたのは、魔法石の付いた指輪だ。

「値段めちゃくちゃ気になるけど、絶対聞きたくないよな。でも聞きたくないのに、事につけて知りたい気持ちになるやつ。でもまぁ、いい魔除けだよ」

「魔除け」

護身よりパワーアップした呼び方に苦笑する。

「シオン、あとケントとナイルが来れるって」

「お前的にNGなヤツいる？　遠慮しないでちゃんと言えよ」

「あ、当然アレクは抜きだぜ、抜き。アイツがいちゃ、なんの話もできん」

そう皆して盛り上がっていたところに。

「――俺抜きでなんだって？」

地を這うような低い声が響いた。ほかにも上司に報告があるから先に行っててくれと言っていたアレクが、戻ってきたのだ。

いつもなら何事かもごもご言いながら引き下がる皆だが、今日は違った反応を見せる。

「うるせー、今日くらい俺らにシオン貸せ、好きにさせろ」

「そうだそうだ、いつもいつも張りつきやがって」

「シオンにも息抜きの時間が必要だと思いまーす」

「好きにさせろだと！」

嚙みつかれても怯まない。

「いちいち深読みすんな」

「この心狭男」

アレクは青筋を浮かべながらにっこり口角を上げる。そして抑えた口調でこうのたまった。

「俺の心が狭いのはシオン限定だ。恋人、ん、伴侶にほかの人間が気安く絡むのがおもしろくないなんて、当然だろうが？」

「おい、アイツ、ついに隠さなくなってきたぞ。開き直りやがって」

「シオン、今ならまだギリ間に合う、かもしれん。結婚考え直したほうがいいんじゃ？」

「そうだそうだ、伴侶呼びされて照れてる場合じゃないぞ、一生のことだぞ」

「お前ら、この期《ご》に及んで破局させたいのか！」

一喝したアレクが、シオン、と皆に囲まれたオレに視線を送ってきた。とてもおもしろくなさそうな顔をしている。

「今日は皆と行ってきてもいいだろ？」

でも、オレはそう言った。アレクの顔はさらにふてくされた。

「別に大丈夫だよ。店もよく行くところだし、酒は飲みすぎないように気をつけるし、何かあったら相手は全部ちゃんと沈めてくるから」

アレクのことは好きだが、たまにはほかのメンバーと気さくに飲みたいし、アレクに関するあんな話やこんな話は本人がいる前では絶対に聞けない。

それに入団当初こそいろいろあったが、皆がいるこの職場は、オレにとってとても大切な場所なのだ。

馬鹿を言ったり、食べたり飲んだり、時には背中を預け合ったり。

そういうことが、オレにもできる場所。

「――サス」

たっぷり間を取ってから、なぜかアレクはサスの名を口にした。

呼ばれたサスは、もう慣れっこですよと言いたげに息を吐く。

「はいはい、分かりましたよ、お前の可愛くてカッコよくて何においても最高の婚約者様は、オレがちゃんと見ておきます。何事も起きないように注意を払い、万一の場合は不埒な輩《やから》をぶっ潰し、最後まで目を離しません」

「おい、サス、まるで幼児のお守りを頼まれたみたいな受け答えだぞ」

そうご意見申し上げれば、文句はアレクに言えと目線だけで返事をされた。

「ま、アレク、お前との飲み会はまた開いてやる」

「仕方がないから惚気《のろけ》も聞いてやる」

「オレたち、心広すぎじゃね？」

かくして前祝いだと称して、アレク抜きの飲み会が開催された訳である。ちなみに、会ではアレクに関する実に有意義な話がいっぱい聞けた。

うん、アレク、薄々勘づいてたけど、お前執着激重《げきおも》男だな。

あと、オレのことあまりに好きすぎ。

第七章　意中の騎士と遂に！　成婚まで漕ぎつけたのでいちゃ甘初夜を心待ちにしていたら、式の最中に泥棒猫呼ばわりされた件について

「お兄さま、綺麗」

「とっても凛々しい」

「素敵」

妹たちがオレを取り囲んで、口々にこそばゆい褒め言葉を並べる。

「タキシードもいいけれど、こちらもまさに王立騎士団の騎士！　って感じで素敵だわ」

さて、あれよあれよという間に、本日は式当日である。

式場の控室で、オレは王立騎士団が式典のときに着用する正装に身を包んでいた。

騎士の清廉高潔な精神を表しているという白を基調とした騎士服は、黄絹で編まれた肩章、同じく黄絹の飾緒《しょくしょ》が彩りを添える。詰襟の部分や袖口の縁取り、前面に並ぶボタンは金。胸元には階級章と家紋、左胸を飾るブートニアは青の花だ。

騎士団の正装は礼装扱いなので、この国ではこうして式で着用するのも普通なのだ。

「三人もドレス、似合ってる」

薄水色、淡い黄色、パステルグリーンのドレスがそれぞれ部屋に華やかさを加えていた。

けれどそう言ったオレに、妹たちはくすくす笑う。

「ありがとう、お兄さま」

「でも今日の主役はお兄さまなのだから」

「私たちのことはいいの」

そうだ、と長女のレイラが部屋の隅へ引き返し、そうしてすぐに戻ってくる。その腕には包みがひとつ抱かれていた。

「お兄さま、ささやかだけれど、これは私たち三人から結婚のお祝い」

「え」

「今日、新居に帰ったらきっと開けてね」

手渡されたそれはふわふわしていて軽かった。布ものかな？　とは思うけど、それ以上には推測できない。

でも、うれしくて。

「お兄さま、待って、泣かないで」

「まだ早いわ」

「式前に目を腫らしてちゃ、何事かと思われちゃう」

単に贈り物が、という話ではない。妹たちがこんなにも心を込めて祝福してくれて、とびきりの笑顔で自分を囲んでくれているということの状況が、もう涙腺をどうしようもなく刺激する。

「本当にシオンはレイラ、リーゼ、ルリアの三人には弱いな」

苦笑したのはフェリクス兄さんだった。オレの胸元のブートニアの位置を調整しながら、でも本当に感慨深いなぁとつぶやく。

「きっといい式になるな」

そんな兄の発言に、母も涙ぐみながら頷く。

「えぇ、本当に。シオン、今日は佳い日ね、本当に本当に、私たち皆にとって最高の日よ。ね、アナタ、そうでしょう?」

オレがあれこれ飾り立てられている間、所在なさげに隅のほうにいた父がこちらと目を合わせた。

アレクとはまだ笑顔で談笑するような感じではないが、それでも結婚の報告をしたときには幸せになりなさいと言ってくれた。なんだかんだで、最初の頃より関係は改善されている。

「結婚というのは、互いに支え合って成り立つものだ」

今さら素直にはなれないのかもしれないが、もう反対されていないことはオレにも分かる。

「驕ることなく、感謝を忘れず、相手を大切にしなさい」

ぽんぽんと腕を優しく叩かれた。

父は事あるごとに、お前に息子を幸せにできるのかと、アレクに凄んでいたと思うけど。

でも、オレにも言うのだ。

アレクを支え、向けられるものに感謝し、大切にしなさいと。

過去を振り返ると、たくさんの嫌な記憶がある。

幼少期はただただ恐怖し、思春期にはそれなりに荒れた。自分の在りようを憎んだし、周りに迷惑をかけることに苦悩した。嫌われたくないと恐れた。大切な人に面倒だ、迷惑だと嫌がられることに恐怖した。

でも、オレは本当に家族には恵まれて、とびきり大切にしてもらった。

どれだけの理不尽や恐怖があっても、オレは幸福とは何かを知っている。笑って、怒って、泣いて、甘えて。心を隠さずにそういったことができる。それは間違いなく、今日までこの家族に囲まれてきたからなのだ。

ぐしゃぐしゃな顔で臨む訳にはいかないのに、アレクにいい顔を見せたいのに、本当に涙腺が崩壊しそうだ。オレがぐぬぬぬと必死に涙腺を制御下に置こうと奮闘していると、控え目なノックが部屋に響いた。

「どうぞ?」

母が率先してそう声をかけると、そっと扉が開かれる。隙間から顔を覗かせたのは、黒髪の少年だった。

「カイル」

「シオンさん」

ネイビーのスーツを着込んだ、年の割に華奢《きゃしゃ》な身体。

今八歳だというカイルは、例のアレクの従兄弟《いとこ》の息子だ。

本人としっかり話す機会を設け、話を理解したうえで彼が望んだので、両親の元から引き取ることになった。この式が終わって、オレが正式にウィストン姓になった暁《あかつき》には、すぐに養子の手続きを取ることになっている。まだまだ関係を構築中ではあるが、今日までに数度顔を合わせ、寝食を共にした。

「こちらの準備は終わりました。シオンさんのほうはどうですか」

「そんなところにいないで、こっちにおいで」

決して入室せずに、廊下から声をかけてくる少年を手招きする。

カイルは逡巡する素振りを見せたが、結局は室内に足を踏み入れた。

八歳という年齢にしては、かなり大人びている。あと、賢い。そして人の顔色を窺うクセがついている。本人の生来の気質だという部分もあるだろうが、カイルの様子を見ていると、育った環境が影響しているのは明らかだ。

簡単にはいかないだろうが、実の両親ではなくオレとアレクを選んでくれたカイルの選択に報いたい。オレにとってそうだったように、家族のそばが安心できる場所になればと願っている。

「いいなぁ、弟、可愛い」

「下に男の子がいるって未経験だものねぇ」

「私は上ばかりだもの」

妹たちは小さな男の子というのがまず珍しいのだろう。まだ身内との顔合わせで一度しか会ったことはないのに、自分たち姉妹が戯れるのと同じ距離感で接するので、カイルは途端にたじたじになってしまっていた。

「こらこら、囲まない。あと、弟じゃなくて甥っ子な」

三人の間に割って入り、カイルと目線を合わせる。

髪と同じ黒曜石の瞳は、まだどこか不安そうな色でオレを見つめる。

「カイル、こっちも大丈夫。アレクたちにそう伝えて。あ、職場の同僚と最後ちょっと話があるから、やっぱりあと数分ほしいかも」

「分かりました」

「伝言役、ありがとな」

本当は頭でも撫でたいところなのだが、基本接触は控えている。

おそらく、手を伸ばした瞬間に反射で飛び退くだろう。カイルの置かれていたロクでもない状況には、理不尽な暴力も含まれていたと聞いている。

ぺこり、頭を下げてからカイルは踵《きびす》を返したが、なぜか途中で急ブレーキをかけた。

「ん？」

「あ、あの、シオンさん」

何度か言葉をつっかえさせてから、彼は小さな声で言った。

「……綺麗で、カッコイイです」

ともすれば聞き落としてしまいそうなほどの声量。言うだけ言うと、そのまま急ぎ足で部屋を出ていく。

「……可愛い」

思わずにやけてしまう。

「本当に」

「分かる、根がとてもいい子なのが伝わってくるわ」

全員でカイルの可愛さを噛みしめ和んでいると、またしてもノック音がした。

「シオン、式の直前に悪い」

先ほどカイルに言った、同僚との話である。

これが終わったらすぐに行くから、先に式場へ入っておいてと家族を送り出す。部屋の出入口でウチの家族と会釈を交わしているのは、サスとほか二名。その二名は普段は所属している団が違う騎士だ。

「ごめん、どうだった」

「大丈夫、今のところ問題ないぞ。式場の周りに不審物、不審者なし」

手元のチェックボードを確認しながらサスが答えた。

「式場の準備業者の中に、昔城に出入りしてた業者でお前に懸想してたヤツがひとり潜り込んでたけど、もう片づいてるし、式の準備物に不備がないことも確認済み」

「トリス家の令嬢は今日はルーベル家の奥方からのお茶会に呼ばれてるし、商家のラルフは仕入れで国外に行くよう事前に仕組んでる。ほかにもこのリストに載ってる人間の予定は把握済みだ。街中は、治安維持部隊が昼間の見回りを強化してくれてるよ」

事前に対処してもらえたようだが、式直前だというのに不穏な単語がいくつか混じっていた。

今回、アレクと式を挙げるにあたって、真っ先に挙がった懸念事項。

それは式に誰かが乗り込んでこないか、ということだった。

というのも、実はアレクとの関係がオープンになってから、オレのもとに何通か闇落ちした恋文と明らかな脅迫文が送られてきたからだ。ほかにも、どうして自分以外の人間と結婚するのだと凶器を手に迫られたり、シオンをたぶらかしやがって、アンタのせいでとアレクが襲われたりしたことがあった。

幸いどれも大事にせず済んだのだが、まぁ式の前からこんな感じだったので、当日に乱入者が現れる可能性は実に高かった。

そこで同僚が、当日までの安全確保を買って出てくれたのである。

オレには、恨みを買っている自覚がある。

人から向けられる好意、そこから派生した感情を拒否するというのは、どうしたって逆恨みされるリスクを生む。正直、その恨みすらお門違いではあるのだが。

でも揉め事が起こるたびに、理不尽だと憤ると同時に、また何か勘違いさせるようなことを自分がしたのでは、不備や隙があったのではという思いが過《よぎ》っていたのも事実だ。

正直、今も悩みは尽きない。他人にも自分にも嫌気が差し、投げやりな気持ちになることだってある。

だけど、人生捨てたもんじゃないと、そうも思えるのだ。

「じゃ、シオン。そろそろオレは式場に行く。またあとでな」

サスがオレの肩を軽く叩く。

「オレたちは式の最中も見回りしてるから」

「うん、頼む」

これまでいろんなことがあったし、今だってオレのせいで普通だったら必要のない負担をかけている。

でも、その負担を引き受けてくれる人がいる。こうして祝いの場に集まってくれる人がたくさんいる。

「……こんなふうに、自分の想いが叶うことがあるなんて」

式の直前、オレはただただ幸せで。

まさか、このあとあんなことが起きるとは、夢にも思わなかったのだ。


「アレクセイ・ウィストン、シオン・ルブラン。両名こちらに」

立会人が式場の奥、一段高くなっている場所からそう呼びかけてきた。

オレとアレクはふたり並んで、家族、友人、同僚、上司、大勢の人から温かい眼差しを受けながら花道を歩く。

式の流れは至極単純だ。

立会人の元まで行って、誓いを立て、指輪を交換し、書類にサインをする。

難しいことは何もない。なのに、緊張のあまり手足を交互に動かして進むことにすら、困難を感じる。気を抜いたら右足が左足に引っかかりそうだ。

隣を歩くアレクはどうだろう。

同じように緊張しているだろうか。そばにはいるけれど、心臓の音を確かめられるような距離ではない。オレと違って、堂々とした足取りのような気はする。

なんとか転倒せず無事に辿り着けば、立会人がひと振りの剣を胸の前に掲げた。

実戦用ではない、儀式用の剣だ。

銀に輝く細身の剣は、鞘《さや》から柄《つか》まで精緻な細工が施されており、ところどころに宝石も光る。抜いてもその刃は斬れるようなものではなく、神聖な儀式において、騎士が誓いを立てるのに使うものなのだ。

「ここに集《つど》うすべての者が、両名の誓いの証人となる。――汝《なんじ》、アレクセイ・ウィストンは騎士として信愛の剣に何を誓うか」

まずはアレクが剣を受け取る。胸の前に掲げ、宣誓の文句を。

騎士の誓いは、絶対の誓いなのだ。

「騎士の名のもとに、我、アレクセイ・ウィストンはシオン・ルブランを慈しみ、信じ、託し、命尽きるそのときまで共に支え合うことをここに誓う」

「では、シオン・ルブラン」

立会人がオレを見る。

アレクから剣を受け取ろうとして――

「待ちなさいよ！」

突如、荒々しく扉の開く音と共に、悲鳴じみた怒号が響いた。

「⁉」

突然のことに驚いて、オレの手が中途半端に剣に当たる。

甲高い音を立てながら、床に落下する華奢《きゃしゃ》な剣。

声がしたほうを見れば、オレたちが立っている横手の扉の前で、女性がひとり肩で息をしながら仁王立ちしていた。オレたちが先ほど入ってきた入口とは別の、立会人や式場の裏方の人間が使う、出入り用の小さい扉だ。

全員の視線が闖入者《ちんにゅうしゃ》へ向けられる。

天窓から陽光が強く射していて、彼女の顔ははっきりとは見えない。

「シオン・ルブラン！」

でも、そこで呼ばれたのはオレの名前だった。

やっぱりオレが理由で、こんなことになってしまった。想定していなかった訳じゃない。でも、それなりに手は打っていたはず。

なのに。なんで。

「このっ、泥棒猫っ！」

だが、続く言葉にまずオレたちは意表を突かれた。

「え⁉」

「は⁉」

かった。

「俺ではなく!?」

「オレが泥棒猫扱いなの!?」

想定していたのとちょっと違う。オレではなく、アレクの側から誰かが出てくるとは思いもしなかった。

泥棒猫、泥棒猫。

その言葉を向けられたのは初めてではないが、こんな式の最中に向けられれば動揺もする。

そのとき、雲が横切ったのかふと日差しが弱まった。

そして気づく。

「って、エレノア嬢じゃん……!」

アレクの元見合い相手、上官の娘でもある、あのエレノア・シュライフ令嬢である。

どうして彼女が乗り込んでくるのか、まったく意味が分からない。

反射的に、お前見合いの件は円満解決したんじゃないのかよと振り仰げば、アレクは両手を胸の前で小さく上げて己の潔白を主張した。

いや、まぁそうだよな。エレノア嬢とどうこうはないよな。だって彼女にもお見合いをぶっ潰してなお付き合いを続けたい大切な恋人がいたはず。

なのに。

パシャ! っと水音が響く。エレノア嬢に視線を戻せば、彼女は最初から手に持っていたらしい瓶から、参列席と壇上の間に向けて液体を放っていた。

「下がって！」

こちらに飛び込もうとした者もいたが、オレは咄嗟に参列者に向けてそう叫ぶ。

何を撒かれたか分からない。引火性の高いものなら、ひとつ間違えれば大惨事だ。

彼女は次に、空になった瓶をこちらに投げつけた。だが、オレを狙ったはずのそれは大きく逸れて、アレクの肩の辺りに向かう。

「っ！」

アレクはそれを難なく腕で跳ね除ける。参列者のほうへその瓶が飛んでいかないように弾く方向を計算する余裕さえあった。

だが、アレクやオレが瓶に気を取られたその隙に、エレノア嬢は深紅のドレスの裾を翻しながら距離をつめてきていた。

「動かないで！　一歩でも動いたら切るわよ！」

華奢《きゃしゃ》な手がオレの手首をあらん限りの力で掴み、反対の手に隠し持っていたナイフを首筋にあてがう。

「シオン！」

ナイフは小さなものだ。だが、場所が悪い。ためらいさえしなければ、簡単に頸動脈を切れる。

十分人を殺せる能力がある。

冷たい刃先が、首筋を小刻みに叩いた。

下手なことはできない。

「何が、望みだ」

アレクは指示された通り一歩も動かないまま、エレノア嬢にそう問うた。

「結婚するなんて許さない」

まったくもってエレノア嬢らしくない。彼女は別にアレクのことを愛していないはずだし、オレを恨むような理由も何も持っていないはずなのに。

いや、でも人間は、どこでどう心が変わるか分からない生き物だ。

見合いの話が流れたあとに、彼女にも何かあったのかもしれないし、アレクを改めて好きになる瞬間があったのかも。

それでも、前に街中で遭遇したとき、とても聡明で行動力と自立心のある、芯のしっかりした女性だと感じた彼女が、色恋でこんなに短絡的なことをするとは思えなかった。

「私以外の人と、幸せになるなんて」

ずるり、オレを引きずるようにしてエレノア嬢が一歩下がる。

実際の腕力でいえばこちらがずっと強いのだが、急所に刃物を当てられているので促されるまま従うしかない。

「お父様もひどいのよ！」

次に彼女は参列者に向かって叫んだ。

「エレノア、お前は何を！」

怒声を返したのはシュライフ長官だ。

そう、本日の式、実は上司枠でエレノア嬢の父親でもあるシュライフ長官が参列してくださっているのである。見合いの件は丸く収まり、シュライフ長官も納得してくださったから遺恨はないと聞いていたのだが。

「お父様が悪いのよ、そうよ、そもそもお父様のせいじゃない！」

エレノア嬢はじりじりと後退しながら、参列者の席にいる父親に叫び返した。

「この泥棒！　私の大切な人を返してよ！」

続く台詞はオレに向けたもの。

「返してよ！　でなきゃ殺してやるわ！　そう、殺してやるんだから！」

「エレノア嬢、分かった。まずはこの式を中止にすればいい？」

あまり興奮させてもな、と思いつつ彼女に声をかける。本当に殺す気があるかどうかは別にして、勢いで手元を狂わされたら事だ。

だが、エレノア嬢はそういう問題じゃないのよと怒鳴りながら、ついにオレを建物の外まで引っ張り出した。

「簡単になんか、殺してやらないわ」

外を巡回していた面々が異変に気づいてこちらに駆け寄ろうとしたが、オレは視線でそれを止めた。

「その前に、ちゃんと苦しんでもらわないと。……このまま、私と一緒に来るのよ」

すぐそこの裏門には、市井《しせい》を駆け回る見慣れた型の辻馬車が一台、停まっているのが見えた。

第八章　美貌の騎士が今まで伏せてきた過去と、彼の信頼に応えるために今の俺にできるすべてについて

「外を回っていた者は何をしていた！」

「申し訳ありません！」

シオンとエレノア嬢が去った直後、厳しい声が式場に響く。

声の主は俺の父親だった。父も所属は違えど同じように騎士団内に籍を持っている。今回の式には父の部下も幾人か参加していたし、会場の警備についても協力してもらっていた。

「半分は馬車の行方を追って、残りは引き続き周囲の警戒と何か手がかりになるものがないか探せ！」

騒然となる式場内。

シオンの首に突きつけられていた鈍い煌めきが脳内を過《よぎ》る。

ドッと乱れた心音が身体中に響き、嫌な耳鳴りがする。

ひとつ間違えれば、あの刃はいつだって柔い皮膚を傷つけ、命を奪うことができる。そう思うと、無限に焦りと不安が湧いてくる。

たった今、命尽きるそのときまで共に支え合うことを誓ったばかりなのに。一緒に生きていくの

だと、そう約束を交わしたところだったのに。あれだけ何事も起こらないようにと、事前に準備をし、会場の警備も強化していたはずなのに。

しかも、この騒動はシオンではなく俺が原因だ。エレノア嬢とは本当に何もやましいことはないが、それでも自分との見合い話がなければ、シオンとエレノア嬢を繋ぐ線など発生しなかっただろう。

俺のせいで、なんの落ち度もないシオンを危険に晒した。

「アレクセイ」

肩を掴まれて、ハッとする。父親だった。

低い声で名前を呼ばれて、それで失いかけていた冷静さをなんとか取り戻す。

そうだ、落ち着け。大丈夫だ、アレは大丈夫。

状況を、冷静に分析する。

緊急事態なのはたしかだが、シオンとエレノア嬢という組み合わせだけを見ると、そこまで切羽つまった状況ではないはずだ。

シオンであれば非力な令嬢相手なら怪我をせずに取り押さえることができるし、そもそもエレノア嬢自身にシオンを害するつもりはないはずだという推測もできていた。ここにいるメンバーを考えれば、十分対応可能なはずなのだ。

父親と目を合わせ、それから周囲の錚々《そうそう》たる面々を見回し、呼吸を整える。乱れた拍動を抑え込んでから、口を開いた。

「ルブラン法務官、シュライフ長官、サス、それから団長」

壇上からそう呼びかければ、全員が全員、即座に腰を浮かせた。

まずは状況を把握し、知り得ることを共有し、そして少しでも早く手を打たなければ。

「ウィストン、ウチの愚女《ぐじょ》が本当に申し訳ない……！」

「――いいえ」

別室へ、と言いかけて、けれどその直前で気が変わる。

ここにいる人間の半分は非常事態には慣れているし、先ほどの出来事に違和感を覚えている人間だって少なからずいる。

だが、全員ではない。

不安そうに身を寄せ合うシオンの妹たち、真っ青な顔でこちらを見つめるカイル、ひそひそと会話を交わす親戚や付き合いのある貴族たち。

彼ら彼女らには一連の出来事がどう映ったのか。エレノア嬢はどのような人間に映ったのか。

「すみません、こちらに集まっていただけますか」

別室で話している間に、根も葉もない憶測が口に上る。不安だけが煽られる。無責任に広まれば、長く関係者の生活に影を落とす。

それならば、ここですべてを話し合ってみせたほうがまだいい。

視界の端で、ルブラン法務官が妻の肩を励ますようにそっと掴んだのが映った。彼はそのあと娘たちに言葉をかけ、厳しい表情でもうひとりの息子を呼んだ。フェリクス氏は父の言葉に小さく頷き、式場の外へと身を翻す。

家族の様子を見て、式を迎えた今日までにそれぞれから聞いた話を思い出した。

夫人が教えてくれたシオンを巡る最初の不幸な出来事、それは屋敷に勤めていたメイドによる連れ去りだったという。当時、シオンはまだ乳児。

兄のフェリクス氏は彼が八歳、シオンが三歳の頃に、外で一緒にいたところ、一瞬目を離してしまったその隙にシオンを誘拐されてしまったのだと俺に話した。

三姉妹は、この国の建国祭に紛れ込んだ他国の人買いブローカーに四人まとめて捕まってしまったことがあると言っていた。

『私たち、怖くて怖くて皆めそめそしてしまって』

『まだ子どもだったし、それは兄もそうだったのに』

『でもお兄さまは一度も弱音を吐かず、怖がる素振りも見せず励ましてくれたし、私たちを背に庇って犯人たちと渡り合って』

それぞれがきっとトラウマを抱えていて、でもそれを抱えたうえで強くなろう、しなやかに生きていこうとしてきたことが窺えた。

彼らは不安の中でも、最善の次の手を選ぶことを知っている。

俺はまず、間違いなく事の中心にいるひとりであろう長官に声をかけた。

「シュライフ長官」

「私はよく知っています。エレノア嬢は、私のことなどこれっぽっちも想っていません。こんなところに乗り込んでくる理由はないのです。長官だってまさか、アレを本気に取った訳ではないでしょう？」

式場はその造りからか、大した声量を出さなくても声がよく響く。

長官は難しい顔をした。すべての状況が見えていない、娘がこの場をめちゃくちゃにしたことだけは明白な状況。これだけ他人の目がある中、ウチの娘はこんなことをする人間ではないと主張はできないのだろう。

「私は彼女とそれほど付き合いがある訳ではありませんが、彼女は愛情深く、己の足で立つことのできる、とても聡明な女性です」

彼女が乗り込んできたときにはぎょっとした。

後ろ暗いところがあったからではない、訳が分からなすぎて驚いたのだ。

こんなことをされる覚えが一切ない。彼女は微塵も俺に興味がなければ、シオンにわだかまりを抱くような何かもなかったはずなのだから。

「シオンは事態の異常さを理解したうえで、あえてエレノア嬢に従いついていったはずです」

式場を出る瞬間、交わした視線を思い出す。

シオンは落ち着いていた。この場は頼むと、言葉はなくとも視線があれば十分だった。

託された信頼に、応えなければならない。

「彼女は何者かに脅されているはずです。でも、それをはっきりとは言わなかった。いや、言えなかった」

エレノア嬢が叫んでいた内容を思い返す。

「彼女がここで喋った、それらしい台詞には、きっと全部意味がある。彼女は、私たちに助けを求めていた」

「彼女は息子を泥棒猫と言っていたな。泥棒、という言葉はそのあとも出ていたように思う」

そうルブラン法務官が言う。

「はい。違和感の大きい言葉です。でもそれに続いて、参列者の席に向けて、お父様もひどい、そもそもお父様のせいだとも言った。黙っていれば彼女が誰かすぐには特定できない状況でもあるのに、彼女はあえて自分が誰なのかを明かした」

「自分と家が恥を掻く覚悟で、早々に自らバラしたってことか」

俺の言葉をサスが引き継いだ。

おそらく、そうなのだ。

「泥棒、はおそらくシオンを指している訳ではない。シュライフ長官、泥棒という単語に何か心当たりはありませんか」

「……ある」

大きな嘆息をひとつ。シュライフ長官は是と答えた。

「半年ほど前に、ウチの屋敷で金品の着服が発覚し、使用人の男をクビにした。裁判所にも訴えを起こしていたが、当の本人は逃亡して行方が掴めていなかったのだ。だが、娘の発言に意図があるのなら、十中八九、その男のことを指している。……逆恨みされているということか」

予想した通り、どんぴしゃな案件が出てくる。

「娘が早々に身を明かすような真似をしたのは、事態を伝えようと機転を働かせたのもひとつだろうが、私に恥をかかせる犯人の意図もあったのかもしれん」

「……彼女は私の大切な人を返してよ、とも言いました。エレノア嬢には恋人がいますね？」

「……あぁ」

少しの沈黙のあと、長官は首肯した。娘の恋人を、長官は認めていないのだと聞いている。

『貴族の娘として務めを果たせと散々言われていますわ。そんな弱小貴族の、しかも同性の相手と結婚など許さないと』

彼女がそう言っていたのを思い出す。

同時に、控えめで優しくて、人にあれこれ譲ってしまう性格だけれど、自分のことだけは誰に何を言われても手放そうとはしない大事な恋人なのだとも、うれしそうに話してくれた。

「待て、私の大切な人を返してって叫んでなかったか。アレ、恋人を人質に取られてるってことか」

サスが顔色を変えた。

そう、言うことを聞かなければ、人質に取られた恋人を殺すと彼女はきっと脅されているのだ。

「長官、恋人の身元は分かっていますか」

「……ミア・レイルズ。レイルズ家のひとり娘だ」

それを聞いて第四騎士団の団長が、所在を調べろとすぐに部下のひとりに指示を出す。

「ルブラン法務官、ウィストン、本当に申し訳ない」

またひとつ深々と息を吐いてから、長官が頭を下げた。

「こちらの問題で、本来無関係の祝いの場をこんなことにしてしまって、なんと詫びればいいか。ルブランは騎士として十分信じられる男だが、人質がいるうえに、相手がほかに人間を雇っていれば、難しい状況に置かれる可能性は十二分にある」

そう、この騒動は痴情のもつれではない。そのはずである。だが。

「……疑問は、ほかにも残っています」

不自然な点があるのだ。

「エレノア嬢が恋人を盾にされて、シュライフ長官への復讐に利用されているのだとして、なぜシオンを連れ去る必要があったのか、ということです」

そこが腑に落ちない。

なぜ、あの状況でシオンを連れ去る必要がある。シオンを何に使うつもりなのだ。

「その男は、名前をなんというのです」

ルブラン法務官の問いかけに、やけに胸騒ぎがする。

「男の名はクレイグ・ケルナーだ。地方貴族の出で、東部のレジットからこちらに出てきたはず」

ルブラン法務官は数秒その名を吟味したが、やがてゆるゆると頭を横に振った。

「こちらで把握している人間に、その名はないな」

過去、シオンと関わりがあったり、一方的に何かを迫ったりした人間ではないらしい。

「でも、そのケルナーがひとりでこの事態を画策したとも限りませんよね。共犯者がいるのかもしれない。もしいたら、その共犯者に何か意図があったのかもしれません。だから、この結婚式の日が選ばれたと考えれば」

「ケルナーの目的はシュライフ長官になんらかの損害を与えること、共犯者がいたとするとそっちの目的はシオンで、お互い利益が一致したとか……え、それシオン大丈夫なやつ？　大抵のヤツの動向は把握してたつもりだけど、待って、おい、ニグラス、共有リストの特に要注意だった上から三人は」

「全員所在が確認できた。今も継続して見張りをつけてるが、怪しい動きはないと」

サスの呼び掛けに、すぐさま答える声がある。

同僚の皆が、ありとあらゆる手段を使って現状把握に努めてくれている。

「東部……」

「ルブラン法務官？」

騒然とした現場の中、ふとつぶやかれたルブラン法務官の声が気になった。

そこに、外から報告が飛び込んでくる。

「治安維持部隊に確認取れました。本日の通報案件の中に、女性の拉致《らち》を目撃したようなものはありませんでしたが、妙な落とし物に不安を覚えた住民からの相談はありました」

「落とし物？」

「はい、女性のものと思われる髪です。色は栗色、長さは五十センチ以上あるらしく」

そんなものが突然道端に落ちていれば、普通ぎょっとする。

「シュライフ長官、ミア・レイルズ嬢にお会いになったことは」

「……たしかに、茶系の髪だった」

その場の全員に緊張が走る。

切り落とされた髪がもし本当にミア嬢のものなら、相手は加害を躊躇わない輩《やから》だ。

髪くらい、とも考えられる。切っても痛みが出る訳ではないし、脅しの初手としては有効だ。それ以上の度胸や加害の意識が、犯人にあるかは分からない。

だが、髪であっても一度躊躇《ちゅうちょ》なく危害を加える経験を持てば、そこから弾みがついてしまう可能性もある。

「断定はできませんが、関係がある可能性は捨てられないと思います」

「それが発見された場所は？」

「城下北部の十三番通りとのことです」

「捜索の人員をそちらに振れ、治安維持部隊にも協力要請を。誘拐事件だ。ミア・レイルズの件はこちらの憶測だが、少なくとも娘はシオン・ルブランを脅して連れ去るという行為に出ている。治安維持部隊が動く理由にはなるだろう」

「はっ、承知しました！」

そして報告に上がった男と入れ違いに、一旦退出したフェリクス氏が戻ってくる。

「父上」

そうしてルブラン法務官の耳元で何事か囁いた。

眉間の皺が深くなる。それから深い深いため息。

「……どうされました」

「今回の件、その気になればシオンは令嬢のひとりくらいその場で取り押さえられるのに、そうしなかった。それは彼女の切羽つまった様子から、感じられるものがあったからのはずだ」

もしかすると、と続けられる。

「シオンの性格を、そして困っている者は助けよという、騎士の精神をうまく使われたかもしれない」

そう言われて、胸騒ぎが大きくなる。

俺はシオンの過去をすべては知らない。知られたくないこともあるだろうと思う。

でも、こんなことになるのならもっとよく聞いておくべきだったのかもしれない。

「……シオンには、向こうからは決して近づけない相手が、接近禁止の制約魔法をかけられた相手がいる。シオン自身が許さなければ、一定の距離以上は近づけない」

「制約魔法……」

簡単に科せられるようなものではない。そもそもそれは刑罰なのだ。

つまり、国からそこまでされるほど、シオンに仕出かした人間が過去にいるということで。

「対象は男、この王都の生まれですが、両親が東部の出身のため発音に多少東部の訛《なま》りが混じる。両親の故郷へ帰省することもあったと考えると、出身地繋がりでケルナーとの関係も疑える。——

まぁ、そこの真偽は、今ははっきりせずともいいのです」

ふと、ルブラン家の女性陣が目に入る。いつも感情が読み取れない笑顔でどっしりと構えている印象が強い夫人でさえ、男の存在が浮上したからかその顔を青ざめさせていた。

「先ほど確認が取れました。男の所在は万が一を考えて確認しており、昨夜、ひとりで暮らす借家へ戻ってからは外に出ていないはずだった。だが……」

フェリクス氏があとを引き継ぐ。

「改めて中を確認したところ、もぬけの空だったと報告が。部屋は二階なのですが、どうやら裏手の窓から飛び降りたようです。できない高さではない」

推測ばかりだ。状況証拠ばかりだ。実際はどうか分からない。だが、その推測と状況証拠はすいすいと繋ぎ合わせていくことができてしまう。

「……その男は、一体シオンに何をしたのです」

こんなほかの人間がたくさんいる場所で、問うべきことではなかった。だが、気づいたときには言葉が口から零れ出ていた。

「私は以前、君に言ったはずだ。人間というのは一見まともに見えても、どういう問題や気質を心の内に抱えているか分からない、と」

たしかに、言われた記憶がある。

シオンなら大丈夫だ、人を守り、自分を生かす方法を、騎士として十分知っている。だが、今間近に迫っているかもしれないその人間は、もしかするとシオンのトラウマに触れるほどの存在ではないのか。であれば、シオンがその能力を十分に発揮できない可能性もある。

焦りともどかしさに揺さぶられていると、馬の手配ができた、おそらく対象と思われる馬車が三番通りを北上しているとの情報ありと、先ほどとはまた別の騎士が式場内に駆け込んできた。

第九章　意中の騎士に出会うその前の、
思い出すに値しない最低最悪の過去の出来事について

少し乱暴なスピードで、馬車は街中を駆けていく。

エレノア嬢とふたりきりの車内、オレは彼女と向かい合うようにして席に着いていた。

そう、向かい合うようにして。ナイフはとっくに首筋から離れ、ぎっちり握り込まれたエレノア嬢の手の中で小刻みに震えていた。

さぁどうしたものか、と思案する。

「エレノア嬢……」

石畳を転がる車輪の音はうるさい。その合間を狙うようにして声をかける。

「もう大丈夫です」

俯いていたエレノア嬢の顔が、弾かれたように上げられた。悲痛な色がそこには浮かんでいる。

「……っ、ルブラン騎士」

「大丈夫」

オレが繰り返すと、彼女の表情は不安に突き崩され歪んだ。

「ごめんなさいごめんなさいっ」

堰を切ったようにその唇からとめどなく零れ落ちたのは、謝罪の言葉で。

「ごめんなさい、一生で一番の、大切で特別な日を」

「エレノア嬢、大丈夫」

「こんな台無しにするようなこと……！」

少し躊躇《ちゅうちょ》はあったが、その肩に触れる。一定の、ゆったりしたリズムを心がけて、ぽんぽんと叩くのを繰り返す。そしてそっと握っていたナイフをその手から引き抜いた。

「大丈夫、最初はびっくりしたけど、ちゃんと分かってます」

そう、最初こそ虚を衝かれ驚いたし、反射でアレクを見もしたが、何から何まで整合性のない展開だったので、途中からはこれがそのままの形で受け取るべき事態ではないと予見していた。

「でもっ」

「落ち着いて。オレは分かっていてついてきました。謝罪はいりません。式なんて、あとで続きからすればいいんですから」

オレは丸腰だったし、首筋に当てられた刃物だってたしかに危険は危険だった。

でも、業物《わざもの》の扱いに慣れていない非力な令嬢と現役騎士である。そもそも人質に取られるような相手ではない。すぐそばにいたアレクだって、きっと突ける隙はいくらでもあったはず。

エレノア嬢は全方位に注意を払わないといけないのに対し、こちらは彼女さえどうにかすればいいだけの状況だった。

でも、そうしなかった。そうすべきではないと、直感したから。

「いいですか、あなたはただ是と言えば、それでいいのです」

揺れる馬車の中で、オレは彼女の顔を覗き込むようにして問いをひとつ。

「騎士の助けが必要ですね？」

「………っ！」

彼女はまた泣きそうに顔を歪めてから、絞り出すように懇願した。

「必要と、しています。助けてください」

「分かりました。騎士として、あなたをお助けします。ではこれ以降、謝罪は必要ありません。まずは何があったのか、教えてください」

彼女はアレクを好いてなんかいない。

オレを泥棒猫だなんて思っていない。

式場に乗り込む理由など、ひとつも持っていないはずなのだ。――本来なら。

けれど彼女は式をめちゃくちゃにして、オレを人質にして連れ出した。

そうしなければならない状況に追い込まれた。

「ミアに、ミアに何かあったら！」

まず最初に彼女はそう悲痛な声を上げた。

「ミアさんというのは？」

「わ、私の恋人です」

「ミアさんがどうされました。人質にでも取られましたか？」

問いかけると、何度も頷く。

あぁ、やっぱり。彼女は大切なものを盾にされて、こんなことをするしかなくなったのだ。

「あの子と街中を並んで歩いていたところを、男ふたり組に路地裏に引っ張り込まれました。その男たちがミアを人質に取って、刃物を突きつけて」

「男たちは知っている相手でしたか」

「ひとりは知らない男でしたが、もうひとりはウチの屋敷で雇用していた男です。以前、家の金銭を着服していることが発覚しクビになりました。父はその男を訴えると言っていたのですが、その前に男は行方をくらましてしまって。今日までどこで何をしているのか分からない状態でした」

なるほど、シュライフ家に対する怨恨がある男の犯行らしい。

「……御者《ぎょしゃ》の男は仲間ですか」

この問いかけに、エレノア嬢は頷いた。

「そうです。でも、お金で雇われただけの者のようです」

小窓からそっと御者《ぎょしゃ》の様子を確認する。荒い運転は通行人を撥ねやしないかとひやひやさせられるが、スピードを出すことに集中しているからかこちらを特別気にする様子は見えない。

「あの男、クレイグと言いますが、クレイグはウチの家を逆恨みしています。着服が発覚したときに、皆の前でそれが明かされたことも恨みに思っているようでした。父はあのとき本当に怒っていて、強い言葉で糾弾しましたから」

「クレイグの目的は、ではなんでしょう。何を要求されました？」

「……父に恥をかかせることが目的ではないかしら」

少し考えてから、エレノア嬢はそう口にした。

「出席している部下の結婚式に娘が乱入して、錚々《そうそう》たる参列者の前でみっともなく騒ぎを起こせば、いくらか醜聞は立つでしょう。おそらくこのあと戻れば、ミアと一緒に私のことも拘束するつもりです。それできっと身代金でも要求するつもりじゃないかしら。顔も割れていて、騎士団を敵に回すような真似をして、うまくいくようには思えませんが、そこはもう失敗前提なのかもしれません」

捕まっても、シュライフ長官にある程度ダメージは与えられる。娘の乱入事件で恥をかかせ、人質に取った娘を傷ものにしたり、殺してしまうことだって最悪できる。

腹いせに何かを壊したいだけなら、目的を遂げることは可能だろう。

だが、まだ違和感が残る。

「流れはおおよそ掴めました。では、そのクレイグが式に乱入しろと？　式の予定はどこから聞いて把握したのでしょうか。……どうして、オレを連れ出す必要があったんでしょうか」

シュライフ長官に恥をかかせたいのは分かる。それにこの式を利用しようと考えたのも、結果から逆算すれば、まぁ使えるイベントだっただろうなとは思う。

だが、そもそもどこでどうやって今日のオレたちの式を知った？　このイベントを使えると判断した？　どうしてエレノア嬢はただ騒ぎを起こすのではなく、オレをあの場から連れ出したのか。

オレを引きずってきたエレノア嬢に、御者《ぎょしゃ》の男は何も言わなかった。

つまり、これは予定された流れ。

初めからオレは連れていかれなければならなかった。彼女がオレを犯人のもとへ引っ張っていっても、犯人たちはそれを助けを呼んできたとは見做《みな》さないということ。

エレノア嬢の瞳が涙に揺れる。彼女は次の瞬間、深々と頭を下げた。

「ごめんなさい、あなたと引き換えにミアを解放すると言われて、それで私……！　ごめんなさい、ごめんなさい、あなたを勝手に天秤にかけた」

「大切な人を人質に取られて条件を突きつけられれば、従うほかありません。それになんの武器も武道の嗜《たしな》みもない女性と騎士のオレを比べれば、犯人に捕まってもオレのほうがまだどうこうできそうだって普通に思うものです」

「……けれど、ひどく勝手な行為です」

「エレノア嬢」

先ほど言いましたよ、とオレは繰り返す。

「騎士として、あなたを助けるとお約束した。そして謝罪は必要ないと」

一方的に利用された、巻き込まれたという憤りは別にない。

「オレを連れてこいとは、そのクレイグという男が？」

「いいえ」

だって、おかしいから。まだきっと、何かあるから。

「もうひとりの、男が」

そう、共犯者がいるのだ。

自身を落ち着けるためだろう、エレノア嬢が深く深く息を吐く。それでも、またその手はカタカタと震え始めていた。

「あなたを巻き込むことに抵抗がありました。要求されたとき、ためらったのです。そうしたら……っ」

クレイグがミア嬢の髪を掴んで、一息にナイフで切り落としたのだと言う。

『お嬢さん、死なない程度に痛めつける方法なんていくらでもあるんだぜ？』

従わなければ、ひとつずつ傷をつけていくと脅されたらしい。

爪、指、耳、腕、目だってふたつあるんだから片方くらいなくなったっていいだろう？　と。

どこまで本気かは分からない。だが、実際に髪を躊躇《ちゅうちょ》なく切り落とされたのだ。目の前でそんなことをされれば、口だけではないのだと、男たちの暴力性は強調される。

「あの子が今もまだ無事でいるかどうかも定かじゃない……！　自分のことだけだったら、まだどうとでもやりようはあったのです。でもあの子を盾に取られてしまったら……！」

「人質は、その身が無事だからこそ人質の価値があります。負傷させれば足手まといになりますし、傷つけるぞと脅して相手と有利に交渉しようとするのですから、むやみやたらに怪我を負わせたりはしません。あなたは今ちゃんと犯人たちの指示に従っているのだから、ミア嬢を不用意に傷つける必要は犯人の側にもないはず。……もうひとりは知らない男だと言っていましたが、何か特徴は」

「……前髪が長めの、黒髪の男でした。瞳の色は薄い緑」

髪と瞳の色など、同じものを持つ人間はいくらでもいる。だが。

「身長は高めだったと思います。あと、そう、特徴といえば、首筋に二つ連なったほくろがありました。それに喋り方に少しだけ、時折東部の訛《なま》りのようなものが」

それを追加で聞いて、思わず頭を抱える。

「――心当たりが、あります」

オレを連れてこいという要求があった時点で、覚悟はしていた。

でも、よりによってアイツがここで出てくるとは。

「予想が正しければ、その男はセルゲイ・ゲイツ。昔トラブルがあった相手です。アイツは直接オレには近づけないので、あなたを利用したんでしょう。どこでクレイグと出会ったんだか」

ヤツが直接乗り込むのでなく、エレノア嬢が出てきた理由もこれで納得できる。

「……クレイグの件がなければ、もうひとりの男はこんな無茶なマネしなかったのでは？」

「さぁ、それはどうでしょうか」

経緯は知らない。全部想像だ。

だが、シュライフ長官に恨みがあった男と、オレに未だこだわりがある男が出会って、お互いの暗い欲望を共有し合って。そこに今日の結婚の話が聞こえてきて。

誰かを害することだけが目的の、死なば諸共の腹いせなのかもしれない。

「どちらが先に企みを持ったのかは分からない。オレの事情に、あなたを巻き込んだのかもしれません。……だからまぁ、半分ずつだったということにしましょう。そもそも我々は負い目を持つ必要はない。こんなことを仕出かしたヤツが絶対的に悪い」

御者《ぎょしゃ》の様子を気にしながらそっと外を覗き、街並みを観察しながら現在地を予測する。

少し考えてから、階級章を外した。

本来、雑な扱いは決してできないものだ。それに馬車はスピードを出しているので通行人への危険も考えなければならない。

だが、慎重にタイミングを計って窓の向こうへ手放す。

「大丈夫」

「どうして、そう言い切れるのですか。私は犯人に言われるまま、あなたをとんでもない危険に晒しました。治安維持部隊に駆け込むでもなく、あなたを差し出すことを選んだのに」

「そうかもしれませんが、こちらは分かっていてついてきた訳です。あなたをあの場で取り押さえることもできたのに、それをしなかったのはこちらの判断だ」

もしかしたら、そこまで犯人側の計算のうちだったのかもしれないと思う。

そもそも、計画がザルだ。エレノア嬢を使うのは目眩ましにはなるが、その場で虚を衝いて刺すならともかく、彼女の細腕で男ひとりを引っ張ってくるなんて現実的ではない。

異変を感じ取って、彼女の事情を汲もうとしてきっとオレが乗ってくる。そういうふうに読んでいたと考えるほうが、しっくりくるものがある。

それに、とオレは続けた。

「あなたはヒントをたくさん置いてきた。あそこに、どれだけの人物がいるかちゃんと分かったうえで」

彼女は、ただただ犯人の言いなりになった訳ではない。制限された状況下で、できる精一杯をした。この状況に追い込まれて、あれだけ機転が利くのはさすがだ。

「今頃もうアレクたちは間違いなく動き出してます。それに戦場も不審者も、誘拐も人質も、普通の人間よりずっと多くの修羅場を経験してるので、経験値でいえば圧倒的にオレが有利ですよ」

「ルブラン騎士……」

アレクはきっと動いている。あの場にはオレよりずっと経験豊富な上官もいる。きっとすぐに状況を把握して、こちらの居場所も掴むだろう。

それまで、エレノア嬢とミア嬢の安全を確保して時間を稼げばいいのだ。

「あともうひとつ」

緊張は思考も身体も硬直させてしまう。少しでもそれを緩めようと、オレはエレノア嬢に微笑みかけた。

「エレノア嬢、よければシオンと名前で呼んでください」

「え……」

「ご存知でしょう？　オレ、このあとすぐにウィストン姓になるんですよ。アレクとの区別も必要ですから、ぜひ」

何も気に病まなくていい。きっとすぐに解決する。そのあと式を仕切り直して、そうしたら晴れてシオン・ウィストンだ。それは十分実現可能な、すぐ先の未来の話。

「――分かりました」

エレノア嬢はこちらの伝えたいところを理解してくれたようだった。にこり、動揺を抑え込んで麗しい笑みをその顔に乗せる。

「シオンさん、ではどうか、ミアのためにそのお力を貸してくださいませ」

「……はい、任されました」

――その男と出会ったのは、すべての市民に開かれた城下の王立図書館だった。

当時オレが図書館に通い始めた理由は、ただの時間潰しだった。特別申請を経て入るような閉架や人通りの少ないエリアは避けるようにしていたが、場所を選べばそれなりに平穏に過ごせるのが都合がよかったのだ。

その頃のオレは、分かりやすくやさぐれていた。何もかもに嫌気が差していたし、憤っていた。オレにまともに接してくれるのは、下心なく優しさを向けてくれるのは、家族だけ。心安らげる場所は家族のそばだけで、だけれど、散々迷惑をかけているのに大切にしてもらうことに申し訳なさが勝ってきて、家にも居辛くなる始末。

十五歳、多感なお年頃というやつだ。

誘拐も、変質者も、おかしな商売に利用されそうになるのも、腹は立つけどもう慣れっこだった。だが、この頃になると恋愛というものが、オレの人生を危うくしていた。

求愛、つきまとい、実際にはない虚言の交際。今までにもなかった訳ではないが、その比率はぐっと上がった。同年代が皆、色恋を自分事として捉えるようになったからだ。

『どうして無視するの』

『ずっと一緒って言ったよね』

『君のことを誰より愛してる』

『オレの恋人になることの、何がそんなに不満なんだ？』

向けられた身勝手な言葉が、いつも頭の中でこだましていた。

自宅に訳の分からない贈り物をされることもある。もう滅多に手元に届くことはないが、使用人がこっそりと片づけていることは知っていた。

夜中、両親が頭を抱えてどうしたら安全な環境をあの子に与えられるかと悩んでいることも知っている。

『こんな顔じゃなかったら……』

面の皮一枚で人生に困難が満ちている。人に迷惑をかけまくって生きている。

否定はしたくないと思っていた。オレは悪くないし、この顔自体が悪いのでもない。そういうことを言えば両親が気に病むのも分かっていた。

『でも』

書架の合間、窓ガラスに映る自分の顔を眺める。

憎たらしいくらいに整っている。

自慢じゃない。ただの事実だ。どうしようもない事実。

『いっそ……』

いっそこの顔に傷のひとつでも入ってしまえば——そんなどうしようもない考えが過《よぎ》る。

でもそれで波が引くように皆がオレから離れていけば、オレはその事実にまた傷つくのだろう。

勝手に寄って集ってきていたクセに、顔が傷ものになれば価値がないのだと分かりやすく見せつけられたら、それしかオレにはないのかよ、ときっと思う。この顔がなければオレという人間に価値はないのかと。

でも、傷をつけるなんて結局現実的じゃない。誰も幸せにならない。

だから、できるだけ人と関わらない。対処療法だが、それだけができることだ。

そう言い聞かせて、窓から目を背けたときだった。

『おっと』

『えっ』

振り向きざまに人とぶつかりそうになる。そんなそばにまで誰かが接近していることに、まったく気づかなかった。警戒の色を濃くして確認すれば、相手は自分より背の高い青年。

『すまない。そこの本を取ろうとして、思ったより迫ってしまったみたいだ』

少しクセのある柔らかな黒髪の向こうで、薄緑の瞳が柔和な笑みを宿した。

指し示されたのは自分の頭より二段ほど上の書棚。オレでは少し厳しいが、彼なら余裕で届く高さだ。

『っ、すみません』

『いや、こちらこそ。ちゃんと声をかければよかった』

お互いに謝り合って、軽く会釈をしたあとにオレからその場を離れた。

最初はそれだけ。本当にそれだけ。

それが、セルゲイ・ゲイツとオレの出会いだった。

それからも、セルゲイとは時折図書館内ですれ違うことがあった。

オレは常に警戒モード全開だったので、決して自分から近寄るようなことはしなかったし、その姿を見かければ気づかれる前に書架と書架の間に逃げ込むことも多かった。自意識過剰な反応に思われるだろうが、会釈ひとつが命取りになることはある。

相手を勘違いさせてはいけない。気があると思わせてはいけない。誘惑してはいけない。隙を、見せては。

外で生きるのには制約が多かった。それなのに完全に引きこもるようなことをしなかったのは、ひとえにオレがとんでもなく負けず嫌いな性格だったからだと思う。

オレは悪くない。普通だし、まともだし、皆となんら変わらない。

皆と同じように生活する自由や権利がある。

意固地になって、そう言い聞かせていた時期があった。

とはいえ、向こうも図書館に通いつめているのか、どうしても鉢合わせることはある。どうしようもないときは、素っ気なく会釈を返した。同じように彼もそれ以上には何も示してこなかった。

最近トラブル続きだったから過敏になっていたかも、別に人類が皆自分に気を取られる訳ではない。普通の、きっと普通の人だ。

そのうち、そう思うようになった。

初めての邂逅《かいこう》から半年ほど経った頃には、談笑するくらいにはなっていた。

何がきっかけだったのかは、もうよく覚えていない。

セルゲイはみっつ年上で、王立大学で植物学を専攻しているのだと言った。腕に抱えている重そうな本は、たしかにいつもその分野のものだった。

どちらかというとインドアタイプの見た目ではあったが、フィールドワークにもよく行くと言っていたので、それなりに筋力はついているようだった。山中で夜を明かすこともある、危険もあるけど美しいものにも出会えるからと笑って話してみせた。

ある日、図書館の中で別の利用者に絡まれたことがあった。

オレが自力であしらったところで、騒ぎに気がついたセルゲイが遠くから慌てて駆け寄ってきた。

心配してくれたセルゲイに、そのときオレは問うたのだ。

『オレのこの顔、どう思う？』

『どうって……綺麗だなと思うよ。本当に綺麗だ、誰よりも』

セルゲイの感想はほかの人間と変わりがなくて、でもそれは単に事実なのだろうなとも思った。

『でもまぁその綺麗だ、美しいっていうのはシオンを構成する一要素であって、全部じゃないし』

だが続けてそう言われて、オレは多分そのときに心を許してしまったのだと思う。

セルゲイはオレが訊いたから答えはしたが、それ以降、オレの見てくれに対して何を言うこともなかったし、フィールドワークに一緒に行ってみないかとの誘いを断っても、すっと受け入れてくれた。オレが警戒して図書館以外では会おうとしないのを理解して、どこかへ行こうと誘いをかけてくることもなくなった。

踏み込まれすぎない安心感がそこにはあった。

会う場所は図書館だけだったけど、親密になっていった。

『シオン、ごめん、こういうことを言われるのは嫌かもしれないけど、シオンのことが好きなんだ』

だからさらに半年後、セルゲイからそう言われたとき、即刻一刀両断するようなことにはならなかった。受け止めて、考える余地があるとさえ思った。

それはオレにとってはとてもとても珍しいことで。

申し込みに、是と返したのは告白されてから一か月も経ったあとだったが、遅すぎる返事にもかかわらずうれしそうな顔を向けられて、少しホッとしたのを覚えている。きっと大丈夫だと、そう思ったのだ。

好き、とは少し違ったかもしれない。あとになってからだが、そう思いはした。

ただ、この人はいい人なのだ。間違いなくいい人なのだ。オレを見た目で判断していないし、オレをおかしな方向に扱ったりしないし、ただただ普通に接してくれる。そういう特別な人なんだと思った。

――まぁ、それはとんだ大間違いな判断だったのだが。

結局、セルゲイとの交際期間は三か月に満たなかった。

最初のひと月くらいはまぁ普通だったと思う。今までの友人付き合いの延長線上にあるような日々を過ごした。

少し引っかかりを覚えたのは、二か月を過ぎた頃。

オレのやることなすことを何もかも心配するようになった。どこに行くのにもついてきたがるし、それができなければこちらの予定を完璧に把握したがる。

オレは他人との不用意な接触は避けていたが、どうしたってまったくのゼロにはならない。たとえば図書館の司書さんや喫茶店の店員さんと言葉を交わしたり、通りすがり道を譲ってくれた相手に会釈をしたり。

それくらいは、生活していれば当然発生する。

でも、セルゲイはそういったものにも目くじらを立て出した。

心配している、と本人は言っていたか。

そう、心配している。オレを。

だから、オレに対してどうこう言うのではない。

『いやらしい目でシオンを見ていた』

『必要もないのに秋波《しゅうは》を送ったりして』

『あんなふうに声をかけるなんて失礼だ』

落ち着いたほうがいい、ちょっと変だよ、と言うとその場では謝る。でも、同じことはすぐ起こる。

これはちょっとまずいかもしれない。一度きちんと話し合いの場を持つべきだ。そう思った矢先のことだった。

珍しい蒐集本《しゅうしゅうぼん》が手に入ったからウチに見にこないか、と誘われた。

家ならば他者が割り込む余地がない。セルゲイも落ち着いていられるのでは、しっかり話ができるのではと思った。

大馬鹿者である。もうめっちゃくちゃに阿呆の思考だ。本当に当時の自分の甘ちゃんな判断が信じられない。

あれだけおかしいなと相手に不安になるところがあったのに、その先にどんな危うい可能性があるのか分からない訳でもないのに、家に行くなどという、迂闊な判断をして。

『いらっしゃい、シオン』

家でオレを出迎えたセルゲイは穏やかな笑みを浮かべていた。そのことにホッとした。

手に入れたという本を見せてもらい、紅茶片手に談笑を交わして、何もない、平穏な時間にさらに安堵したのを覚えている。

馬鹿。もう本当に馬鹿。

そしてホッとしたのと引き換えに、オレはここで一旦意識を手放すことになる。

「シオンさん、シオンさん？」

繰り返し呼ばれた声にハッと我に返る。

未だ揺れ続ける馬車の中、向かいの席でエレノア嬢が心配そうな顔をしていた。

「……すみません、ちょっと考えごとを」

庇護すべき対象を不安にさせてどうするのだ、逆に気遣わせてどうするのだ、しっかりしろ。

心の内で活を入れて、にこりと笑みを浮かべる。

この先にいるのがきっとセルゲイ・ゲイツだと思ったら、嫌な過去まで一気に蘇ってきてしまった。

「少し郊外のほうへ出てきたようですね」

カーテンを上げて、馬車の外の様子を窺いながらそう口にする。中心部とは違い、人気《ひとけ》はずいぶんまばらになっていた。

「んー、北のほうに抜けているなとは思ったんですが」

「北……」

「間違いないと思います。郊外に行けば多少空き家なんかも多くなりますから、犯人たちにとって都合のいい建物があるんでしょう」

あの日。

のこのこセルゲイの家を訪ねたあの日。

オレは紅茶に混ぜ物をされて意識を手放し、次に気がついたときには小さな天窓がひとつあるだけの部屋に押し込まれていた。

そう、いわゆる監禁というやつだ。

まったく身動きできないよう拘束されたり、殴られたりなんかはしなかった。

ただ、足の片方に鎖に繋がれた枷を嵌められていて、それは部屋の外へは出られない長さになっていた。そもそも、扉自体にも厳重に鍵がかけられていた。

出入りするのはセルゲイだけ。食事を運んだり、着替えなどオレの身の回りの世話をしたりするためにやってくる。

大声を上げても、ほかには誰も来ない。誰も助けに来ない。

『だってこうするしかない』

『シオン、外はお前を狙う低俗な輩《やから》でいっぱいだ』

『四番通りの花屋の娘が懸想している』

『ほかの人を見ないでくれ』

『どこにも行かなくていい、ここが一番安全だから。分かってるだろう？』

『なぁ、シオン。愛してるんだ。愛してる。俺はシオンの恋人だ。そうだろう？』

『シオン、お前だって俺を愛してるんだから、俺がこうする理由が分かるだろう』

『受け入れてくれるだろう？』

『大丈夫、安心していい。ここでずっと大切にしてあげるから』

理解できない言葉をたくさん並べ立てられて、何を言っても言葉は通じなくて、足枷が外れることは決してなくて。

監禁されたのは半月弱だったか。要請を受け現場に乗り込んできた騎士団の面々と、ぎょっとするほどやつれた父のことをよく覚えている。

「……馬車の速度、落ちてきましたね。そろそろどこかに停まりそうだ」

ふと、揺れの体感からそう気づく。

「ミア……」

エレノア嬢は不安そうに恋人の名前をつぶやいた。

「エレノア嬢、これを」

オレは少し考えてから、胸元に付けていたひとつのブローチを取り外した。

階級章でもない。騎士団関係のものでもない、装飾のひとつだ。金の台座に濃い赤の石が嵌められている。

「預かってくれませんか」

「え」

「家族から贈られたものなんです。お守りにって。ほら、台座に刻まれた意匠、よく見かけるものでしょう」

子を、友を、夫を。

新しい地へ送り出すときに持ち物に刻む紋様が彫り込まれている。

エレノア嬢が手を出してくれないので、オレはひと言断ってから彼女の手首に触れ、手のひらにブローチを落とした。

「大切なものじゃ。お守りならなおさら」

「だからです。壊れたりしては困りますから、少しの間預かっておいてください。大切なものなので決して肌身離さず、なくさないようにお願いします」

そっと、握り込ませる。

「……それは、もちろん」

エレノア嬢がオレの言葉を吟味してから真剣な表情で頷いたのと同時に、ガタン！　と大きな音を立てて馬車がようやく停車した。そのあと、車体がぐらりと揺れたのは御者《ぎょしゃ》の男が御者《ぎょしゃ》台から降りたから。すぐに外から馬車の扉の鍵が外される。

御者《ぎょしゃ》の男は何も言わなかった。目深に被った帽子の下で、降りろという意思を込め、ただ顎をしゃくる。

オレが先に降りて、エレノア嬢をエスコートする。

しばらくぶりの開けた空間は、石造りの小ぢんまりとした一軒家がまばらに並ぶ区画だった。人影はなく、閑散としている。

ガラッとまた車輪の回る音が背後からした。

「え」

馬車はさらに王都の外を目指すように北へ向けて走り去っていく。

「本当にただの雇われだったみたいですね」

「これ以上は関わるつもりはない、ということなのね……」

目の前には、ひとつの民家。扉も窓も固く閉ざされており、中の様子はまったく窺えない。だが、この家の真ん前で降ろされたということは、そういうことなのだろう。

「エレノア嬢は、少し離れたところに下がっていてください」

そう告げれば彼女はコクリと頷き、言う通りにしてくれた。

コンコン――

まずは扉をノックしてみる。

「……入れ」

返ってきた低い声が、セルゲイのものかどうかは分からなかった。だが、扉のノブを回し始めた瞬間、悲痛な声が飛んでくる。

「エレノア、来ちゃ駄目！」

あぁ、やっぱりエレノア嬢の恋人は人質に取られ、ここにいるのだ。

いくらなんでもいきなり切りかかってきたりはしないだろうと、警戒はしつつも扉を開いた先は、昼間だというのに薄暗かった。

「あぁ、シオン」

それでも、視線は真っ先にその男に引き寄せられる。

「元気そうで、幸せそうで何よりだ」

「――っ」

セルゲイ・ゲイツ。

やっぱり、コイツだった。鳩尾《みぞおち》に嫌な感覚がじくじくと生まれる。最低最悪なあの半月が頭の中に蘇る。

歪んだ執着に囚われた瞳が、舐め回すようにオレに向けられていた。

「シオン、会いにきてくれてうれしいな」

「そういうふうに仕組んだ、の間違いだろ？」

相手を警戒しつつ、素早く内部の把握に努める。

屋内はそれほど広くはない。天井も低い印象を受ける。空き家になってから長いのか、傷みが目立つ家具がまばらに残されていて、空気は埃っぽい。

そんな部屋の真ん中に、椅子に座らされた女性がひとり。ミア嬢だ。

その右脇にセルゲイが立っており、左脇にいたもうひとりの男はミア嬢の肩口を掴んで立ち上がらせないようにしていた。

彼女の手は後ろ手に縛られているようだが、足は拘束されていない。それに縛られている手も、身体の揺れを見るに椅子そのものに括りつけられている訳ではなさそうだった。

そんなことを観察しながら、オレは口を開く。

「要求通りにエレノア嬢はオレをここに連れてきた。そちらの彼女は解放すべきだろ」

「そういう訳には」

聞き入れられるとは思っていなかったが、左脇の男――クレイグは絶妙にイラっとする嘲笑を含んだ声音で応えた。

榛《はしばみ》色の髪、背はオレより高く、筋骨隆々という訳ではないが、骨格がしっかりしている印象を受ける。武道の嗜《たしな》みがあるかどうかは分からないが、人質を取られている以上、こっちのほうが不利な状況だ。

もちろん、彼女の安全さえ確保できれば、負ける相手ではない。こちらはそういう輩《やから》相手の訓練を重ねている。

「約束を守らないとは、紳士の風上にも置けない」

「紳士はそもそもこんなことを仕出かさないいんじゃ？」

それもそうだ。

視線をクレイグからミア嬢に戻す。

栗色の髪はオレから見て右側だけが、顎の下あたりから無残に切り落とされていた。反対側はクセのない艶やかな髪が背中の中ほどまで伸びているので、ずいぶんな長さと量をやられたことになる。

けれど、あとはドレスの裾がいくらか汚れている程度で、それ以上に暴力を振るわれたようには、表面上は見えなかった。

ギリギリのところだとは思う。けれど耐えてくれている。パニックになって、オレやエレノア嬢の言葉が届かないなんてことにはならないだろう。それだけで十分だ。

「お前の身柄と、こっちの令嬢の交換が成立すると本気で思ってたなら、あのお嬢様はずいぶん可愛らしい思考の持ち主だな。この状況はただ、オレとセルゲイ、それぞれに必要なものが揃ったってだけなんだから」

「……でもせめて、エレノア嬢にミア嬢の無事くらい確認させてもいいんじゃ？　言いつけ通りオレをここまで連れてきた褒美があってもいいだろ。あと、人質は無事だからこそ脅しに使える。エレノア嬢は、彼女が不用意に傷つけられていないか心配していた。きちんと確認させないと」

クレイグはなぜそんなことを、といった顔をした。

仕方がないので言葉を足すことにする。

「あぁ、女性であってもこれ以上人数が増えると抑えられないからか？　自信がないなら、そもそもこんなことは仕出かすべきじゃなかったんじゃ？」

「はぁ？」

「クレイグ」

オレの煽りに反応しかけたクレイグをたしなめたのはセルゲイ。ふたりは小声で何事か囁き合う。

「きゃっ」

やがてクレイグのほうがため息をつきながら、無理矢理にミア嬢を立たせた。

「もたもたすんな」

「ひっ」

そしてその細首に手持ちのナイフを突きつける。

ミア嬢が縋るような目でこちらを見た。

「お前の提案に乗って、お嬢さん方を再会させてやろうじゃないか。ただし、お前はこのままここに残ることが条件だ。それを破ればこの顔に刃を立ててやる。こっちは捨て身だ、脅しじゃないぞ」

クレイグはミア嬢を連れて、玄関扉に向けて歩き出す。擦れ違う瞬間、今ここで彼女を奪還できるか計算が働いた。

だが、もっと確実な策を取るべきだと理性が囁く。

首元のナイフは皮膚に触れている。少しでも誤れば太い血管を傷つける結果になる。

それにクレイグを一発で沈められるか、沈めたあとにセルゲイもすぐさま押さえつけられるか。

できる、とは思う。

だがそれは純粋に力比べとなった場合だ。

こんなことを仕出かしたふたりだ。何かヤバイもの、即効性の高い薬品等を仕込まれていればこちらも分が悪い。オレの負けは単にオレだけを脅かすのではなく、背後のふたりの命をも危険に晒すことを忘れてはいけない。

結局、怯えた目をこちらに向けた彼女に、大丈夫、心配ないと伝えるために笑みを向ける以外のことはできなかった。

「あとはそっちでよろしくやってくれ」

クレイグはご丁寧に扉まできっちり閉め、こちらが何も確認できないように、助けに飛び出すにも初動が遅れるようにしてくれる。

扉が閉まれば、部屋の中はさらに暗くなった。カーテンの隙間から零れ射すわずかな陽光が、部屋の中を舞う埃を照らしていた。石壁を隔てて、エレノア嬢が恋人の名前を叫ぶ声が届く。

大丈夫。

セルゲイをしっかり視線の先に据えながら、心の中で繰り返す。

大丈夫、オレは計算している。最善を知っている。打てる手を打っている。エレノア嬢が、式場でそうしたように。

「シオン、まずは上着を脱いでくれ」

だが、相手からのいきなりのその要求には動揺した。動揺したというか、拒絶の心が湧き立った。

しかしセルゲイにも言い分があるらしい。

「いや、違う違う。そういう意味じゃない」

じゃあどういう意味なのか。

「お前は騎士だ。式の日だったとはいえ、その上着に何が仕込まれているか分からないだろう？」

なるほど、用心してのことらしい。たしかにそうだなと思うと同時に、得物がなくとも腕力でどうにかできるという発想はないのだろうかとも思う。

セルゲイと親しかった頃、オレはただの子どもだった。非力で、抵抗する術を大して持ち合わせていなかった。この男の頭の中のオレは、まだ非力な少年のままなのだろうか。

「……」

いや、オレの結婚を知っていたことといい、今までも近寄れなかっただけで、こちらの動向は調べていたと考えるべきだろう。本人の口から騎士という単語も出てきている。

ひとまず、指示通り真白の上着を脱ぐ。

心許ないとも感じるが、飾りがたくさんついた厚みのある生地だ。なくなれば身軽になった、可動域が広がった気もする。

「ナイフは？」

「外の女が持っていただろう。こちらが持たせた」

「……」

セルゲイはオレの上着に何か仕込まれていないかと警戒していたが、今日は結婚式だったのだ。武器になるようなものは何も携帯していなかった。そんな中、エレノア嬢が持っていたナイフは唯一オレの得物となった訳だが。

「シオン、ズボンのポケットの中身を見せてくれ」

「………」

温存しておきたい、という気持ちはあった。

だが、それ以上に余計な刺激を与えたくない。先ほどセルゲイとクレイグが耳打ちしていた会話の中身も気になる。例えば何か合図を決めていて、それに伴い外にいるふたりに危害を加えられたら。

両のポケットの生地を引っ張り出せば、その片方からエレノア嬢から預かったナイフが転がり、カン！　と床を打つ音が響いた。

「これで満足か」

上はシャツを着ているが、生地は薄い。この下に何か隠していればきっと服の上からでも確認できる。

「シオン、近づいても？」

これ以上脱衣を要求されるのは御免だと思っていたら、次にヤツは許可を求めた。

そう、許可を。

セルゲイには制約がある。接近禁止の制約魔法は、定められた距離以上に許可なく本人に近づけない。対象が近くにいれば発動し、身体が問答無用で硬直する。

例外は、こちらが制約を科せられた当人を認識したうえで、自ら近づいた場合。

それから、名指しで接近の許可を出した場合。

「セルゲイ。いいぞ、許可する」

どのみち、コイツをどうにかしようと思ったら、今以上に近づかなくてはならないのだ。腹を括って許可の言葉を口にすれば、セルゲイはうれしそうに笑った。

うれしそうでうれしそうで、見ているだけで気分が悪くなった。

オレとコイツの間にある認識の違いがどれだけ深いのか、突きつけられた。

「シオン、会いたかった」

靴底が床を擦る音。

「……自分が、何したか」

「誤解があった。不幸な誤解だ」

一歩、また一歩と男が近づいてくる。

「誤解？　ただの誤解を法が裁くか？」

「他人からの理解は求めてないからどうでもいい。それにボタンをかけ違えたのなら、もう一度留め直せばいい。そうだろう？」

話が通じない相手なのは明らかだ。もはやかけ直すべきボタンすら、吹き飛んでなくなっている状況なのに、それをまるで理解していない。

分かっていたが、ゾッとする。

あのときの恐怖と絶望は未だに残っている。普段は鍵をかけて奥底にしまい込み、思い出すことがあっても恐怖ではなく怒りに変換するよう努めてきたけれど、それでもたしかにオレの中に残っている。

誰も来てはくれなくて。何をされるか分からなくて。オレの心は尊重されなくて。

一生ここで、このままなのかも。どうしてこんなことに。どうしてこんな迂闊なことを。どうして、またこんな家族に心配をかけるようなことを。どうして。

理不尽に抗う術を、知恵を持たなかった。相手を憎んだけれど、自分のことも嫌悪した。

でも、大丈夫。

生々しく記憶は残っているけれど。

大丈夫。今ここに立っているオレは、あの頃のオレじゃない。

自分の手でどうにかできるだけの力を、経験を、知恵を、あの頃よりは遥かに身に付けている。

それに、頼りになる仲間だってたくさんいる。

「だってシオン、俺はお前に選ばれた。誰も選ぼうとしなかった、お前に」

その発言に、なんとなく歪んだ執着の原点を見た気がした。

あぁそうか、勘違いさせたんだなと気づく。

いや、はた迷惑な勘違いだ。オレに非がある話じゃない。

でも、そうか。

オレはあの頃、特に心がささくれていて、あらゆる申し出や望まぬ接触を跳ね除けていた。誰のことも受け入れなかった。選ぶ気がなかった。

そんな中でセルゲイと親しくなり、あまつさえその交際の申し出に是と返した。

あぁ、それはどれほどの特別感だっただろうか。

「シオン」

男の手が頬に触れる。粟立つ肌に、きっと相手は気づかない。うっとりとした視線を注がれるだけ。

——特別。

誰をも拒絶していたシオン・ルブランが、唯一自分のことは受け入れた。

選ばれたのは自分だけ。触れていいのも自分だけ。自分だけが触れて、話して、その存在の特別になれる。ほかには許されていない。

きっとそんなふうに、セルゲイの認知は歪んでいった。だから他人がオレに関わるのを極端に嫌った。

「やっとこの手に戻ってきた」

ふざけんなよ、喉まで出かかった怒声をなんとか呑み込む。

どんな理由や経緯があろうと、結論は出ているのだ。セルゲイのしたことは、許されないことだった。オレの心はとうに離れているし、法もこの男を許さなかった。

「シオン、接近禁止の制約魔法もあって、だからシオンには妥協させてしまった」

「……妥協？」

だが、相手は思い込みで良識を手放す相手だ。斜め上の単語が出てくる。咄嗟には、それが何を意味しているのか理解できなかった。

「俺は容易にシオンに近づけない。周りの理解を得られない苦しみもあっただろう。だから、俺以外で妥協するしかなかった」

髪を梳かれる。指と指が潜り込んでくる感覚に怖気《おぞけ》が走る。

気持ち悪い。今すぐぶっ飛ばしたい。そうしよう。

だが、俺以外で妥協、という発言が引っかかる。

セルゲイの中では今でもきっと続いている。あの頃の交際が続いている。発言のどれもからそれが読み取れる。

つまり、この男から見れば、オレは今もなおセルゲイを変わらず好いていて。

だとすると、セルゲイ以外で妥協というのは、法で裁かれる結果になったあの事件が理由でセルゲイとはもうどうこうなれないので、一番じゃないけれど別の相手、アレクを次点の相手として仕方なく選んだということで。

――――はぁ?

はぁあああぁぁあ?

オレが? 仕方なく? アレクで? 妥協して結婚するって?

「でも、それはシオンの一番の幸せじゃない。まやかしの、誤魔化《ごまか》しの幸せだ」

プツリ、たしかに頭の中で何か切れる音を聞いた。

セルゲイの一件で、オレは本当に懲りた。疑心暗鬼に拍車がかかった。誰のことも好きになりたくない、なれない、きっと皆みたいに普通には過ごせない。愛し愛され、その果てに結婚とか、そんなものはオレには夢物語だ。そういうふうに思っていた。

でも、アレクと出会って。

最初は恋なんかじゃなかった。ただの同僚だ。

気のいいヤツだな、とは思った。気を遣えるヤツだとも。オレのことをどうこう言わないし、オレの代わりに失礼な輩《やから》に怒ってくれたりもする。

でも、オレからアレクに深入りする気はなくて。

そう、そんな気はなかったのに。単に同僚というだけのはずだったのに。

なのに、いつの間にか気の置けない友人になっていた。一緒にいると楽で楽しかった。友人なんてオレには、と思っていたのにできてしまった。

今では、オレにも騎士団の中に単に同僚ではなく友人と呼べる相手がそれなりにいる。でもきっとそういう相手が複数いるのは、アレクがいたからだ。オレと対等に友人になり、非常識な行いには非常識だと憤り、腫物扱いしないで、しかも必要以上に踏み込まないようにしてくれた。

アレクが最初に、団の中にオレがいても大丈夫な、そういうスペースを作ってくれたのだ。人間関係で躓きまくりだったオレがこんなに長く、ひとつの集団に属すことができている。

この現状は、自分の努力だけでは成し得なかったことだと、そう思っている。

警戒する自分、臆病な自分は常にどこかにいた。アレクと距離を取りたいと思ったことも、実は何度もあった。

だってもう二度とひどい目に遭いたくない。自分や他人に失望したくない。

でも、何度もそう思ったのに、結局うまくいかなかった。

だって、やっぱり隣が心地いい。

一緒にいると楽しい。

楽しそうにしてくれたら、うれしい。

自分の気持ちが友人以上のものだと気づいたのは、いつ頃だったたか。

でも、打ち明ける気は微塵もなかった。

だってアレクは一度もオレの見目に傾くことはなかったたし、親友という今のベストな関係を壊すような真似はしたくなかった。

それにきっと、そもそもオレはそういう対象じゃない。

だから、一生片想いだと思っていた。片想いのままで終わるんだって、そう思ってたんだよ。

「……オレの幸せは」

始まりはとんでもなかったし、付き合って早々につれない態度を取られたあの期間は堪えた。オレの心を、意向を無視してひとりで決めて行動したことにはそれなりに腹が立った。

実を言うと、アレクも過去の人間たちと同じで、一方的な考えを正として、オレに有無を言わせない気なんじゃないかと危惧もした。

でも違った。

「オレの幸せは、オレ自身で決めるし、選ぶ」

アレクだって人間だ。間違うこともある。

だけどそれはオレも同じで。喧嘩をしたり、こだわりどころが違ったり、全部が全部合う訳じゃない。

でも、そのたびに話し合えた。互いに尊重し合えた。

過保護なところはあるが、アレクはオレのことを信用している。オレたちは、預け合うことを知っている。

数年かけてじっくり見てきて、今度こそ心を傾けたのは間違いじゃない、そういう相手に出会えたんだと、確信している。

今はもう。

オレは、オレを信じている。

「恋焦がれて、想いが実って、愛されてるんだ」

自分の選択を疑わない。

「だから選んで、選ばれた」

セルゲイの腕が身体に回される。

この台詞が自分に向けられているものだとでも思っているのだろうか？

とんだめでたい認識だ。

突き飛ばしそうになる衝動を抑え込んで、耐えるようにシャツの胸元を握る。手のひらには布越しに硬い感触。首から下げたチェーンは、セルゲイの目にも見えているだろうか。

ひとつ、深く息を吐き切ってから、オレははっきりと口にしてやった。

「だからオレは、今日アレクと結婚するんだよ。アレクと唯一無二の一生の誓約を、するんだ」

回された腕の力が不自然に強張った。

こんな近距離で逆上させるなんて、馬鹿のすること？

いや、そうじゃない。全部全部計算の内。

「〝オレの一番はお前じゃない〟！」

そう叫んだ次の瞬間。

カッと胸元で強い力が弾けた。

直後、爆音が辺りに鳴り響く。

「………え」

土煙がすごくて、辺りがよく見えない。

でもさっきよりは風通しがいい気がする。あと、なんか明るい。おまけに言えば、解放感もすごい。

「え?」

少しずつ、土煙が収まってくる。薄煙の向こうから、青い空が覗いた気がした。

「……空?」

そう、空である。最高の天気と言えるくらいの、文句なき晴天である。

「待って」

頬を撫でるように吹き抜ける風。さらに開けてきた視界には、同じ石造りの民家が見える。いや
いや、その手前に瓦礫の山が。

「が、瓦礫……え、え?」

ギチギチと音が鳴るんじゃないかというぎこちない動きで、オレは恐る恐る背後を振り返る。

玄関扉は、もう跡形もなくて。

ふたつ、人影が見える。縋るように抱き合った状態のエレノア嬢とミア嬢だった。

「……」

オレとふたりは言葉もなく、ただただ呆然としてお互いに顔を見合わせた。

「いや、やりすぎだろ」

ぽろりと口から零れた言葉は、これ以上ない本心。

これ以外に口にできる言葉はない気がする。

屋根どころか、石造りの壁四面すべて吹き飛ばす威力。火力の設定がおかしい。過激派すぎる。

「いやアレク、やりすぎだろ⁉」

オレは今ここにいない、けれどこの事態の原因となった人間の名前を叫んだ。

「こんなにえげつないなんて聞いてない！」

人質に取られたふたりを、確実に守らないといけない状態。さらに、武器もなく、セルゲイとふたりきりの状態。

けれどオレには切り札があった。最初から、最強でとっておきの切り札が。

首から下げた、緑の石。

遠くから見れば、ただの宝石。

でも違う。それはオレのために贈られた、特別なお守り。アレクが金に糸目を付けずにオレに贈った、防護の術式を埋め込んだ魔法石。

式ではオレの用意した指輪を互いの薬指に嵌める予定だったから、今日はこっそり首から下げていたのだ。肌身離さず持っていてくれと、いつもそう言われていたから。オレだって身に付けていたかったし、心理的なお守りとしても心強かったから。

だから、セルゲイをできるだけこちらに引きつけたらこれを発動してやろうと、最初から考えていた。迷いを捨てナイフを手放せたのは、それよりも心強いものが手元に残っていたからである。

「でもでもでも！」

ちょっと強めに相手を弾き飛ばすとか、相手の身体が痺れたり昏倒したりとか、そういうのを想像していたのだ。護身の術式なんだから、想定して然るべきはそういう程度のものである。

「石造りの家を余裕で吹き飛ばすレベルのとんでもない衝撃波が出るとか、一体アイツはどんな状況を想定してるんだ⁉」

こんなことになるとは、思わなかった。

まさか発動用に定めた文言を口にしたら、こんな惨状が広がるなんてそんなこと。

「はっ！」

そしてオレは俄に不安になる。

「待て待て待て、待て、アイツどうなった⁉」

この衝撃波を一番近くで諸に浴びて、無事でいるのか。さすがにオレだって、必要以上の加害はしたくない。最悪の事態さえ浮かんで青くなって周囲を見回すと、少し離れたところに仰向けに倒れているセルゲイを見つけた。

「っ！」

本当のことを言うと、近づきたくなんかない。でも、安否を確かめなければ。

警戒はしながらも駆け寄った先で、セルゲイは微動だにしなかった。

「……みゃ、脈」

気絶、気絶だよなこれ、と恐々とその首元に指を当てて。

「つはぁあぁぁぁ」

オレは心から安堵の息を吐いた。

脈はちゃんとあった。そのほかもざっと確認したが、流血の様子もない。骨の一本や二本はイっている可能性はあったが、まぁそれくらいは仕方がないだろうと思う範囲だった。

倒れているセルゲイの腰からベルトを引き抜いて、念のためにその両手首を縛っておく。少し考えてから自分の腰からもベルトを引き抜いて、両足首も縛っておいた。これで万が一目覚めてもまぁ安心である。

そして次にオレは令嬢ふたりのもとへ駆け寄った。

あのいきなりの爆発だ。ものすごく怖い思いをさせてしまっただろう。

だが、怪我はあまり心配していなかった。放心していたとはいえ、ふたりとも自分の足でしっかり立っていたし、それより何より。

「シオンさん！　ご無事ですか!?」

「そちらこそ、大丈夫ですか……！　まさかこんなことになるとは思わず、本当に申し訳ない」

オレの謝罪に、エレノア嬢は首を横に振る。

「私たちはなんとも。だって、シオンさんが貸してくださったコレがありましたもの」

彼女がこちらに向けて開いた手のひらには、赤の石が嵌まったブローチがひとつ。

預かってほしいと言った、お守りの紋様が刻まれたもの。

これは別に、縁起物としてのお守りではない。

たしかに刻まれた紋様自体にはなんの力もない。昔から伝わる伝統的な紋様というだけ。

だが、嵌まっている石は違う。アレクがオレに見繕った石とはもちろんサイズが違うが、でもこれも立派な魔法石なのだ。

オレの心配を常にしていた両親がその昔、加害から身を守れるようにと障壁を張れる術式を込めた魔法石のブローチを贈ってくれたのである。

石をしっかり眺めて、これが一般的な宝石ではないとエレノア嬢はちゃんと気づいていた。

彼女はこちらの意図をきちんと汲んで、危険から身を守るのに石を使ってくれたのだ。その危険を犯人ではなく、オレが生み出してしまったというのは本当に本当に申し訳ないことだが。

両親のくれた石が質のよいもので助かった。障壁は爆音、爆風、あらゆる飛来物から、抱き合うように身を寄せ合っていたふたりを守ってくれたのだから。

「そうだ、クレイグ！」

「そ、そうでした！」

ハッとして辺りを見回す。

その姿を発見するのはそう難しいことではなかった。オレたちのいる場所から数歩のところに、うつ伏せに倒れている男の姿があった。

飛んできた石でも当たったのだろうか。こちらも不安に思いながら確認したが、脈は正常、目立った外傷もなし、もしかすると、あまりに突然の爆発だったので驚きすぎて気絶という可能性もあった。

もう手持ちにちょうどいいものがなかったので、とりあえず上着を脱がせてそれで両腕を後ろ手に縛っておく。

「ふたりとも、本当に怪我はないですか」

「シオンさんこそ」

「オレはこの通りピンピンしてます。ミア嬢、髪以外に何か危害を加えられましたか。痛むところがあればすべて教えてください」

「私は、特に」

ここにきて初めて、彼女と目を合わせてちゃんと言葉を交わす。

「お、押さえつけられたり、引っ張られたりはしましたが、殴られたりはしていません。大丈夫です。あの、ルブラン騎士、ですよね？　本当になんとお礼を言ったらいいか」

少し声は震えてはいたものの、彼女はしっかりとお礼を口にしてくれた。

オレはそれにゆるゆると頭を横に振る。

「お礼を言っていただける立場ではありません。これはオレにも因縁がある話でしたし。それにエレノア嬢に騎士として、ふたりをお救いすることを約束しましたから。ただそれを果たしただけのことです」

周囲に視線を滑らせると、いきなりの爆音に驚いたのだろう、そこここの建物から様子を窺っている人影が見える。正確な場所を訊ねれば、一番近くの治安維持部隊のつめ所が分かるだろう。

「……ふたりとも、まずは一旦ここから移動しましょう。クレイグもセルゲイも意識を失っているとはいえ、いつまでのことか分からない。気が気じゃないでしょう」

オレがふたりを促して、瓦礫で悪くなった足場から撤退を始めたそのときだった。

「ん?」

いくつも重なる蹄《ひづめ》の音や車輪が石畳の上を回る、大きな音が迫ってくる。

オレが馬車の窓から放った階級章がうまく治安維持部隊の誰かに拾われたか、アレクたちの追尾がうまくいったか、父の情報網が物を言ったのか。

現場を特定した見知った面々が、群を成して押し寄せてくるのが見えた。

「シオン!」

遠目にも、この惨状は伝わるだろう。建物が倒壊というか、崩壊しているのである。

特に、特に、仕込んだ本人には現状がよーく理解できているだろう。

「シオン、無事か!」

オレの無事なんか分かりきっているだろうに。

というか、お前は騎士だろう、その前に令嬢ふたりの無事を確認しろ。

というか、というか!

殺《や》っちゃったんじゃないかってめちゃくちゃ不安になっただろうが!

なんつーものを人に使わせてくれてるんだ!

助けられたのは事実だ。心強かったし、ありがたかった。

でも。でもでもでも！

「出力を！　調整しろ！　アレクの阿呆！」

オレは先頭を突っ切ってくる超過激派過保護な愛情激重《げきおも》男に向けて、思いっきり叫んだのだった。

第十章　意中の騎士と改めて新婚初夜に臨む訳だが、なかなかにハードな要求をされて羞恥心で爆発しそうな件について

「本っっっ当にどうかと思う」

オレがそう言うと、一応アレクは殊勝な顔をして謝ってみせた。

「驚かせたのは、悪かった」

式を終え、帰り着いた新居の屋敷でようやく一息ついたところで、むくむくと魔法石を発動させたときの肝が冷えた感覚が戻ってきたのだ。

あのあと。

犯人の捕縛や現場の保全などは治安維持部隊や騎士団の一部の面々に託し、アレクや親族と話し合ったうえで、オレたちは式の続きをすることを決めた。

理由はいろいろある。

後日仕切り直すとなると参列者への負担も大きいし、身内だけで極々小さくやり直すという手もあったが、聞けば参列者は皆まだ式場に残っているという。

そう、とんでもない騒ぎにはなったが、事件としては圧倒的なスピード解決でもあったのである。

それぞれの持っている情報網、追尾能力、機動力、経験値。

犯人にはいっそ気の毒というか、そもそも最初から想定しておくべきでは？　とも思うが、式場に揃っていた面子がなかなかに最強だった。事件解決のエキスパート集団みたいなものである。

仕切り直しの式には、大きな問題はなしと医師に診断された令嬢ふたりにも、急遽出てもらうことにした。

そのほうが、いいと思ったのだ。

本当のことを知ってもらうのに、すべてが無事に解決したのだと人々に印象づけるのに。

エレノア嬢は式をめちゃくちゃにした悪女でなければ、そもそも事の首謀者でもない。彼女にはやむにやまれぬ事情があり、オレたちはそれを許している。オレたちの間に遺恨はないし、彼女はオレたちにとって大切な友人であるのだと。

ミア嬢の髪は式場の人がさすがの腕前で綺麗に整えてくれて、ふたりを参列者に加え再開された式は、今度こそつつがなくすべての行程を消化し終えることができたのだ。

だが、今回のことでなぁなぁにしておけないこともある。

護身用の魔法石についてだ。

「殺《や》っちゃったかもって思っただろ」

「そんなまさか、俺がシオンに余計な罪悪感を抱かせるようなヘマをするとでも？」

殊勝な顔をしてみせたと思ったが、それも一瞬のこと。アレクからはぺらぺらと長い反論が返ってくる。

「その辺りについては調整に調整を重ねてある。目に見える効果は大きく、阿呆な輩《やから》が同じことをしようと思わないように周りをビビらせるだけの演出を、やらかしたヤツにはそれなりの痛い目を、けれどその実、正当防衛の域を出ないようにと。なかなかに骨が折れたが、実際効果は抜群だっただろう？」

「本気で言ってる？」

何を得意げに効果は抜群だ、なんて言っちゃってるのだ。褒めてもらえるに違いないと自信満々な表情をこちらに向けるのだ。

「もらった魔法石、お守りとしてありがたいと本当に思ってるよ。でもどう考えてもやりすぎな仕様だ。今回はたまたま被害が出なかっただけじゃん。でも場所が場所ならひどいことになってた」

関係ない誰かを巻き込んだり、大切なものを壊したり、そういうことになるに決まっている。

もちろん、魔法石に頼らずに済むよう、オレがしっかりしていればいいという話だが、状況によっては今回のように頼らなくてはならないこともあるだろう。

でも、今の仕様なら正直今後は使うのをためらってしまうと思う。

だが、アレクはここにきてまた恐ろしいことをのたまった。

「その辺りも臨機応変に対応できる術式だ。正直、石そのものより術式のほうに費用をかけた」

「待ってくれ、それは聞きたくなかった」

あまりに立派なサイズの魔法石。オレはもうずっと恐々とその値段を気にしつつ、けれど知らないことが幸せなのだと言い聞かせてきた。

なのに。なのに。

正直、石そのものより術式のほうに費用をかけた……？

嘘だろ。石がすでにヤバイお値段間違いなしなのに、それを上回る超緻密な術式？　アレクのお財布事情と経済観念はどうなってる訳？

あぁ、駄目だ。これから始まる共同生活《新婚》、さっそく不安しかない。もうめちゃくちゃ不安。経済観念の不一致って、かなり大きな懸念事項だと思う。

新婚ほやほやで、離婚の心配とかさせてほしくないのですが。

「まぁシオンを驚かせたり、いろいろと心配させたりしたのは悪かった。反省している。術式については追々相談していこう」

追々というか、今ここで決着つけたいんですけど。とても大事なことだと思うんですけど。

「それより、シオン」

「それよりぃ？」

けれど、アレクセイ氏は話の矛先を強引に修正してきた。

「今日はいろいろあって本当に疲れただろう。ひとまず、ゆっくり湯に浸かって心身共にリラックスしてきたほうがいい」

風呂。

たしかに魅惑的な提案ではある。

「湯の準備はすでに済んでる」

いろいろあった。そうだ、もうくたくただ。普通に式をこなすだけでもそれなりに疲れただろうに、そこにあの事件だ。少しはゆっくりしたい。

それに今日は結婚したて、新婚ほやほや、疲れてはいるけど、このあとはどう考えても初夜である。今日は疲れたからやめとくか……にはならない。多分、ならない。

「一緒に入ってくれるなら、それが最高だが？」

「そ、それは！」

だってこの発言である。

一緒に風呂に入ったりなんかしたら、絶対絶対その場で始まってしまう。やらしいことになってしまう。

それが駄目だとは言わないけど、なんというか、そう、今日は初夜なのである。なし崩しに致すのではなく、ちょっとこう改まった雰囲気で始めたほうが、お行儀がいいのではなかろうか。

「それは、まだいい。ひとりで、入る」

「まだってことは、明日の朝は？」

「明日のことは！　明日考えます！」

そんな先のこと、想像できない。このあとすぐのことしか、考えられない。

「そうか」

アレクがしがしと頭を撫で回してくる。

その動作自体はすごく乱雑で、恋人にというよりかは友人にじゃれつくような感じだったのに、
そこからするりと耳、頰を滑ってきたその手つきにはやけに含みがあって、指先はお誘いをかける

ように顎のラインをなぞってからそっと離れた。

そんな触れ合いひとつに、ぞくりと期待を高めてしまう自分がいる。

「じゃあ先に入ってきてくれ。時間は気にしなくていいぞ」

――と、言われて。

先にお湯をいただいたオレと入れ替わりで、現在アレクが身体を清めに行っていた。

「ヤバイ、待ち時間あるのなんか変に緊張する……」

まだ微塵も慣れない新しい寝室で、所在がなくてベッドの端にちょこんと座るオレは、借りてきた猫みたいになっているのかもしれない。

落ち着かなくて、何かして気を紛らわせたくて仕方がない。

何か、何かいいものはないかと思考を巡らせていると、ふと式の前に手渡されたアレを思い出した。

「たしか……」

妹たちが一生懸命選んでくれた贈り物だ。

この結婚に際して、本当にたくさんの人からお祝いの品をいただいた。それはオレとアレクふたりに向けたもので、本来一緒に開封すべきだとは思うが。

「……あれはいいかな」

身内から贈られたものだし、とオレは隣の部屋に堆《うずたか》く積まれていた品々の中から、見覚えのある青いリボンの掛けられた包みを引っ張り出してきた。

「持った感じは柔らかいんだよな」

再び寝室に戻って、するり、リボンを引き抜く。

中から姿を現したのは、滑らかな光沢を持つシルクの寝間着だった。オレとアレク、ふたり揃いの寝間着である。

「あ、寝間着」

うっとりとする心地に、指先から満たされる。

「手触りいい……」

今着ているガウンもふわっふわで着心地は最高なのだが、これもきっとお気に入りの一着になるだろう。うれしいな、早く三人にお礼を言いたい。そう思ったときだった。

「……ん？」

布地と布地の間に何か挟まっている。指触りが違う。

引っ張り出したそれは、淡いレモンクリーム色のオーガンジーの小袋だった。裏地がついているので中身は判然としないが、触り心地からこれも布製の何かだと思われる。

寝間着に付属するような何か？　いや、何かってなんだ？　上下セットの衣服なんだから、不足はないと思うけど……と少し引っかかりながらも縛られた口を開け、中身を取り出して。

「……」

オレは最初の数秒、ソレがなんなのか理解できていなかった。

布、布地です。白と淡いパステルブルーの。

布、なんだけど。

でもそのなんか、布地の総量は少なくて。やたらと繊細な感じの造りをしていて。紐とかレースの部分があって。

これ、なんだ？

「うわ――――っ!?」

疑問に首を傾げるも、次の瞬間にはソレの正体に理解が及んで、オレは思わず叫んでいた。

動揺して震えた手元から、小さな紙切れがひらりと宙に逃げ出す。爪先に不時着した美しい装飾の施されたそのカードには。

〝これは私個人からのおまけの贈り物です。お兄さま、殿方との熱い夜には、こうした小道具が抜群に効くと聞きましたわ……！　お兄さまもぜひうまくお使いになって！〟

名前がなくても、その書き文字の特徴で分かる。これは長女のレイラの字だ。

「待って待って、何レイラ!?　どこからどうやって手に入れたんだ!?　まさかこういうの、レイラも持ってるの!?　まだ早くない？　破廉恥《はれんち》では？　きょ、教育的指導！　教育的指導！」

羞恥と動揺が凄まじい。気を紛らわせたくて贈り物開封の儀を執り行ったのに、その贈り物に逆に追いつめられる。

だって、オレの手にあるコレは。

「シオン、どうした！」

オレの叫び声が寝室の外にまで響いていたのだろう。何事かと血相を変えてアレクが飛び込んでくる。

既《すんで》のところで、オレはベッドの寝具の隙間にソレを捩じ込むことに成功していた。ナイス、瞬発力。

「いやっ、なんでもな、なんでもないです！」

「なんでもないってことはないだろ」

誤魔化《ごまか》さなくては。馬鹿正直には話せない。肋骨の内側で跳ね回る心臓から無理矢理意識を逸らして、オレはごめんごめんと小さく笑ってみせた。

「いや、その、視界の端になんか虫みたいなのが！　映った気がしてびっくりして！　で、でも見間違いだったかも、はは」

だが、天はこういうとき、オレを見放す。

やましいことがあるせいか、無意識のうちに一歩足が下がっていた。でも、すぐそこはもう寝台の縁で。

ふくらはぎがマットレスにぶつかる。大した衝撃ではない、ちょっとした接触だ。

でも。

「……ん？」

バサッと何かが落ちた気配がした。いや、何かというか。

アレクの視線がその何かに注がれ、疑問の色を宿す。

あぁああ、馬鹿！　馬鹿馬鹿！　オレの馬鹿！

せっかくうまく隠せたと思ったのに、こんなベタベタなうっかりミスをやらかすとか！

オレは半分パニックになりながら、それでも持ち前の素早さを全力で活かしてその布地の塊に飛びつき、再び寝具と寝具の隙間に突っ込み直したのだが。

「……シオン」

背中に落とされた声音は妙に力があった。

あぁ、これは気づかれている。間違いなく布地の塊がなんだったのか、その正体を見破られている。

「シオン？」

「なんでもないです、許してください」

オレは寝台に噛《かじ》りついた姿勢のまま、許しを請うた。

無理だ。無理です。無理なんです。頼む。

だが、アレクセイ氏はオレの懇願をものともせず、

「見たい」

無慈悲にもそう要求してきた。

「嫌です」

「シオン、見たい」

「嫌なんですけどぉ！」

振り返り、羞恥のあまり涙目でご抗議申し上げるが、アレクセイ氏は真剣な表情でさらにひと言。

「シオンなら着こなせる」

「着こなせるか！」

あんな、あんなひらひらの！　布面積の少ない！　破廉恥《はれんち》な！

下着!!

「着こなせちゃったら逆にショックなんですけど!?」

そう、下着。

お、女物じゃん！　と叫びたくなるデザインだが、よく見ると男性用の造りをしている、どこに需要があるんだよ、少なくともオレにはないよ！　とツッコみたくて仕方がない下着のセット。そう、セット。

いや、なんで？

下は分かる。デザインはともかく、いつも穿いてるし。

でも男に上はいらないじゃん？　必要がないじゃん？　ソレにどんな機能も求めてないし。

なのにこちらの男性向けランジェリー、上下セットなのである。

上級者向けすぎる。無理です。駄目です。心が死にます。

あとレイラ、レイラ、今度ちょっとお兄さまとちゃんとお話ししよう。絶対しよう。お兄さまは君に訊きたいことがたくさんできました。

「着ないから、着ませんから、これ、オレが自分で用意した訳じゃないし！」

どうしよう、と羞恥に震えながらも途方に暮れる。

どうしよう、出だしで完全に躓いた。ここから由緒正しき（？）王道の初夜展開に持ち込めるだろうか。

無理だ、と早々に心が諦めの声を上げる。

完全にこの下着にインパクトを持っていかれた。これをなかったように振る舞うのはもう無理だし、アレクはすっごく気にしてるし、オレも最中都度思い出してしまうだろう。

なぁ、シオン、とアレクは懇願の色を滲ませた声を出してきた。

「……どうしてもか？」

自分の欲望をゴリ押しするために、そんな声を出してくるなんて。

「変っ態！」

うがーっ！　と噛みつけば、

「違いない」

とアレクは己の変態性を至極真面目な顔でお認めになった。己の欲望実現のために、何もかもを捨てにきている。

「わー！　開き直った！　開き直ったよ、お前、お前、それはな……！」

「変態だと、どれだけ罵ってくれてもかまわない。どうしても、見たい」

「……っ！」

ずいと迫られて、その謎の気迫に遂にオレは返す言葉を失った。

どうかしている。オレがコレを身に付けてるところが見たいなんて。

どうかしている。絶対悲惨な大事故になって、心に生涯消えぬ黒歴史が刻まれることになるのに。

「……シオン？」

「う、うぅ……！」

遂には、アレクの瞳は寒い冬の夜に雨に打たれている仔犬のごとく悲哀を湛え、寄り縋るようにこちらを見つめてきた。

やめろやめろやめろ、ガタイのいいガチムチ騎士がそんな目をしたって、可愛くなんか、可愛くなんか——

「うぅ、健気すぎる……深すぎる慈愛の精神……」

自分で言っておかないと、やっていられない。

「っ！」

コンコン、と寝室の扉がノックされた音に心臓が跳ね上がる。

「……シオン？」

着用にあたって、アレクセイ氏には一旦御退出いただいた。

当たり前だ。こんなもの、本人の前で身に着けられる訳がない。というか、こういうのは着てるところから見たら、多分愉しみが半減する。

「……っ」

扉の向こうに声を返すべきなのだが、喉が閊《つか》えて言葉は何も出なかった。

だって心の準備ができていない。

いや、心の準備なんて一生整う訳がない。

やっぱり無理だって言おうか。言ってもいいような気はする。

男にだって二言《にごん》があるときはあるのだ。正直、二言《にごん》どころか百言くらい物申したい。

でも。

「……は、入っても、い、いいぞ」

もう知らない。こうなったらヤケだ。好きにしろ、どうにでもなれ、やってしまえばそれ以上に怖いことはもうなくなる！　……多分。

「シオン」

アレクはやけに緊張した面持ちで入室してきた。

このむっつりめ。お前にこういう趣味があるとは思わなかった。

オレは寝台の上でガウンを着込み、正座の状態でアレクを迎え入れた。ガウンの前は当然ぴっちり閉めている。

もったいつけている訳ではない。今や、このふわもこの布地だけがオレの心を守る最後の砦なのだ。

マットレスが軋んで、アレクの腰掛けた場所が沈む。足元のバランスが崩れて、ぐらりと傾いたオレの身体は、そのたくましい胸に抱き留められていた。

早く正気を失いたい。訳が分からなくしてほしい。

そうなれば、オレのガウンの下がどんな格好になっていようと、そんなの些細な問題になってくれるのに。

「シオン」

アレクの大きな手がオレの頭に触れた。撫でながら、髪を梳いてくる。反対の手はゆったりと後頭部から背中を撫で下ろした。

まぁ、気持ちいい。それは間違いない。

アレクは何度も何度もそれを繰り返す。頬を、腕を、肩を。全身隈なく、優しい手つきでオレに触れた。

ただし、ガウンの上から。

「……？」

おかしい。一向にその先に進む気配がない。触れる手つきにも、やらしさが足りていない。

最初は緊張を解そうとしているのかな、と思った。実際柔らかな手つきは心地好く、だんだんうっとりとしてしまうくらいだったから。

でも、それにしては長い。というか、しつこい。

いつまでこんな子どもをあやすようなことを続けるつもりだ？

「アレク」

オレは一旦その手を掴んでヒーリングタイムを止めさせた。

「これ、なんの時間？」

「いや、その、お前の緊張を解そうかと思って」

訊けばアレクはもっともらしくそう言いはしたが、その目が一瞬泳いだのをオレは見逃さなかった。本人も、すぐに否定するように頭を横に振る。

「……これ以上のこと、されたか？」

口にすべきかどうか、迷いがあったのだと思う。オレに余計なことを思い出させるかもと。

だが、控えめにそう訊かれた瞬間に、何を気にかけていたのか瞬時に理解する。

「許す訳がないだろ……！」

セルゲイの件だ。

今日、ヤツに再会して、多少触られはした。魔法石を発動させるなら、できる限り近い距離に相手がいたほうがいいと思ったから、我慢して許した。

たしかに、気持ち悪くて最悪な気分にはなったけど。

「あのなぁ……あんなの、大したことないんだよ。お前が今撫で回した分で、とっくに全部塗り替えられてる。終わったことだし、もう思い出さない。これからの人生にも、アイツのために使う時間は一秒だってない。許さないけど、だからこそ心の隅のもう触れないところに捨ててやるんだ」

完全に消去することはできない。

でも、必要以上に触れたりはしない。

事件の後処理で、今後しばらくはその名を耳にすることも、説明を求められることもあるだろう。刑罰の定めを破って罪を重ねたあの男には、さらに厳罰が科されることになる。その辺りはしっかり見守らないといけない。

でもそれはなんていうか、事務処理みたいなものなのだ。右から左へ流して、それで終わりにする。そう決めている。

「俺は」

アレクの両手がオレの頬を包み込んだ。上向かされ、瞳を覗き込まれる。

「シオン、お前の人を憎むことも愛することもちゃんと知っているところを、尊敬してる」

「な、何、急に」

ふいに真面目な口調でそんなことを言われたら、照れてしまう。

でも、アレクはまだ続ける。

「シオン、お前の人生には俺には想像がつかないようなことがたくさんあったに違いない。でも、お前は今、卑屈になって自分の存在を否定したり、一周回っておかしな慈愛の精神を持ったりもせず、許せないことには許せないと言えるし、積み重なった出来事に心のすべてを持っていかれもしない」

怒涛の勢いで褒められて、処理が追いつかない。

「今日、エレノア嬢やミア嬢にそうしたように、人に手を差し伸べることができる。誰かのために動くことができる。お前は騎士なんだから当たり前だと言うかもしれないが、騎士の精神が高潔なんじゃない。そうあろうとして、実際に振る舞えるシオン自身に価値がある」

オレは別にそんな大したヤツじゃないと言いたくなるし、オレが今、人から褒められるような状態にあったとして、でもそれはオレだけの力で成し遂げたことじゃないとも思う。

最悪なことも多かったけど、人生を諦めないで、歪めないでいられるくらい、支えてくれる人たちがいたからなのだ。

「当たり前のことをと言われるかもしれないが、笑って、泣いて、怒って、そうやって生きてるシオンのことが、俺はどうしようもなく好きだ」

アレクの横で、オレはとても自然でいられる。

楽なのだ。楽しいのだ。気負いがないのだ。ただ、ただのオレでいられる。

それが、どれだけ尊くてありがたいことなのか。

この男は、自分のそのすごさを自覚できているだろうか。

「オレは、オレのことをそういうふうに言ってくれるお前が好きだよ」

言ってから、ちょっと足りないなと思ったので、ひと言付け足しておいた。

「この世で一番」

「それは光栄だ」

アレクは心底うれしそうに笑って、それからオレに口づけをかました。

「……ん」

最初は触れるだけのやつ。

そこから二度、三度と重ねるたびに深度を増す。早く欲しくて唇をそっと開けば、肉厚な舌が遠慮なく侵入してきた。

「ん、っふ」

アレク本体とは別の生き物みたいに、その舌はオレの口腔を這い回る。歯列をなぞり、舌を絡め、内頬をぞわりとなぞって、ここは俺の縄張りだと言いたげに痕跡をつけて回る。

角度を変えて休みなく交わし合うキスにしばらくはうっとりとしていられたのだが、肩にかかったアレクの手がガウンをずらしにかかった瞬間、オレは現実を思い出した。

「〜っ！」

いい具合に、忘れていたのに。

なんかさっきまですごく感動的というか、いい雰囲気で結婚したてのふたりの初夜という感じだったのに……！

露わになった肩からは肩紐が見えている。死にたい。

「シオン」

オレは最後の抵抗で胸元を掻き合わせたが、そうするならばとアレクは膝元からの侵入に切り替え、繊細な造りの下のソレを暴いてしまった。

「うぅ……！」

「シオン」

アレクは次にオレの両手首を掴んで、バンザイをさせた。腰紐をすでに解かれていたので、前が御開帳されてしまう。

なんてこった。すべてが晒されてしまう。顔はきっと真っ赤に染まっているだろう。羞恥で頭がくらくらする。

「可愛い」

「うれしくない」

可愛い訳がないのである。

「似合ってる」

「うれしくない」

似合ってるなんて、そんな馬鹿な。

「綺麗だ」

「う、うれしくない……！」

どう言い換えられたって、うれしくはないのである！

オレはキッと睨みつけてやったが、アレクには微塵も効かなかった。満足そうにニコニコと、オレの恥ずかしい姿を隅から隅まで眺めてくる。

一体何がいいって言うんだ。上のなんか、すっけすけの生地で向こう側の肌が見えている。乳首だって隠れちゃいない。着用している意味がない。

「そんなにじっくり見るなよ、変態ぃ！」

「まさにその通り」

両手を掴まれたまま、寝台の上に仰向けに押し倒された。

「うぅっ、自らの手で黒歴史を刻んでしまった……」

「俺とお前の間にだけ存在している歴史だ、ほかの誰も知り得ない」

当たり前である。そんなことになったら。

「他人に漏れるようなことがあったら、もう生きていけない……」

「そんなに嫌なのに結局着てくれたところに、ものすごく愛を感じている」

オレは死にそうな気分なのに、アレクのこの浮かれた笑顔。本人の言う通り、結局は愛故に押し切られている。自分の決断なのだが、なんだか納得いかない気持ちがあるのも事実だった。

「人の愛情の上で胡坐掻《あぐら》いて、調子に乗って……！」

オレばかり、恥ずかしい思いをしている！　アレクは何も身を切っていない！

恨みがましい目で幸せそうな顔を見上げてやる。

「ああ、だからその分を上乗せして、今夜はたっぷりとシオンに奉仕させてくれ」

アレクはそう言って、布地ごと一緒にオレの胸元を吸い上げた。

「ひっ」

もう何度もこういう行為はしている。でも、まだまだ慣れない。恥ずかしいものは恥ずかしい。

というか、回数を重ねてからのほうが恥ずかしさが増している。

なぜって？

まさか、男の乳首がここまで性感帯として機能するとは思っていなかったからです。

「つぁ、ふ」

食まれ、舐め回され、吸い上げられる。反対側は指で弄《いじ》られていて、じんじんと広がる痺れは快感に変換されていってしまう。だんだんとそこがぷっくりと膨れ上がってくるのが感覚で分かって、それも恥ずかしい。

「アレクぅ」

しかもなんか、今日はヤバい。

布地越しに弄《いじ》られる感覚。張りつき、擦れる感覚がいつもと違う刺激を与えてくる。要するに、悔しいことにいつも以上に気持ちイイ。

「もっとしてほしいか？」

「そうじゃなっ……！」

口先だけの否定に意味がないことは分かっていた。でも、認め難くてつい反射でそう言ってしまう。

「コッチは悪くないと言っているが」

「ぁ、ま、待て……！」

下のソレに触れられて、腰が浮いた。握られたソコは布地の下で窮屈そうに首をもたげていた。

「コッチも触ってほしいな？」

「んう！　あ、やめ、まって」

握り込まれ、上下に扱かれる。触れられると、たちまち反応してしまう。ぐん、と硬度を増した先端からは見る見るうちに先走りの汁が滲み出した。

「あうぅっ！」

濡れた布地が張りつく。それを、ずり動かすように扱かれる。

瞳の裏に星が散るかのように激しい快感だった。

「あ、あ、まって、まってアレク！」

「んん？」

喉から飛び出す嬌声と懇願。でもアレクの手つきは逆に激しさを増す。それどころか乳首もまたその口に含まれる。じゅっと強めに吸い上げられて、オレは快感に悲鳴を上げ、屹立は激しく震える。

「ぅ、ひっ、やだ、んぅ！」

「我慢するな、シオン」

アレクは狙いを鈴口に定めて、さらにぐりぐりし出した。

「ぁあっ！」

鬼畜！　鬼畜の所業だ。

「出していいんだぞ？」

悪い声でアレクはオレの耳もとで囁く。

「この布地が擦れる感覚がたまらないんだろ」

「そういうの、見抜いてくれなくていいからぁ……！」

確信犯だ。分かっていてやっているのだ。

「シオン、ほら、気持ちイイならイってみせてくれ」

「ひ、やだ、あ、あ、あぁあ――――っ！」

集中的に責められれば、耐えるにも限度があった。快感に押し切られて、オレは繊細な布地を勢いよく汚した。

「う、うぅっ……！」

もうぐちょぐちょのべたべただ。内側はとんでもないことになっている。張りつく感覚が気持ち悪い。

「アレク、もう……」

やめて、その状態で扱かないで、ぬちょぬちょしてるんだって。

そう願いを込めて見上げると、アレクにも伝わったようだった。手を止め、ベッド脇の小さなチェストから瓶を取り出す。中身は言うまでもなく香油だ。

「え、アレク……？」

アレクは瓶の蓋を開けた。まぁそれはいい。

けれど、中身を傾ける前にするべきことがあると思う。

「待って、脱がして、いや、自分で脱ぐから……！」

オレは下に穿いたままだ。これでは致せない。慌ててサイドの紐を引こうとしたら、その手を押さえられた。

「アレクさん？」

「もったいない」

「モッタイナイ？」

意味が分からない。何ももったいなくなんかない。

べちょべちょなのは嫌だし、そもそも恥ずかしいから、早く脱ぎたいんですけど。上もそろそろ外したいんですけど。

「ひょわっ！」

だが、アレクは股の部分の布地に手をかけたと思ったら、それをぐいと片側に寄せた。

「え、あ、冷たっ……」

脱がしてくれない。ズラすだけで、そこから後孔に香油を垂らされた。

「え、まさか着たまま……」

「次にいつ着てくれるか分からないのに」

「もう一生着る予定ありませんけど!?」

「だろう？　だからこそ長く愉しみたい」

「！」

ジタバタするが、手の拘束は簡単には外れない。片手でこちらの両手首をひと掴みしているだけなのに、ずいぶんな力だ。

「シオン、悪いな。でも知ってるだろう？」

アレクは香油をたっぷり垂らすと瓶をそこらに転がし、悪い顔でのたまった。

「お前が顔を真っ赤にして、羞恥に身悶えてるのを見るのが俺は好きだ」

「っ、最悪！　知ってましたけど！　っぁ！」

後孔に指をあてがわれる。でもすぐには挿れない。入口をくちくちと捏ね回される。わざと音を立てるような、指の動き。

「恥ずかしいな、シオン？」

そうだ、恥ずかしい。

「レースの、すけすけの下着を上も下も身に着けて」

恥ずかしくて、耐えられそうにない。

「胸の頂きを真っ赤に膨らませて」

こんなあられもない姿、本当はアレクにだって見せたくなくて。

「ここまでぐちょぐちょになるほどたくさん出すなんて、興奮したのか？」

でも、そう。恥ずかしくて耐え難いとたしかに思っているのに、興奮している。

「ん、んくぅ……！」

焦らしていたアレクの太い指がナカへ沈んでくる。くちょくちょと香油を擦りつけながら、少しずつ奥へ、奥へ。異物を外から呑み込むことに、もうココは慣れている。

「後ろも気持ちがイイな？　ほら、もう慣れたものだ。俺の指を従順に呑み込んでいく。二本目もこんなにすぐ」

「あぁ……」

外から無理に挿れられてるんじゃない。こっちが内側からうねって誘って呑み込んでいる。

「あ、あ、あ……！」

前立腺を捉えられた瞬間、寝台の上で腰が跳ねた。布地の内側で棹がまた首をもたげて、ぬちょりと先ほど吐き出した白濁を自ら擦りつける。

「うん、ここ、好きだな？　いっぱい触ってやる。こっちも一緒にやろうか」

「あぁ、だめ、一緒は！　一緒は……！」

アレクの手が下着の上からオレの棹を掴んだ。

「ひ、ひぅ、んぅ～っ！」

後孔には二本の指、前立腺を絶え間なく刺激されているのに、さらに前も一緒に扱かれる。白濁と布地は屹立にまとわりついて、絶妙な感触で刺激してきていた。頭の中がぞわぞわでいっぱいになって、どんな余裕もなくなる。

「気持ちイイか？」

「あ、むり、またイく、イくからぁ……！」

駄目だ、どうしようもない。せり上がってくる感覚を止める術《すべ》なんてない。

「あぁ、たくさんイってみせてくれ。我慢しなくていい。気持ちイイでいっぱいになって、それ以外何も分からなくなるくらいになって、存分に溺れてくれ」

「っ――――！」

あっという間に、二度目の射精に追い込まれた。下着はもうその役割を果たしていない。濡れに濡れて重くて仕方がない。

「っ、は、はぁ……」

乱れた呼吸をどうにか整えようとしていたら、しゅるり、遂に紐が解かれる気配がした。

「あ……」

やっと脱がしてもらえる。そう安心したのも束の間。

「シオン、ほら」

引き抜かれたソレが眼前に晒される。

すっかり色を変え、濡れそぼった布の塊。元の繊細な造りなんてもうさっぱり分からない。

自分がどれだけ興奮して、出すものを出したのかを教えられる。

「っ……！」

恥ずかしい。顔から火を噴きそうとはまさにこのこと。

「……アレク」

でも、ここまできたらもう恥ずかしがっても仕方がない。どうせ恥ずかしいなら、こっちだって好きに要求してやりたい。

「お前の挿れて」

初夜の恥なんて掻き捨てである。

オレは言い聞かせて、自分の両腿を持ち上げた。

「シオ……」

アレクに見せつける形である。

「お前のでいっぱいにされたい」

そうしてヒクつく入口を、そっと自分で押し拡げてみせる。

眼前のアレクは分かりやすく動揺し出して、ちょっと気分がよくなった。

「ソレでされるのが一番気持ちイイ」

「ぐっ」

でも別に動揺しているアレクが見たいとか、煽ってやろうとかそういうのより前に。

「奥まで、ぐちょぐちょにして」

単にもうシてほしくてたまらないのだ。

好きだから、繋がりたい。快楽がほしいのは、それをくれるのがアレクだからだ。

最初は泥酔した状態で、すれ違いから一服盛って致したこともあった。今日までに、本当にいろんなことがあったけど。

でも今はお互いどんな不安もなく、好きだという気持ちを確かめ合いながら身体を重ねることができている。それってすごく、幸せなことだ。

「アレクじゃなきゃ、やだ」

「っ、シオン、お前ってヤツは……！」

辛抱たまらんと言わんばかりに、アレクが素早く己の昂《たかぶ》りをオレのソコに押し当てた。つぷり、解されていた入口は先端部分くらいなら簡単に呑み込む。

「んっ」

だがさすがアレクである。自分のブツのデカさを理解しているので、一気に捩じ込むような乱暴なことはしなかった。比較的ゆっくりと腰を進める。

「は、ぁ、っ……！」

それでもやっぱり太くて大きいことに変わりはないので、押し入られる側の圧迫感はすごい。

「大丈夫か？　一旦抜くか？」

「抜かないでいい、から、んぅ」

苦しいけど、でもそれがイイのだ。

「っぁ!?」

アレクがもうひとつ、腰を進めた。ぐぷん！　と一際深く呑み込む感覚。

「あ、あ、アレク、アレク」

「うん、どうした」

「っ、太いぃ」

「辛いな、ゆっくりするな？」

宥めるように頭を優しく撫でられる。その柔らかな手つきと、下腹を占領する圧倒的な質量の落差がひどくて混乱する。

「奥、おく、来てる」

「うん、まだある」

「あ、まだ……？」

「そう、まだ。シオン、もう少し先まで俺を入れてくれ」

「は、あ、あぁ……！」

またひとつ、アレクが押しつけるように腰を進めて、その感覚に全部が自分のナカに収まったことを教えられた。

「あぁ……」

疲労感と安心感が綯い交ぜになった気持ち。

でも、当然ここで終わりではない。むしろここからが本番だ。

「シオン、動くぞ」

こちらの様子を窺いながらアレクが抜き差しを始める。腸壁を太くたくましいモノが擦り上げていく感覚は、筆舌に尽くしがたい。

「っふ、ん、ぐっ……」

加減しようという配慮が感じられるのに、ふとした瞬間荒くなりかける腰遣い。

理性と本能の合間でアレクが揺らいでいる。オレのことを思って、必死に制御しようとしてくれていることに愛を感じる。でも。

「んっ!?　シオン？」

オレは両脚をアレクの腰に巻きつけてやった。

「バカ、遠慮するな」

妙な下着はゴリ押しで着させるクセに、こんなところで控え目になろうとするなんて。逆だ、逆。

「理性が利く内くらい、優しくしたかったんだが」

「わっ」

ぐっと腰を持ち上げられる。

「では、お言葉に甘えることにしよう」

アレクは野性味溢れる笑顔をこちらに向けて、そして本領を発揮しにかかった。

「あぐっ⁉」

いきなり最奥を責められる。駄目なところまで抉《こ》じ開けられている気配。

「あ、あ、あ」

「ヤバい、シオン、締めつけが」

「ひぐっ、ぁあ……！」

「持ってかれる……！」

突かれるたびに淫靡な水音が、寝台の軋む音が、跳ね上がる心拍がうるさいくらいに耳につく。

余裕なんてどこにもない。呼吸ですら、狙ってしなければし損ねそうで。

「それやだぁ……！」

痛いくらい張りつめていた棹に、違和感が生じた。

「先っぽ、擦れる、擦れるから……！　取ってぇ」

やっと脱がしてもらえたと思った例の下着で包むようにして、前も扱かれる。

張りつめた線がもう切れてしまいそうなほどの刺激。

「取るか？　本当に？」

涙混じりに訴えるオレに、絶倫で鬼畜な夫が意地悪げに囁く。

「擦れるの、気持ちイイんだろう？」

「イイけど、キツイ……！」

「でもそのもうひとつ先に、もっと気持ちイイって感覚が待ってるのも、知ってるな？」

そう、知っている。本当は知っている。苦しいけど、この先にもっとすごいのが待ってるって。

「やら、そこ、だめ、だめ、もっとぉ……！」

「うん、もっとな」

めちゃくちゃなことを言っている。

嫌なのか、もっとしてほしいのか。どれが本心か分からない。いや、多分どれも全部本心で。

助けてほしくて両手を伸ばす。

「アレク、アレクアレク……！」

そう、自分を追いつめにかかっている男にしか縋れない。

ギリギリの場所まで追い落とされる感覚。

怖くて、どうしようもなくて、おかしくなりそうで。

気持ち悦くて、愛おしくて、これ以上なんて知らなくて。

特別に優しくされたい。どろどろに甘やかされたい。めちゃくちゃに、ひどくしてほしい。

これが全部本音だなんて、ワガママだなとも思う。

でも、この男の前でだけ、世界で一番無防備になれる。

自分のすべてを晒して、明け渡せる。

逆もそうであってくれと願う。

「アレク、好き」

オレがお前をどれだけ愛しているのか、全部全部伝わればいいのに。

いつだって、そう思ってる。

好きの二文字じゃ、本当は足りない。でも、言葉にしたらその二文字に圧縮されてしまう。

「一番、好きだからっ」

重ねて告げると、アレクに身動きできないほど強い力で抱きしめられた。

「俺だってお前のことが好きだ、愛している、世界で、誰よりも一番……！」

そんな言葉と共に弱いところを刺激されて、大きな波が頭のてっぺんから足の爪先までを隈なく襲う。与えられる快楽を前に、オレはすべてを手放した。

「あ、イぐっ、イ、あぁあぁ……」

「シオン、っ、ぐっ」

吐き出される白濁の気配。でもきっと、これはまだ始まりの合図に過ぎないのだ。

◇◇◇

「ん……」

浮上し始めた意識と共に、そっと瞼を持ち上げる。

視界には見慣れぬ天井。自分の部屋じゃない、と反射的に思ったが、いや、違う、もうここが自分の部屋なのだと思い直す。

頭だけころんと動かすと、分厚いカーテンの隙間から差し込むわずかな光は力強く、もうずいぶんと日が昇っていることを教えた。

「……」

億劫すぎて起き上がる気力はないが、疲労の色は濃くても身体自体はさっぱりしている。気を失ったあと、アレクが清めてくれたのだろう。

上も下もすっかり何も身に着けていない、素っ裸の状態。布団と巻きつく腕があるので、寒さは感じない。

昨夜は一体何度果てたのか、てんで記憶にない。

でも全身隈なく愛し尽くされた。たくさんの言葉をもらった。

疲れてはいるけれど、この上なく満たされてもいる。心にも身体にも、たっぷりと隅から隅まで愛を注がれた。

ふと反対側に頭を向けると、燃えるように明るい赤髪が飛び込んできた。

あのときと、似たようなシチュエーション。

でも。

「……アレク」

隣で赤髪の男が眠っていても、もうそれに驚いたりしない。

この男がオレのそばにいるのは、当たり前だから。

オレは、未だ眠りの中にいる愛しい男にこっそりと口づけた。

意中の騎士は、もう丸ごと全部オレのものなのである。

この作品に対する皆様のご意見・ご感想をお待ちしております。
おハガキ・お手紙は以下の宛先にお送りください。

【宛先】
〒150-6019 東京都渋谷区恵比寿 4-20-3 恵比寿ｶﾞｰﾃﾞﾝﾌﾟﾚｲｽﾀﾜｰ 19F
（株）アルファポリス　書籍感想係

メールフォームでのご意見・ご感想は右のＱＲコードから、
あるいは以下のワードで検索をかけてください。

アルファポリス　書籍の感想　検索

ご感想はこちらから

本書は、「アルファポリス」（https://www.alphapolis.co.jp/）に掲載されていたものを
改題、改稿、加筆のうえ、書籍化したものです。

意中《いちゅう》の騎士《きし》に失恋《しつれん》してヤケ酒呷《ざけあお》ってただけなのに、
なぜかお仕置《しお》きされました

東川カンナ（ひがしかわ かんな）

2025年　2月 20日初版発行

編集ー境田 陽・森 順子
編集長ー倉持真理
発行者ー梶本雄介
発行所ー株式会社アルファポリス
〒150-6019 東京都渋谷区恵比寿4-20-3 恵比寿ｶﾞｰﾃﾞﾝﾌﾟﾚｲｽﾀﾜｰ19F
TEL 03-6277-1601（営業） 03-6277-1602（編集）
URL https://www.alphapolis.co.jp/
発売元ー株式会社星雲社（共同出版社・流通責任出版社）
〒112-0005 東京都文京区水道1-3-30
TEL 03-3868-3275
装丁・本文イラストーろくにね
装丁デザインーNARTI;S（粟村佳苗）
（レーベルフォーマットデザインー円と球）
印刷ー中央精版印刷株式会社

価格はカバーに表示されてあります。
落丁乱丁の場合はアルファポリスまでご連絡ください。
送料は小社負担でお取り替えします。

ISBN978-4-434-35315-4 C0093